Wo bitte geht‘s hier um die Welt?

8 Jahre Abenteuer und Reisen einer Fremdsprachenlehrerin

Nina Buschmann

Impressum

Nina Buschmann: Wo bitte geht's hier um die Welt?
8 Jahre Abenteuer und Reisen einer Fremdsprachenlehrerin
Icking, April 2011

Ein Titeldatensatz ist bei der deutschen Nationalbibliothek erhältlich. Detaillierte bibliografische Daten sind im Internet über http://dnb.d-nb.de abrufbar.

Erstauflage
Herstellung: 1-2-Buch, 27432 Ebersdorf, Deutschland

ISBN: 978-3-942594-03-5

Für meine Eltern.
Danke.

Inhalt

Vorwort

Zum Glück gibt es Tagebücher. Und zum Glück habe ich mir unterwegs immer die Zeit genommen, sie auch mit allen Details, Beobachtungen, Emotionen und Gedanken zu füllen. Nach acht Jahren habe ich mir eine Auszeit vom Leben im Ausland und vor allem eine Verarbeitungszeit gegönnt. Geborgen und ungestört bei meinen Eltern trat ich eine sehr gefühlsintensive Reise zu mir selbst an. Zwei Monate habe ich gebraucht, einen halben Meter hohen Stapel an handgeschriebenen Tagebüchern über 21 Länder komplett durchzulesen. Am meisten hat mich interessiert, ob und wie ich mich in der langen Zeit entwickelt und verändert hatte.

Heute weiß ich natürlich, wie jede einzelne Geschichte ausgegangen ist, aber ims Moment des Schreibens konnte ich das oft nicht ahnen. In der Erinnerung verblassen viele Geschehnisse, und manche hatte ich schlicht und einfach vergessen. Mir fiel auf, wie naiv ich war, als ich mit 22 zu einem Auslandssemester nach Irland aufgebrochen bin. Damals war ich noch meilenweit davon entfernt, jemals eine eigene Schule zu führen, aber in Galway habe ich den Grundstein dafür gelegt.

Während ich mit so einer geballten Dosis „Selbst“ konfrontiert war, sind mir viele Situationen aufgefallen, in denen ich aus heutiger Sicht anders handeln würde. So würde ich bei keinem Jesús mehr in seinen Lieferwagen steigen, und mich mit keinen „Wolf Boys“ anlegen. Aber eines ist sicher, ich würde mein Leben genauso noch einmal führen, denn das Reisen und Arbeiten in und mit verschiedenen Kulturen, ist für mich eine Leidenschaft und Lebenseinstellung, die mir über alles geht und mich voll und ganz erfüllt.

Meinen Weg kann jeder gehen, wenn man nur will und offen für alles ist, was einem begegnet. Kein Buch kann darauf vorbereiten, wohin der Weg führen wird, es kann nur Mut machen, ihn einzuschlagen. Jeder wird seine ganz eigene Geschichte erleben, und sie wird bis zuletzt spannend bleiben.

Meine Sehnsucht nach dem Ungewissen, nach Freiheit und Abenteuer ist noch lange nicht gestillt. Aber ich kann immer wieder in dem Wissen aufbrechen, zu Hause Wurzeln und eine Basis zu haben, die mir die Kraft und Unterstützung geben, mein Leben so zu führen. Dafür bin ich meinen Eltern und meinen Freunden unendlich dankbar.

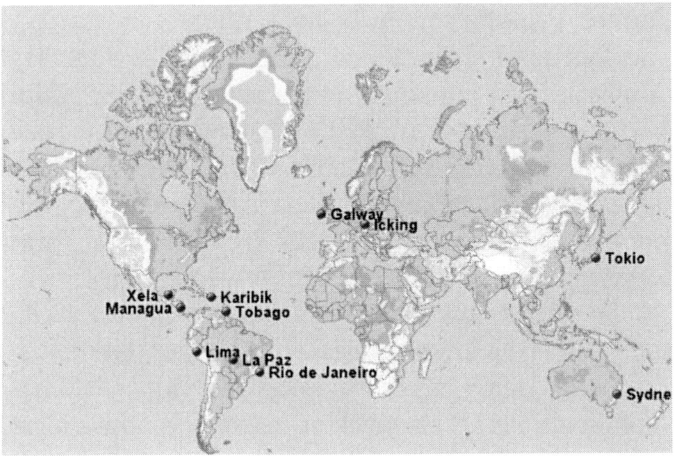

Kapitel 1

Irland 1999

Rechts oder links?
Warum steht nie dann ein Wegweiser da, wenn man ihn wirklich braucht? Ich sitze auf dem Fahrersitz meines vollgepackten roten Opel Corsas. Auf dem Schoß einen Haufen Straßenkarten vom ADAC, von denen keine die richtige zu sein scheint. Auf dem Beifahrersitz steht eine zusammenklappbare blaue Einkaufskiste aus Plastik, randvoll mit kopierten und handbeschrifteten Kassetten. Oben

auf dem ungeordneten Kassettenberg thront der Copilot, Fridolin - mein Teddybär.

Aus den Lautsprechern singt mir Billy Joel“My Life” vor, und ich singe, wenn auch ein paar Halbtöne daneben, laut mit. Fridolin scheint das nicht zu stören und der gute Billy ahnt noch nicht, wie oft er auf meiner momentanen Lieblingskassette, „Sommermix ’99“, die mir ein guter Freund für die Fahrt aufgenommen hat, zurückgespult werden wird.

Die Rückbank ist beladen mit Schlafsack, Pulli, noch mehr Kartenmaterial, ein paar Getränkeflaschen und einer Papiertüte mit Mamas Schinkenbroten. Dazwischen liegen irgendwo mein Geldbeutel und die grüne Versicherungskarte. Der Kofferraum ist randvoll mit Sommer - und Winterkleidung, Bettwäsche, Laptop, Büchern, einigen Ordnern und allerlei Kleinkram, den ich im Moment des Packens für unentbehrlich hielt. Mein Ziel ist Galway, an der Westküste Irlands. Zum Wintersemester in drei Wochen werde ich dort an der National University of Ireland (NUI) Galway studieren. Über die Uni Regensburg, an der ich im 4. Semester Englisch und Spanisch auf Gymniasallehramt studiere, hatte ich mich dort für ein Erasmus-Stipendium beworben. Mir ist zwar bis heute nicht ganz klar, warum ausgerechnet ich den einzigen ausgeschriebenen Platz bekommen habe, aber anstatt mir darüber den Kopf zu zerbrechen, habe ich lieber mein Studentenzimmer gekündigt und bin für die Zeit vor der Abreise zu meinen Eltern nach Icking bei München gezogen. Es folgten zwei schöne Wochen, die allerdings viel zu schnell vergingen. Nicht nur musste ich mich von allen Freunden und der Familie verabschieden, sondern auch mein Auto und mich „reisetauglich" machen. Ständig gab es noch etwas zu besorgen oder zu erledigen.

Und nun halte ich also am Ende unserer heimatlichen Straße und bin verunsichert, ob ich links oder rechts blinken soll. „Sonderlich weit sind wir ja nicht gekommen", sage ich zu Fridolin. Der schaut mich zwar liebevoll und irgendwie aufmunternd, an, aber eine Antwort hat er natürlich auch nicht. Irland liegt so unglaublich weit weg, und ich habe mir keine genaue Route überlegt, lediglich grob zehn Tage mit Zwischenstopps eingeplant, um mein Ziel zu erreichen.

Vor ein paar Minuten standen meine Eltern noch winkend in der Hauseinfahrt. Insbesondere meiner Mutter sah man an, dass ihr der Abschied nicht leicht fiel, und um den traurigen Moment nicht noch länger herauszuzögern, bin ich hupend losgefahren. Ich bin zu stolz nach ein paar Metern wieder umzukehren und um Hilfe zu bitten, obwohl ich das am allerliebsten täte. Ich blinke rechts und die Entscheidung steht: Ich fahre erst mal Richtung München. Was für ein Gefühl! Ich fahre eine Strecke, die ich gut kenne, nur, dass ich nicht nach einer halben Stunde am Ziel sein werde. Mein kleines Auto ist nun mein Zuhause, und ich genieße es, ein mobiles Dach über dem Kopf zu haben, das mich überall dahin bringen wird, wo ich es hinlenke. Im Notfall habe ich immer einen Unterschlupf dabei und ich fühle mich plötzlich frei und voller Abenteuerenergie.

An der Autobahnausfahrt Nürnberg fahre ich spontan ab. Es ist eher das Freiheitsgefühl, dass ich anhalten kann, wo ich möchte, als wirklich das

Bedürfnis, die Stadt kennen zu lernen, das mich schließlich dazu bewegt, den Wegweisern zur Burg und zur Jugendherberge zu folgen. Ich belege ein Bett im Schlafsaal und verbringe meine erste Nacht „auf Achse“ mit Japanerinnen und Britinnen im selben Zimmer. Sie sind ganz hin und weg von „beautiful Germany“, von Nürnberg und der Burg, und ich merke, dass sie es komisch finden, dass ich von „hier“ bin, aber mir die Stadt und Umgebung genauso fremd sind wie ihnen. Lediglich was die Wahl des Bieres angeht, kenne ich mich ein bisschen besser aus. Auf unserem Balkon erzähle ich ihnen, wie sehr ich mich auf das nächste halbe Jahr freue, verschweige den Mädels aber nicht, dass ich auch ein bisschen Angst habe. „Was mache ich, wenn ich keinen Anschluss finde und Heimweh kriege? Wenn mir das Studium nicht gefällt oder ich finanziell nicht über die Runden komme? Wenn ich krank werde und nicht nach Hause fahren kann?

Mein Zuhause kommt mir bereits unendlich weit entfernt vor. Statt Deutsch spreche ich nur noch Englisch. In Wahrheit bin ich noch so nah an Icking, dass ich, wenn ich wollte, heute Nacht in meinen eigenen vier Wänden schlafen könnte. Ich versuche nicht daran zu denken.

Meine Zimmergenossinnen sind zuversichtlich, dass ich alle Hürden meistern werde und das Gespräch mit ihnen tut mir gut. Ihnen gegenüber kann ich ehrlich und entspannt sein, aus dem einfachen Grund, dass ich nicht das Gefühl habe, irgendwelche Erwartungen erfüllen zu müssen.

Je später es wird, desto unterhaltsamer wird der Abend, und ich spüre, dass ich mich schon längst mit dem Reisefieber infiziert habe. Am nächsten

Morgen beim typisch deutschen Jugendherbergsfrühstück, bestehend aus zwei weißen Semmeln, Butter, Erdbeermarmelade und einer Tasse Kaffee oder Hagebuttentee, bin ich versucht, mit den Mädels auf Deutschlandtour zu gehen. Kurz bevor sie mich davon überzeugt haben, was für einen großen Spaß wir zusammen haben könnten, besinne ich mich doch meines Weges und steige allein zu meinem getreuen Kopiloten Fridolin ins Auto.

Wenn du glaubst, es geht nicht mehr…

Nach einigen Zwischenstopps komme ich bis Brüssel. Richtig schwierig gestaltet sich hier die Suche nach einer Jugendherberge, da ich keine Adressen oder Karten habe. Orientierungslos irre ich durch das Stadtzentrum, steige gelegentlich an Tankstellen aus und frage in gebrochenem Französisch nach einer Unterkunft für die Nacht. Meist sind die Angestellten sehr hilfsbereit, doch nach langem Gestikulieren und vielen Fingerzeigen, kann ich mir nur „an der nächsten Ampel links und an der zweiten Querstraße rechts“ merken. Dann versuche ich einen Passanten zu fragen, wie es von hier aus weitergeht, aber der kennt die von dem Tankwart empfohlene Herberge nicht, ist aber so nett, mich zu einer anderen, nicht weit entfernten, zu lotsen. Ich sehe das Schild für ein YHA, suche mir am Straßenrand einen Parkplatz und nehme nur das Nötigste aus dem Auto mit hinein. Ich bin total erschöpft und will nur schlafen. Die Hostelbesitzer sind großartig, bemühen sich, betont langsam und deutlich zu sprechen, und drücken mir mit dem Zimmerschlüssel ein sauberes und flauschiges

Handtuch in die Hand. Ich habe ein Vierbettzimmer für mich allein und falle müde von der langen Fahrt, in einen tiefen traumlosen Schlaf.

Gut erholt wache ich am nächsten Morgen auf und bin neugierig was die belgische Hauptstadt zu bieten hat. Ich checke im YHA aus und gehe zum Auto, um meine Sachen abzuladen. Ich bin nur noch ein paar Schritte von meinem Corsa entfernt und sehe, dass etwas nicht stimmt. Aber was? Ich öffne den Kofferraum, schmeiße Schlafsack und Jacke hinein und mache die Klappe wieder zu. Ich werfe einen Blick durchs Seitenfenster und stelle erstaunt fest, dass die Rückbank umgeklappt ist, und ich mich gar nicht erinnern kann, dass ich das getan haben soll. Und plötzlich fällt es mir wie Schuppen von den Augen - das Auto ist leer! Nichts von meinen Sachen ist mehr drin, und das Schloss an der Beifahrertür hängt, brutal aus seiner Verankerung gerissen, nutzlos an der zerkratzten Tür herunter. Fridolin liegt mit ein paar Dreckspuren auf seinem hellen Fell im Fußraum. Ansonsten sind mir nur drei Kleiderbügel und eine leere Coladose geblieben. Ich bin geschockt und weiß nicht, ob ich um Hilfe schreien oder einfach nur losheulen soll. Wo sind meine Sachen? Wer hat sich an meinem Auto zu schaffen gemacht? Der Anblick des demolierten und leeren Corsas macht mich fertig, und mir fällt auf die Schnelle nichts Besseres ein, als von der Jugendherberge ein R-Gespräch nach Hause zu führen. Mit Händen und Füßen kann ich der Rezeptionistin deutlich machen, was ich möchte. Ich höre, wie das Telefon zu Hause klingelt, und wünsche mir nichts sehnlicher, als dass einer meiner Eltern abhebt. „Buschmann“ höre ich schließlich die vertraute Stimme meiner Mutter, gefolgt von einem erfreuten „Kindi, bist du's?“ Als ich nicht gleich etwas erwidere, weiß sie sofort, dass etwas nicht stimmt. „Was ist? Hattest du einen Unfall? Fehlt dir etwas?“ Bemüht, dass mir die Tränen nicht die Stimme ersticken, erkläre ich ihr, was vorgefallen ist. Meine Mutter versucht, mich zu beruhigen und mich davon abzuhalten, vorschnelle Entscheidungen zu treffen, denn aus einem ersten Impuls heraus will ich auf der Stelle umdrehen und nach Icking in die familiäre Geborgenheit zurück fahren.

Nach einem aufbauenden Gespräch fassen wir gemeinsam den Plan, dass ich erst einmal zur Polizei gehe, bevor ich meine Reise abbreche. Ich bitte die Rezeptionistin, mir den Weg zur nächsten Polizeidienststelle zu erklären. Die Dame schaut mich mitfühlend an und markiert die Behörde mit einem Kreuz auf dem Stadtplan, den sie mir überreicht. Zu Fuß mache ich mich auf die Suche, verlaufe mich ein paarmal, frage nach dem Weg, irre durch die Fußgängerzone und treffe schließlich auf einen Ordnungshüter in Uniform, den ich um Hilfe bitte. Der Polizist scheint vom Alter her kurz vor der Pensionierung zu stehen. Er hört sich geduldig an, wie ich ihm in einem Gemisch aus Deutsch, Englisch und Französisch zu erklären versuche, was vorgefallen ist. Er betrachtet mich wie ein wohlwollender Großvater seine Enkelin und sagt völlig unerwartet auf Deutsch zu mir: „Wenn du glaubst, es geht nicht mehr, kommt von irgendwo ein Lichtlein her.“ Ich schaue ihn an, bringe ein schwaches Lächeln zustande und breche in Tränen aus. Er begleitet mich das letzte Stück zur

Polizeistation, läuft nun aber schweigend neben mir her. Sein schöner Satz waren anscheinend die einzigen deutschen Worte, die er konnte.

Am Ziel angekommen, übergibt er mich in die Obhut eines Kollegen, der meine Sprache spricht. Die gesamte Prozedur dauert Stunden, und es ist bereits später Nachmittag, als ich die Polizeistation endlich wieder verlasse. Nichts hält mich mehr in Brüssel, aber ich bin jetzt fest entschlossen, mich nicht unterkriegen zu lassen und setze meinen Weg gen Irland fort. Zu Hause in Icking sind meine gestohlenen Sachen schließlich auch nicht.

Vorgeschmack

Nur knappe zwei Stunden vom Stadtzentrum entfernt liegt Zeebrügge, von wo aus nachts die Fähren nach Hull in England übersetzen. Kurz vor der Abfahrt komme ich im Hafen an und kann gerade noch ein Ticket für mich und mein Auto ergattern. Ich lasse mich in meine Parkposition einweisen und steuere zielstrebig auf die Schiffsbar zu. Ich gönne mir ein Feierabendbier und bin so froh, dass endlich alle wieder Englisch sprechen. Allerdings ist der Bierpreis ein kleiner Stimmungsdämpfer und wohl eine echte Vorbereitung auf England und die Zeit in Irland.

Ein älterer Mann, der sich als John vorstellt, meint, ich würde so erschöpft aussehen und fragt nach, ob alles in Ordnung sei. Ich danke ihm für sein Mitgefühl, versichere ihm aber, dass alles bestens ist, dass ich nur in Ruhe ein Bier trinken möchte, bevor ich mich im Schiffssalon nach einer ruhigen Ecke umsehe, in der ich es mir für die

Nacht bequem machen kann. Die teure Einzelkabine kommt für mich nicht in Frage. Ich trinke aus und nehme eine kleine Sitzgruppe am Fenster in Beschlag. Es dauert nicht lange, bis John wieder auftaucht. Er bringt zwei Bier an den Tisch und redet ohne Punkt und Komma auf mich ein. Ich sage nicht viel, brumme nur gelegentlich und nicke mit dem Kopf. John scheint schon ordentlich einen sitzen zu haben, denn er kommt langsam aber sicher immer näher und sucht immer einen Grund mich anzufassen. Mir wird das alles etwas zu nah und unangenehm, und ich ziehe mich unter dem Vorwand, morgen noch eine weite Fahrt vor mir zu haben, in meinen Schlafsack zurück. John geht zurück an die Bar. Gerade als ich mich vor ihm in Sicherheit wähne, kommt er erneut zu mir zurück. Ich bitte ihn, mich in Ruhe schlafen zu lassen, aber er will davon nichts wissen. Genervt, packe ich meine Sachen zusammen und will mir in einem anderen Teil des Schiffs ein Lager aufschlagen. Als ich an der Bar vorbeigehe, fängt der Kellner mich ab und fragt, was los sei. Er zeigt vollstes Verständnis für meine Situation und bietet mir an, in seiner Kabine zu schlafen. Sie sei zwar winzig klein, aber wenn mir das nichts ausmache, würde er sie gern mit mir teilen. Unschlüssig, ob das der Weg in eine noch unangenehmere Lage für mich ist, oder die lang herbeigesehnte Rettung vor John, meint der Keeper, Paul, der meine Gedanken scheinbar erraten hat, dass er mindestens bis zwei Uhr morgens hinterm Tresen steht, und ich ganz ungestört wäre. Als ich aus dem Augenwinkel sehe, wie John schon wieder auf mich zugewankt kommt, nehme ich kurzentschlossen das Angebot an. Paul bittet einen Kollegen, ihn kurz zu vertreten und führt mich zu den Kabinen der Crew. Er bemüht sich sehr, dass uns keiner sieht, denn das würde ihn seinen Job kosten. Noch habe ich nicht ganz verstanden, warum er ein so großes Risiko eingeht, um mir einen Gefallen zu tun, aber ich frage nicht nach. Er schließt die Kabine C 102 auf und ich sehe auf einen Blick, dass er nicht übertrieben hat, als er sagte, darin ist kaum Platz für zwei. Er besteht darauf, dass ich sein Bett nehme, er würde sich dann später auf den Boden legen, aber das geht mir zu weit. Als er die Kabine wieder verlassen hat, schlage ich mein Lager zwischen Wand und Kabinentür auf. Ich rolle mich in meinen Schlafsack und schlafe so gut das eben auf einer 30cm breiten Liegefläche geht, ein. Als Paul von seiner Schicht zurückkommt, zieht er sich ohne das Licht einzuschalten, aus und legt sich hin. Er scheint davon auszugehen, dass ich wach bin, denn er lädt mich ein, mich zu ihm zu legen. Ich stelle mich schlafend und reagiere nicht auf sein Angebot, aber er lässt nicht locker. Inzwischen ist mir auch klar geworden, dass es ihm nicht mehr darum geht, dass ich möglichst bequem liege, sondern, dass er jetzt gerne den Dank dafür hätte, dass er mich vorhin vor John gerettet hat. Diese Masche erscheint mir noch hinterlistiger als die direkte Anmache, und ich will nur noch raus aus dieser Kabine. Ich krieche aus meinem Schlafsack, packe ihn und meine Handtasche unter den Arm und sehe zu, dass ich wegkomme. Paul ruft mir hinterher, „Ist das der Dank?“, aber ich bin schon längst draußen und vor lauter Wut kurzzeitig versucht, ihn seinem Chef zu melden und seinen Rauswurf zu provozieren. Da ich diesen aber sicherlich um diese Uhrzeit nur schwer finden würde, und ich mir auch nicht sicher bin, dass die Regel wirklich so streng ist, wie er behauptet hat, ziehe ich es vor, noch ein paar Stunden die Augen zuzumachen. Nun bereits auf der Flucht vor zwei Männern auf diesem Schiff, verlagere ich mein „Bett“ nach draußen und schlafe unter einem Liegestuhl an Deck bis es hell wird. Noch ziemlich müde und verschlafen, bleibe ich dennoch draußen und döse auf dem Liegestuhl, bis wir in England festmachen. Die beiden Männer drinnen sind für mich Grund genug draußen zu bleiben, und ich bin froh, als ich keinen von beiden wiedersehe.

England

Die Passagiere stehen schon in langen Schlangen bereit, um zu ihren Fahrzeugen zu kommen. Das Entladen geht sehr langsam vonstatten, denn es gibt immer ein paar, die ihren Wagen nicht auf Anhieb finden und dann planlos zwischen den Autoreihen hin und her irren. Endlich ist es soweit. Vorsichtig fahre ich die knarzende Rampe herab auf die Straße. Ich atme auf und bin heilfroh, Belgien und das Festland hinter mich gebracht zu haben. Lautes Hupen lässt mich aus meinen Gedanken aufschrecken. Direkt auf mich zu fährt ein weißer Passat dessen Fahrer seine Hand nicht mehr vom Horn nehmen will. Ich schaue ihn an, als hätte er den Verstand verloren, bis mir ein Blick auf die Fahrbahn klarmacht, dass ich auf der falschen Seite fahre. England - Linksverkehr, wie konnte ich das vergessen? So gut es geht, entschuldige ich mich und versuche, mich auf den Verkehr zu konzentrieren. In meinem übernächtigten Zustand gar nicht so einfach. Mein erster Weg führt mich in eine Werkstatt, um das demolierte Schloss an der Beifahrertür richten zu lassen. Momentan kann ich das Auto noch nicht einmal absperren. Der Mechaniker begrüßt mich mit einem gutgelaunten „G'day, Miss" und schenkt mir einen Tee ein. Leider stellt sich heraus, dass es mich ein kleines Vermögen kosten würde, das alte Schloss aus- und ein Neues einbauen zu lassen, und dazu noch den Kotflügel neu lackieren zu lassen, der bei der Aufbrechaktion demoliert worden ist. Ich entscheide mich für eine vielleicht nicht ganz so elegante, dafür aber wesentlich günstigere Lösung: Das kaputte Schloss wird fixiert, weshalb ich in Zukunft wohl auf den Luxus werde verzichten müssen, die Beifahrertür mit dem Schlüssel aufsperren zu können. Die Kratzer werden mit einem roten Lackstift behandelt und sind mit viel gutem Willen kaum mehr sichtbar.

Ich fahre noch weiter bis York, kaufe in einem kleinen Laden Unterwäsche und Strümpfe und vor allem einen warmen Pullover. Die Nacht verbringe ich in einem wunderschönen kleinen „Bed and Breakfast", irgendwo auf dem Land zwischen York und Leeds. Die Besitzer, ein altes Ehepaar, sind ganz schockiert, als sie von meinem nächtlichen Fährenabenteuer hören und erfahren, dass mir bereits alles, was ich dabei hatte, gestohlen worden ist. Sie nehmen mich auf wie ein verloren geglaubtes Familienmitglied, und die alte Dame, Edna, serviert mir eine Tasse dampfenden Tee nach der anderen. Ich sitze mit dem Hauskater, der sich zu einem Knäuel auf meinem Schoß zusammengerollt hat, und einer Wolldecke über den Beinen im Schaukelstuhl, trinke Earl Grey und schaue dem Regen zu, der unablässig gegen die Scheiben prasselt und damit bestens zu meinem Englandbild passt. Edna und Ron laden mich ganz selbstverständlich zum Abendessen ein und wollen sich dafür von mir unter keinen Umständen bezahlen lassen. Außer mir sind keine Gäste in der kleinen Pension, und es tut mir leid, dass ich diese netten Menschen schon am nächsten Tag wieder verlassen muss. Die Zeit bei ihnen und das liebevolle Umsorgtwerden, waren genau das, was meine Seele gebraucht hat. Als ich in der Früh wieder in mein Auto steige, überreicht mir Edna sogar noch ein Lunchpaket und einen Glücksbringer, der mich auf meinem weiteren Weg beschützen soll. „Auf seine positive Wirkung ist Verlass“, lauten ihre Worte zum Abschied, und ich glaube ihr ohne Vorbehalt.

Irland

Nach ein paar Tagen in England fahre ich mit der Fähre von Holyhead in North Wales nach Dublin. Die Überfahrt dauert nur ein paar Stunden. In einer Werbebroschüre habe ich gelesen, dass prozentual in dieser Stadt mehr junge Leute leben als in jeder anderen europäischen Metropole, und ich überlege kurz, ob ich ein paar Tage bleiben und mich selbst davon überzeugen soll. Ich bin zunächst aber viel zu neugierig auf meinen Wohnort, weshalb ich den Hauptstadtbesuch zunächst verschiebe. Galway liegt nur drei Stunden entfernt, und ich gehe davon aus, dass sich noch genügend Gelegenheiten bieten werden, nach Dublin zurückzukehren.

Das Wetter ist für irische Verhältnisse richtig gut. Die Sonne versteckt sich nicht hinter den Wolken, sondern lässt die raue und ungebändigte Landschaftsidylle in unzählig vielen Grüntönen erstrahlen. So weit das Auge reicht, nichts als hügelige Wiesen, Schafe und Pferde. Alle Weiden sind mit aus Steinen aufgeschichteten Mauern voneinander abgetrennt. Diese Begrenzungen sehen aus als würden sie schon seit Jahrhunderten hier stehen.

Die Lämmer folgen ihren Müttern auf Schritt und Tritt und wackeln beim Trinken ganz wild mit ihren Stummelschwänzchen. Einige von ihnen sind noch etwas unsicher auf den Beinen, aber bemühen sich tapfer, der blökenden Herde hinterherzukommen. Das Fell der Kleinen ist flockig und schneeweiß, außer bei denen, die schon ein paar Mal auf der etwas schlammigen Wiese hingefallen sind. Gelegentlich tauchen zwischen den rollenden Hügeln weiße Farmhäuser auf, und ein stämmiger Farmer winkt mir mit der Mistgabel in der Hand fröhlich zu.

Die Nationalstraße N6 ist einspurig und durchquert das ganze Land von Ost nach West. Galway liegt etwa auf der Höhe von Dublin, nur auf der anderen Seite, am Atlantik. Ein Lastwagen vor mir überrascht mich, als er links ran fährt, um mich vorbeizulassen. Für mich sind die Überholmanöver im Linksverkehr riskant, da ich in meinem deutschen Auto auf der falschen Seite sitze. Um eventuellen Gegenverkehr sehen zu können, müsste ich sehr weit in die Mitte der Straße fahren, und das ist bei engen kurvenreichen Straßen sehr gefährlich. Ich bedanke mich bei dem LKW-Fahrer und sehe im Rückspiegel, wie er zum Gruß abwechselnd links und rechts blinkt. Ich frage mich kurz, ob mir so ein rücksichtsvolles Verhalten auf deutschen Straßen schon einmal begegnet ist, kann mich bei bestem Willen aber an keine Situation erinnern.

Galway

Nach genau drei Stunden Fahrt passiere ich das Ortsschild Galway. Etwa 70,000 Menschen leben in der westlichsten Stadt Irlands. Obwohl sie nach Dublin die zweitwichtigste Stadt ist, ist Galway eher klein, hat aber Großstadtflair: Es gibt ein vielfältiges kulturelles Angebot mit Musik und Theater, unzählige Pubs, Clubs und Restaurants. Durch das offene Autofenster kann ich bereits das Salz auf den Lippen schmecken, ich spüre, das Meer ist nicht mehr weit. Ich folge den Schildern zur Galway Bay. Die dramatischen Kalksteinbuckel der Burren, der starke Wind und die lichtdurchflutete Landschaft lassen mich tief Luft holen: Ich bin angekommen! Während ich die Landschaft bestaune, merke ich, wie gut es war, dass ich in Brüssel nicht kehrt gemacht habe.

Die Menschen wirken fröhlich und robust. Einige Fischer mit wettergegerbten Gesichtern versuchen im Fluss Corrib, der in die Bucht mündet, ein paar Lachse zu fangen. In der Nähe vom Eyre Square, finde ich einen Parkplatz und mache mich zu Fuß auf die Suche nach einem Hostel. Ich muss gar nicht weit laufen, denn gleich neben dem Platz steht das Claddagh Hostel. Obwohl Sommer ist und somit noch Hauptreisezeit, habe ich Glück und im Hostel ist noch ein Bett für mich frei. Das Personal, junge irische Studenten, sind sehr hilfsbereit und aufgeschlossen. Sie geben mir den wertvollen Tipp, bloß nicht zu vergessen, die Parkuhr rechtzeitig zu füttern, denn sollte die Polizei meinen Wagen an einem abgelaufenen Parkometer erwischen, würden sie sofort an einen meiner Reifen eine Kralle befestigen. Diese Wegfahrsperre dann entfernen zu lassen, ist alles andere als billig. Nach den Sonderausgaben, die ich wegen meines Corsas schon hatte, mache ich mir eine entsprechende mentale Notiz.

Im Gemeinschaftsraum des Hostels liegt der „Galway Advertiser" aus, eine lokale Zeitung, in der auch der Wohnungs- und Stellenmarkt zu finden ist. In den nächsten Tagen habe ich viel vor: Die Uni besichtigen und dort allen Papierkram erledigen, sowie mir meinen Stundenplan zusammenstellen. Dann muss ich so schnell wie möglich eine Unterkunft finden, am liebsten eine WG mit anderen Studenten. Und ich brauche ab sofort einen Nebenjob, um finanziell über die Runden zu kommen. Am besten etwas, wo ich mir meine Zeit selbst einteilen kann und mit Iren in Kontakt komme.

Ich kreuze alle Wohnungsanzeigen an, die für mich in Frage kommen, und stehe mit einer Liste in der Hand kurze Zeit später in einer Telefonzelle vor dem Hostel. Doch wo ich auch anrufe, entweder ist keiner da, das Zimmer schon vergeben, oder es liegt so weit außerhalb, dass es nicht in Frage kommt. Enttäuscht kehre ich ins Haus zurück, wo ich von den netten Jungs der Nachtschicht erfahre, dass in der Ausgabe von übermorgen ein besonders großer Wohnungsmarkt erscheinen wird. Sie raten mir, mich bereits morgen Nachmittag an den Toren der Druckerei anzustellen und mir ein druckfrisches Exemplar zu holen, bevor es überhaupt am darauffolgenden Tag in den Läden und Kiosken erscheint.

Mit der Vorahnung, dass mir morgen ein langer Tag bevorsteht, gehe ich früh ins Bett und falle in meiner ersten Nacht in Galway in einen traumlosen Schlaf.

Die Uni

Um sieben Uhr klingelt mein Wecker. Der Wettergott scheint noch zu schlafen, denn als ich zum Fenster rausschaue, ist von der strahlenden Sonne nichts mehr zu sehen. Im Gegenteil, der Wind drückt den Regen gegen die Fensterscheiben, und ich möchte am liebsten gar nicht aus meinem kuscheligen Bett heraus. Ich ziehe mich an, so warm es mit meinem spärlichen Kleidervorrat geht, borge mir einen Schirm vom Hostel und füttere als erstes die Parkuhr.

Wenig später sitze ich im Java's, einem netten Café, in dem ich in aller Ruhe „baked beans on toast" frühstücke und mir die Zeit nehme, meine neuen Mitmenschen genauer zu betrachten. Der Ire, ganz dem Klischee entsprechend, neigt dazu, sich genau so zu geben, wie er ist: Selbstbewusst und zuvorkommend, ebenso wie gesellig, ehrlich und geradeheraus. Er kommt schnell zum Punkt und lacht über sich selbst genauso laut und herzhaft wie über seine Mitmenschen. Von den Strapazen des täglichen Lebens erholt er sich am liebsten in geselliger Runde im Pub oder Café. Einige Iren sind abergläubisch, andere tief fromm, manche beides, ohne dass sich das in ihren Augen widersprechen würde. Auf jeden Fall liebenswerte Genossen.

Gestärkt beschließe ich den frühen Start in den Tag zu nutzen und mich an der Uni einzuschreiben. NUI Galway liegt in der University Road, nicht weit vom Zentrum entfernt. Ich stehe vor einem wunderschönen, alten, mit Efeu bewachsenen Steinbau aus dem Jahr 1845.

In diesem historischen Gebäude befindet sich das „Office for International Affairs“, wo ich zuerst hin muss, um mich registrieren zu lassen. Mich erwartet bereits eine lange Schlange. Nach einer halben Stunde bin ich an der Reihe, und die freundlichen Damen von der Verwaltung kümmern sich um eine zügige Abwicklung der Formalitäten. Ich lerne gleich ein paar meiner Mitstudenten kennen, und wir tauschen uns aus, wie man am besten in Galway Fuß fassen kann. Die anderen sind schon seit einer Weile hier und haben ihr Wohnungsproblem bereits gelöst. Das erinnert mich daran, dass ich auf keinen Fall die Frühausgabe des Galway Advertiser verpassen darf, und ich mache mich schleunigst auf den Weg zur Druckerei. Die Adresse haben mir die Jungs aus meinem Hostel gegeben, und zum Glück ist es nicht allzu weit von der Uni. Trotzdem bin ich klitschnass, als ich an der besagten Adresse ankomme. Und ich traue meinen Augen kaum, außer mir stehen bereits mindestens achtzig Leute im Regen und warten. Sie bilden eine Schlange, die sich um das Gebäude windet, und alle drücken sich, in der Hoffnung ein bisschen Schutz vor dem Unwetter zu finden, unter einen Dachvorsprung an die Hauswand. Mangels einer besseren Idee, stelle ich mich dazu. Die Druckerei macht erst in einer Stunde auf! So lange wird sich die Schlange auch keinen Meter vorwärts bewegen, und das macht das Warten noch unangenehmer. Es ist kurz vor Semesterbeginn und die Wohnungsangebote sind rar, wie mir zwei irische Studentinnen aus Limerick erzählen. Sie suchen schon seit ein paar Wochen, bisher erfolglos. Allmählich bereue ich, dass ich nicht schon ein bisschen früher nach Galway gekommen bin. Endlich ist es soweit, und die ersten stürmen mit den druckfrischen Zeitungen unterm Arm aus dem Gebäude. Die Leute suchen trockene Plätze, um die Anzeigen schnellstmöglich zu durchforsten und sich dann entweder per Handy oder aus einer Telefonzelle mit den potentiellen Vermietern in Verbindung zu setzen. Ich laufe mit der neuesten Ausgabe unterm Pulli zurück zu Java's und durchkämme bei einer Tasse heißen Kaffee die Anzeigen. Sobald ich eine erste Auswahl getroffen habe, laufe ich mit einer Hand voll Münzen in die Telefonzelle und versuche mein Glück. Mir gelingt es, ein paar Besichtigungstermine auszumachen. Das erste Zimmer, das ich mir anschaue, befindet sich im Haus einer alten Dame. Seit Jahren vermietet sie das Zimmer, in dem einst ihr Sohn gewohnt hat, an ausländische Studenten. Es sieht immer noch aus, als könnte der junge Mann jeden Tag zurückkommen und wieder einziehen. Im Haus riecht es nach Kohlsuppe. Im gemeinsamen Wohnzimmer, das mit grünem Plüschteppich ausgelegt ist, steht mitten im Raum ein Käfig mit zwei fiependen Kanarienvögeln. Die alte Frau erklärt mir mit einer knarzigen Stimme, dass sie kein Liebhaber lauter Musik sei, insbesondere nicht nach 22 Uhr. Ich kann mir nur schwer vorstellen, dass ich mich hier wohlfühlen werde. Tagelang suche ich weiter und stelle fest, dass sehr oft alleinstehende alte Damen Zimmer in ihren Häusern oder Wohnungen vermieten, aber das ist nicht das, was ich suche.

Frauenhaus

Der letzte Termin, den ich habe, ist in einem Haus in der Carbry Road im Bezirk Newcastle. Die Hauseigentümerin vermietet ein zweistöckiges Haus, allerdings nur an weibliche Studenten. Ihrer Meinung nach sind Frauen ordentlicher und kümmern sich besser um ihre Wohnung, als Männer das im selben Alter tun. Im Haus gibt es zwei eingerichtete Küchen, die jeweils in ein Wohnzimmer integriert sind, vier Bäder, und acht Schlafzimmer, wobei zwei davon doppelt belegt sind. Ein letztes Zimmer ist noch frei, und ich zögere nicht lange und sage zu. Vor dem Haus gibt es eine Einfahrt, in der ich parken kann, was mir natürlich sehr entgegenkommt.

Mit dem Fahrrad sind es nur zehn Minuten bis ins Zentrum. Für fünfzig Pfund kaufe ich der Besitzerin, Mrs. Rose, ein altes Rennrad ihres Enkels ab und bin froh, das Auto bei zukünftigen Stadtbesuchen stehen lassen zu können. Mein Zimmer liegt im ersten Stock und ist mit allem Notwendigen möbliert. Nichts, was man im neuesten Einrichtungskatalog finden würde, aber zweckorientiert. Das Bad teile ich mir mit zwei weiteren Mädels, Rosalyn aus Reunión und Amaia aus dem Baskenland. Im ersten Stock befindet sich das kleinere Wohnzimmer mit Küche, und auch das teilen wir uns zu dritt. Mrs. Rose selbst kommt ein Mal pro Woche vorbei, um die Miete zu kassieren. Wer an dem Tag nicht zu Hause ist, lässt sein Geld in einem Umschlag mit seinem Namen auf dem Kaminsims stehen. Der Strom wird für jedes Zimmer einzeln über einen Münzzähler bezahlt, der sich über der Tür befindet. Der Zähler für mein Zimmer ist ungünstigerweise im Zimmer von Rosalyn untergebracht. Das bedeutet, wenn sie mal nicht da ist, darf sie keinesfalls ihr Zimmer absperren, sonst kann ich den Stromzähler nicht füttern und sitze bis zu ihrer Rückkehr im Dunkeln.

Das Zusammenwohnen mit so vielen Leuten ist mir neu. Obwohl ich hier Gesellschaft suche, bin ich unsicher, ob das mit so vielen Frauen auf einem Haufen wirklich gut geht. Ich stelle mir vor, wie die eine oder andere stundenlang das Bad oder Telefon belegt, ihre Partygäste meine Vorräte plündern und am nächsten Tag sich niemand fürs Putzen oder Abwaschen zuständig fühlt. Aber meine Sorgen sind unbegründet. Durch die Aufteilung des Hauses haben die beiden Stockwerke nur sehr wenig miteinander zu tun, und ich verbringe die meiste Zeit mit Amaia und Rosalyn, mit denen ich mich richtig gut verstehe. Amaia arbeitet in einem Businesshotel als Zimmermädchen und ist nur nach Galway gekommen, um Englisch zu lernen. Sie ist eine quirlige und aufgeweckte Person, die ständig versucht auf Englisch genau so schnell zu sprechen wie in ihrer Muttersprache Spanisch. Meistens verheddert sie sich und muss dann tief Luft holen und noch einmal langsam von vorn anfangen. Rosalyn ist das genaue Gegenteil. Sie arbeitet in einem Souvenirladen und verkauft Wollpullover „made in Ireland" an Touristen. Ihre Muttersprache ist Französisch, und sie ist eine ganz bodenständige, ruhige Frau, die sich alles, was sie sagt, vorher genau überlegt. Wir haben es uns zur allabendlichen Routine gemacht, gemeinsam die Serie „Neighbours" im Fernsehen anzuschauen. Jede, die nach Hause kommt, leert als erstes all ihre Münzen in eine Schale und füttert den Stromzähler. Nicht nur einmal passiert es uns, dass an einer besonders spannenden Stelle im Film plötzlich der Fernseher und alle Lichter ausgehen, und eine von uns im Dunkeln eine 25 Pence Münze sucht, auf einen Stuhl steigt, um möglichst schnell den dünnen Schlitz zu finden, in den die Münze gesteckt wird. Die spannende Szene haben wir dann meistens verpasst und können bis zum Ende des Films nur mutmaßen, wie der Plot eigentlich zusammenpasst.

Unter den männlichen Bewohnern Galways hat es sich auf jeden Fall herumgesprochen, dass in unserem Haus zehn Mädchen wohnen, und an den Wochenenden kommen die Jungs in Scharen, um sich davon zu überzeugen, dass wir nicht nur ein Gerücht sind. Die befürchteten Feste und Verwüstungen bleiben jedoch aus, meistens kommen sie nur für ein paar Stunden vorbei und gehen dann, nachdem sie sich warm getrunken haben mit den Mädchen aus dem ersten Stock, in ein paar Clubs in der Innenstadt. Dadurch, dass Amaia, Rosalyn und ich oft am Wochenende arbeiten, klinken wir uns da meistens aus.

Java's

Froh, das Kapitel Wohnungssuche abgeschlossen zu haben, mache ich mich an die nächste Aufgabe: Jobsuche. Die Jungs im Hostel haben mir angeboten, dreimal pro Woche die Nachtschicht bei ihnen zu übernehmen, aber ich hoffe noch auf etwas Besseres, da ich weiß, dass ohne viel Schlaf, mit mir am nächsten Tag nicht viel anzufangen ist. Ich bedanke mich trotzdem und mache mich nochmals auf den Weg zu Java's in der Upper Abbeygate Street. Ich habe auf einem Schild im Fenster gelesen, dass sie Personal suchen. Ich frage nach Sheila, der Managerin, und nach einem kurzen Gespräch mit ihr, habe ich den Job. Zwei Schichten die Woche zu drei Pfund die Stunde. Nicht gerade ein Stundenlohn, um schnell das große Geld zu machen - drei Pfund kosten hier schon eine Schachtel Zigaretten oder ein Pint Bier. Dafür ist der Job in Ordnung. Ich bediene und richte verschiedene Kaffees und Sandwiches her. Das nette kleine Café, hat von zehn Uhr morgens bis vier Uhr nachts geöffnet.

Gleich am nächsten Morgen fange ich an. Sheila und meine irische Kollegin Eimear, zeigen mir alles. Mit Schürze um die Hüften und Block in der Hand reiche ich den ersten Kunden die Speisekarte. Sie stellen mir ein paar einfache Fragen, die ich alle nicht beantworten kann. Obwohl ich fließend Englisch spreche, habe ich große Schwierigkeiten die Iren zu verstehen. Die Dame bestellt dreimal etwas, und ich kann einfach nicht heraushören, ob sie einen „lattäj" (Kaffee Latte) oder einen „aschträj" (Aschenbecher) haben möchte. Ich traue mich nicht, ein viertes Mal nachzuhaken, und bringe ihr prompt das Falsche. Leicht frustriert erzähle ich Eimear in der Küche von dem Vorfall. Sie kriegt sich vor Lachen kaum mehr ein, macht mir aber Mut, dass ich mich in ein paar Wochen bestimmt selbst wie eine waschechte Irin anhören werde.

Als es am Nachmittag ein bisschen ruhiger im Café wird, gönnen wir uns eine wohlverdiente Pause. Eimear brüht uns eine Tasse „Hazelnut Americano“, die Sorte Kaffee, die ihrer Meinung nach die Beste des Hauses ist. Nachdem ich den ganzen Tag auf den Beinen war und mich an das Kellnern noch nicht gewöhnt habe, verspüre ich das starke Verlangen, meine Füße auf den Tisch zu legen und sie mir massieren zu lassen. Leider muss ich mich mit der Vorfreude auf eine heiße Dusche zufrieden geben und setze mich zu Eimear ans Fenster. Sie erzählt mir von sich und ihrer Familie und erwähnt ganz nebenbei, dass ihre Schwester Lorna TEFL (Teaching English as a Foreign Language) - Lehrerin ist und mit dieser Qualifikation in der Tasche seit Jahren unterwegs ist. Überall auf der Welt unterrichtet sie ihre Muttersprache und hat anscheinend nie Probleme, eine Stelle zu finden. Meistens kommt sie an Weihnachten nach Hause und hat viele interessante Geschichten über ihr jeweiliges Aufenthaltsland und ihre Schüler zu erzählen. Das Stichwort „weltweit als Englischlehrerin unterwegs“ trifft bei mir natürlich ins Schwarze. Ich beginne Eimear auszufragen, und sie erzählt mir alles, was sie über den Beruf ihrer Schwester weiß. Lorna hatte sich bei einer anerkannten Sprachschule in Galway beworben und einen sechswöchigen Intensivkurs belegt, der einen in etwa 150 Theorie- und Praxisstunden zum international anerkannten Fremdsprachenlehrer ausbildet. So wie Eimear die Sache beschreibt, führt ihre Schwester genau das Leben, das ich mir für mich selbst bestens vorstellen kann. Seinen Beruf weltweit überall mit hin nehmen zu können, dazu als Lehrerin nicht auf eine einzige Schulform wie Gymnasium oder Grundschule festgelegt zu sein – genau diese Kombination kommt mir vor wie das Ziel meiner Träume. Ich notiere mir den Namen des Ausbildungsinstituts und statte „Bridge Mills Galway Language Centre“ gleich am nächsten Tag einen Besuch ab. Fred, der Ausbildungsleiter, nimmt sich ausführlich Zeit, um mir alles über Ablauf, Inhalt und Kosten des TEFL-Kurses zu erzählen. Da ich in Deutschland und nicht in einem Land, in dem Englisch die Amtssprache ist, geboren wurde, muss ich einen Eignungstest absolvieren; die Ausbildung ist eigentlich nur für Muttersprachler gedacht. Obwohl ich in den USA aufgewachsen bin und für mich kein wesentlicher Unterschied darin besteht, in welcher der beiden Sprachen ich spreche, mache ich den Test, mit dem Gefühl, mein ganzes restliches Leben hänge von ihm ab – was auf eine Art dann ja auch so ist.

Ich bestehe ohne Probleme und habe sogar das Glück, dass ich den letzten Platz im Seminar bekomme. Am 15. September soll es losgehen. Ab dann werde ich wochentags von 18 bis 22 Uhr im Theorieunterricht büffeln und an den Wochenenden gelegentlich Lehrproben abhalten, vor internationalen Sprachstudenten der Schule. Außer mir nehmen noch elf weitere Leute an der Ausbildung teil, alles Iren zwischen Anfang zwanzig und Ende vierzig. Manche hoffen, dass ihnen das Zertifikat den Start in ein Leben im Ausland erleichtert, andere sehen es als Chance, in ihrer Heimatstadt zu bleiben und eine Scheibe von dem boomenden Sprachtourismuskuchen abzubekommen. Über jeden Tag der Ausbildung müssen wir Tagebuch führen, über das, was wir gelernt haben, welche Methoden uns besonders gut oder gar nicht gefallen haben. Die Reflektionen sollten in die Endnote einfließen, die sich außerdem aus einer Theorieprüfung, einer selbst geplanten und durchgeführten Unterrichtsstunde und einer kritischen Feedbackrunde zusammensetzt. Bis November bin ich vollends ausgelastet mit der Uni, der Arbeit im Java's und diesem Kurs. Aber die Gruppe ist spitze, wir motivieren uns gegenseitig, und durch die Anerkennung, die ich für die von mir gehaltenen Stunden bekomme, habe ich die Bestätigung, dass ich meine Berufung fürs Erste gefunden habe. Bis auf zwei Teilnehmer bestehen alle, und wir feiern klassisch irisch einen ganzen Sonntag lang im Pub. Ich fühle mich richtig wohl, bin nicht mehr nur Austauschstudentin, sondern habe plötzlich irische Lehrerkollegen, die jedoch an ihrem ersten echten Einsatz nach der Abschlussprüfung scheitern, nämlich mir als Ausländerin die Liebe zu Guinness zu vermitteln.

Die neuen Kollegen prosten mir zu - sie haben das Abendziel doch noch nicht aus den Augen verloren - und fragen mich, wie es bei mir weitergehen wird. Die meisten, die mich im Laufe des Kurses näher kennen gelernt haben, sind überzeugt, dass ich die erstbeste Gelegenheit wegzugehen, sofort wahrnehmen werde, jetzt wo mir die Welt offensteht. Natürlich habe ich mich auch schon mit dem Thema beschäftigt. Über eine Bekannte habe ich den Kontakt zu einer Schule in Bolivien hergestellt. Schon Anfang Januar geht es los. Ich werde für ein halbes Jahr zum Arbeiten nach La Paz fahren und im Anschluss drei Monate durch Südamerika reisen; nur mein treues Auto wird mich dann leider nicht mehr begleiten können.

Kapitel 2

Bolivien 2000

El Alto und La Paz

Mit der linken Hand an der Hupe und dem rechten Fuß auf dem Gaspedal rast Schwester Anna mit mir auf dem Beifahrersitz, den funkelnden Lichtern von La Paz entgegen. Linke Spur, Lichthupe, und wenn das nicht hilft, wird aufs Horn gedrückt und der „idiotische" Fahrer vor uns mit sanften, aber wirkungsvollen Worten, die mich aus dem Munde einer Nonne dennoch überraschen, aufgefordert, Platz zu machen. Der weiße Schleier flattert und raschelt im Wind, aber sie lässt sich davon nicht irritieren. Das Fenster des alten Jeeps ist heruntergekurbelt, damit ich wenigstens ansatzweise genügend Sauerstoff bekomme, denn auf knapp 4000 Metern Höhe ist die Luft eher dünn. Am Rückspiegel baumelt ein Jesus, der obwohl ebenfalls vom Winde verweht, immer den gleichen sanft lächelnden Gesichtsausdruck beibehält. Die Schaukelei scheint ihm im Gegensatz zu mir nichts auszumachen. Der Jeep rast am Rand des Talkessels La Ceja entlang, vorbei an Elendssiedlungen und Straßenmärkten und dann die kurvige Autopista hinunter nach Villa Fatima, dem Stadtteil von La Paz, der für die nächsten sechs Monate mein Zuhause sein soll. Es ist gerade einmal eine Stunde her, dass ich auf El Alto (spanisch: die Höhe) gelandet bin, dem höchsten internationalen Flughafen der Welt.

Bis 1985 war El Alto lediglich ein kleiner, unbedeutender Vorort von La Paz, heute ist es die zweitgrößte Stadt des Landes. Nur Sucre, die Hauptstadt, hat noch ein paar Einwohner mehr. In „der Höhe“ haben sich sämtliche Elendsviertel des Regierungssitzes La Paz angesammelt. Die Bewohner gehören größtenteils zu den indigenen Andenvölkern der Aymara und Quechua. Mehr als 70 Prozent von ihnen leben unterhalb der Armutsgrenze, und knapp 90 Prozent sind Analphabeten. Sie sprechen Quechua - die Sprache der Inkas. Wie ihre Vorfahren verehren die beiden Volksgruppen nach wie vor verschiedene Berggeister und vor allem Pachamama - Mutter Erde. Auf dem Papier sind sie jedoch seit der Kolonialisierung alle Katholiken.

Ave María

Schwester Anna, oder „La Madre“, wie sie hier meist genannt wird, gehört zu den Zisterzienserinnen. Fünf deutsche und fünf bolivianische Nonnen leiten die mit knapp fünftausend Schülern größte Schule Boliviens, das „Colegio Ave María.“ Dem Konvent und der Schule, die vom Kindergarten bis zum Abitur führt, sind ein Tagesheim sowie ein Mädchen- und Jungeninternat angeschlossen. Mehrere Hundert bolivianische Lehrer und Angestellte halten den Betrieb erfolgreich am Laufen. Das Gymnasium, der Kindergarten und die Turnhalle sind seit 1993 in einer ehemaligen Streichholzfabrik untergebracht, die die Schwestern vor vielen Jahren günstig erwerben konnten. Die ursprünglichen Betreiber hatten bei der Eröffnung des Betriebs nicht bedacht, dass auf Grund der Höhe, kaum Bäume wachsen, und ihnen daher der wichtigste Rohstoff für ihre Streichhölzer fehlte. Wenig überraschend ging das Unternehmen nach kurzer Zeit pleite.

Einen kleineren Teil des Fabrikgeländes kaufte die „Vereinigung der Cocabauern“ für ihren Cocamarkt, der direkt neben der Schule abgehalten wird. Der Markt, auf dem täglich säckeweise Cocablätter aus der gesamten Region legal gehandelt werden, gibt immer wieder Anlass zur Diskussion, dabei ist die grüne Pflanze nicht aus dem Leben der Indios wegzudenken. Die Blätter, die zusammen mit Pottasche gekaut und später wieder ausgespuckt werden, helfen Hunger, Kälte und Müdigkeit zu verdrängen. Der Mate de Coca ist das Nationalgetränk und in der Höhe besonders wirksam, da er die Sauerstoffaufnahme des Körpers verbessert. Das ist auch das Erste, was mir Anna hinstellt, als wir schließlich im Colegio ankommen - eine heiße Tasse grünen, bitteren Tee, der meinen Magen wieder beruhigt und den leichten Schwindel nimmt.

Anna bringt mich mit all meinen Sachen zu einer kleinen Wohnung direkt neben den Zimmern der etwa Hundertfünfzig Internas, wie die Internatsmädchen hier genannt werden. Um einen großen betonierten und bunt bemalten Hof, der je nach Bedarf als Spielfeld oder Versammlungsplatz genutzt wird, liegen der Konvent mit einer kleinen Kapelle und den Räumlichkeiten der Madres sowie alle Bereiche des Mädcheninternats, einschließlich Küche und Speiseraum, Vorratskammern, Studierzimmer, Schlafsälen und Toiletten. Hier werden auch die Pupilos – die Tagesheimkinder – mitversorgt. Jungen und Mädchen wohnen getrennt, nehmen aber gemeinsam am Unterricht teil. Das Colegio genießt im ganzen Land einen exzellenten Ruf. Die hier bestandene Reifeprüfung ist sogar in Deutschland anerkannt, und einige ehemalige Schüler haben es geschafft, dort mit Hilfe eines Stipendiums zu studieren. Zum Schuljahresbeginn ist der Andrang riesig, die Kapazitäten entsprechend schnell erschöpft. Diejenigen, die aus wohlhabenderem Hause kommen, entrichten ein fixes Schulgeld, und die, deren Eltern nicht die finanziellen Mittel haben, bezahlen, was sie können, nicht selten in Naturalien, wie zum Beispiel einem Sack Kartoffeln oder einer Kiste Obst. Alle Schüler erhalten von den Schwestern die gleiche Uniform und Bücher. Nicht wenige, die hier aufgenommen werden, sind Sozialwaisen. Sie haben zwar Eltern oder Familie, die sich jedoch entweder nicht für ihre Kinder interessieren oder sie schlicht und einfach nicht durchbringen können, weil sie im Gefängnis sitzen, drogenabhängig oder krank sind.

Johanna

Als die Madre an der Tür zur Wohnung anklopft, die ich mir mit Johanna, der anderen Señorita aus Deutschland teile, öffnet uns eine mittelgroße, schlanke, blonde Frau, die, wie ich an ihren verstrubbelten Haaren und den Kissenabdrücken auf ihrer linken Wange sehen kann, soeben aufgewacht sein muss. Sie wirkt leicht verwirrt, fängt sich aber schnell und begrüßt uns überschwänglich. Anna zieht sich mit dem Hinweis zurück, wenn wir etwas bräuchten, sollen wir ihr Bescheid geben. Johanna zeigt mir das freie Zimmer, von dem aus man einen fantastischen Ausblick auf den Illimani, den mit 6439 Metern höchsten Berg der Cordillera Real in den Anden hat.

Außer einem schmalen Bett, einem kleinen Tisch mit Schublade und einem Holzstuhl, der auf einem bunten, geknüpften Teppich steht, befinden sich keine weiteren Möbelstücke in dem Raum, aber ich bin zufrieden. Ansonsten gibt es in dem Appartement noch eine kleine und ganz einfach eingerichtete Küche, die über einen langen Gang, mit Johannas Schlafzimmer verbunden ist. Zusätzlich gibt's noch ein Bad mit Dusche, zu meiner großen Freude mit fließend heißem Wasser. Mir ist bereits unangenehm aufgefallen, dass es hier nirgends wirklich warm ist, und ich mache mir Sorgen, wie ich erst durch die kalten Jahreszeiten kommen soll, so verfroren wie ich bin. Johanna und ich haben beide einen kleinen Heizlüfter für unsere Zimmer bekommen, sind aber von den Nonnen angehalten worden, ihn nur „im Notfall" zu benutzen, da er so viel Strom frisst. Für mich ist der Notfall bereits jetzt eingetreten.

Ich stelle meinen Rucksack in eine Ecke des Zimmers und lasse mich erschöpft aufs Bett fallen, als ich spüre wie mir etwas Lauwarmes, Feuchtes aus der Nase läuft. Reflexartig fasse ich hin und stelle entsetzt fest, dass es Blut ist. Heftiges Nasenbluten, wie ich es das letzte Mal nach einem Sturz vom Fahrrad im Alter von acht Jahren hatte. Johanna, die schon einen Tag vor mir angekommen ist, weiß gleich, dass dieses Phänomen mit der Höhe zu tun hat, und rät mir, den Kopf zurückzubeugen und mich hinzulegen. Sie holt ein paar angefeuchtete Taschentücher, die ich mir fest auf die Nase drücke. Dann setzt sich meine neue Mitbewohnerin zu mir auf den einzigen Stuhl im Zimmer und fängt an, munter von sich zu erzählen: Sie hat gerade ihr Abitur bestanden und ist, genau wie ich, für ein halbes Jahr hierher gekommen, um Spanisch zu lernen und an einem Entwicklungshilfe-Projekt mitzuwirken. Nach ihrem Aufenthalt hier hat sie vor, in Deutschland Lebensmittelchemie zu studieren. Meine Hoffnungen, dass meine Kollegin fließend Spanisch spricht und ich von ihren Kenntnissen im Alltag profitieren könnte, macht sie gleich zunichte. Lediglich in den letzten Wochen vor ihrer Abreise hat sie versucht, sich selbst ein paar Redewendungen und die wichtigsten Vokabeln beizubringen. Allerdings relativ erfolglos, wie sie meint, da sie noch nicht einmal den Pförtner am Haupttor verstanden hat, als er sie mit den üblichen Redewendungen freundlich begrüßte. Johanna erzählt auch, dass es ihre erste große Auslandsreise ist und sie jetzt schon ihren Gustav, „ihren Schatz", ganz schrecklich vermisst. Sie sieht diese Reise als Test für ihre Beziehung und meint, wenn sie diese halbjährige räumliche Trennung gut überstehen, dann ist ihnen „eine gemeinsame Zukunft sicher". Nach einer geschlagenen Stunde weiß ich nicht nur alles über Johanna, sondern auch über ihren Gustav und dessen weit verzweigte Verwandtschaft.

Stierkampf

Johanna hat nach dem vielen Erzählen schlagartig der Hunger gepackt, und da meine Nase auch wieder im Normalzustand ist, beschließen wir, die Küche aufzusuchen und zu schauen, ob wir nicht etwas Essbares finden können. Es ist schon spät geworden, und das Küchenpersonal ist nach Hause gegangen. Wir sperren die schwere Eisentür der Internatsküche auf und tasten nach dem Lichtschalter. In der fensterlosen Küche ist es stockfinster, und Johanna stolpert über einen Kübel, der auf dem Boden steht. Sie stützt sich auf einem Tisch ab und schreit entsetzt auf. „Was ist?“, frage ich und kann immer noch nichts erkennen. Ich mache einen Schritt auf sie zu und stolpere ebenfalls über etwas, das ich zunächst für einen Besenstiel halte. Ich taste mich an der Wand entlang und treffe durch Zufall den Lichtschalter. Die Neonröhren an der Decke fangen an zu flackern und tauchen dann den Raum plötzlich in unangenehm grelles Licht. Johanna schlägt sich die Hand auf den Mund. Ich drehe mich zu ihr um und erkenne sofort die Ursache. Auf dem Küchentisch liegt ein Stierkopf, der sie anstarrt, allerdings ohne Augen - die schwimmen daneben, in einem Schüsselchen, zusammen mit seinen Geschlechtsteilen. Erst jetzt fällt uns der üble Geruch auf, in der kalten Küche riecht es metallisch nach Blut und leicht säuerlich nach totem Fleisch. Im nächsten Moment erkenne ich auch, dass meine Stolperfalle kein Besen, sondern ein echtes Stierbein war. Daneben liegen ordentlich nebeneinander die anderen drei abgehackten Beine. Und als wir uns genauer umsehen, stellen wir fest, dass überall Teile liegen, die zusammengesetzt, wahrscheinlich einen ganzen Stier ergeben würden. Johanna und mir ist allerdings fürs erste der Appetit vergangen, und wir begnügen uns mit Mate de Coca in unserer Küche, der ja so gut hilft, gegen Magenprobleme.

Fliegende Füße

In den nächsten Wochen übernehmen Johanna und ich unzählige Tätigkeiten – das meiste davon Arbeiten, die ich noch nie zuvor verrichtet habe: Wir bügeln gebrauchtes Geschenkpapier und rollen es neu auf, waschen im ganzen Haus die Wände, da Geld für Farbe fehlt, beschriften die Besen, damit jeder weiß, wohin er sie wieder zurückstellen soll, wir stellen Spiralblöcke aus einseitig beschreibbarem Altpapier her, wir binden Bücher, reparieren und sortieren sie, wir bügeln Vorhänge, knoten die Enden von Wollresten zusammen und wickeln sie zu Knäueln auf, führen Aufsicht im Speiseraum, machen Inventur, sortieren Flickwäsche aus, wir reden, trösten, erzählen von Deutschland. Wir bemühen uns Vorbild zu sein, begleiten die Kinder zum Arzt, wir halten Hände, wir putzen Baustellen, wenn hoher Besuch kommt, wir streichen Bäume zum Schutz vor Schädlingen mit Farbe an, wir helfen in der Küche Erbsen pulen und Kartoffeln schälen. Wir machen alles, was mit der Verarbeitung von Birnen zu tun hat, die zur Erntezeit täglich kistenweise vom eigenen Landgut aus Sapahaqui kommen: schälen, schneiden, trocknen, wenden, aussortieren. Wir kochen Birnenmus, das wir in Plastikbeutel einfüllen, die wir mit Kerzenwachs versiegeln, wir machen Birnensaft und backen Birnenkuchen und verkaufen alles in den Pausen auf dem Schulhof und dem lokalen Obst- und Gemüsemarkt in der Stadt. Wir markieren die Kleider der Kinder, wir bauen Betten zusammen, wir entrümpeln den Keller. Wir kontrollieren morgens alle Betten, um zu wissen, ob und wer in der Nacht ins Bett gemacht hat. Wir übernehmen die nachmittägliche Betreuung und Lernförderung der Tagesheimkinder, erstellen Kurslisten, führen Gespräche mit Eltern, die kein Wort Spanisch, sondern nur Quechua sprechen. Wir helfen bei Übersetzungen, fragen Englischvokabeln ab und korrigieren Lateinhefte. Und das alles für 1 Euro 50 am Tag, was noch nicht einmal ausreicht, um eine Minute nach Deutschland zu telefonieren.

Besonders nervig ist die tägliche Aufsicht im Comedor – dem Speisesaal, wo die etwa achtzig Pupilos zusammen Mittag essen. Direkt von der Schule kommen sie hungrig an und nehmen mit möglichst viel Geschrei und Geschubse an den vier langen Holztischen Platz, wobei sich jeweils sechs Kinder einen Topf teilen, der in die Mitte des Tisches gestellt wird. Damit es nicht gleich Mord und Totschlag gibt, ist Selbstbedienung streng verboten und die Teller werden von uns gefüllt. Das sind für mich immer die aufreibendsten Minuten dieser Aufsicht – bis alle etwas bekommen haben und dann gemeinsam, nach einem kurzen Tischgebet, anfangen zu essen.

Die Gerichte sind nicht schlecht, die meisten Zutaten wie Kartoffeln und Gemüse kommen aus eigenem Anbau, ebenso das Fleisch, das aus Kostengründen aber nur selten auf dem Speiseplan steht. An einem der ersten Tage gibt es Eintopf mit

Kartoffeln, Spinat und kleinen Füßchen. Ich wundere mich schon beim Verteilen, was da genau für Zutaten drin sind, denn Hühnerfüße, die auch schon in der Suppe schwammen, sind es nicht, die sind deutlich größer. Auch die Kinder, die es zwar gewohnt sind, Knochen aus der Brühe zu fischen und abzunagen, sind sichtlich irritiert. Die kleinen hellrosa Pfötchen sehen für mich eher so aus, als würden sie zu einem Nagetier wie Ratte oder Maus gehören, aber ich behalte diesen Gedanken für mich. Einige der Pupilos legen die Tierteilchen neben den Tellerrand auf den Tisch und sammeln ganze Häufchen an. Nur ein paar ganz Wagemutige stecken sie vorsichtig in den Mund, um zu sehen, ob sie sich nicht doch zum Verzehr eignen. Es knirscht zwischen den Zähnen, und die Kinder spucken die angekauten Knorpel wieder aus. Bis der kleine Carlos anfängt, sie seinem Gegenüber auf die Brust zu schnippen. Dieser schreit angeekelt auf, geht aber sofort zum Gegenangriff über. Es dauert keine fünf Sekunden, und der ganze Comedor ist zum Schlachtfeld geworden. Überall Gekreische und Gelache - und fliegende Füßchen. Johanna und ich gehen in Deckung und können allein die Situation nicht mehr unter Kontrolle bringen. Das Küchenpersonal kommt uns zu Hilfe. Ein paar Machtworte des Kochs Sabino, und die erhitzten Gemüter fangen an, sich zu beruhigen. Die Drohung, dass jeder, der noch einmal wagt, den Mund außer zum Essen aufzumachen, sofort rausfliegt und hungrig bleibt, wird respektiert, und das regelmäßige Löffel-auf-Teller-Klappern, stellt sich ein. Bevor der Koch wieder verschwindet, will ich noch wissen, welche Spezies sich da im

Kochtopf befindet: „Meerschweinchen“, sagt er und lädt mich ein, nachher in die Küche zu kommen, und eins zu probieren.

Ausgerüstet mit einem Stapel Bücher, bunter Kreide, viel Schmierpapier und einer Trillerpfeife, sitzen wir an einen Baum gelehnt in einer Ecke des Hofs und genießen ein paar entspannte Momente bevor gleich unser Nachmittagsunterricht mit den Pupilos losgeht. Plötzlich sehe ich aus dem Augenwinkel, wie Juan-Pablo auf mich zu rennt. Er kniet sich blitzschnell vor mir nieder und steckt mir eine handvoll von irgendetwas in die Tasche meines Kapuzenpullis. Ich ahne nichts Gutes, als er nach verrichteter Tat auf dem Absatz kehrt macht und zu seinen Freunden zurückläuft, die mich alle erwartungsvoll aus der Ferne beobachten. Ich fasse in meine Tasche, und diesmal ist es an mir, zu kreischen, denn der liebe Kleine hat mir tatsächlich eine geballte Ladung Meerschweinchenfüßchen zugesteckt. Angewidert, lasse ich sie fallen und mache Anstalten ihm nachzulaufen. Da ich aber schon aus Erfahrung weiß, dass ich bei diesen Verfolgungsjagden den Kürzeren ziehe, biege ich schnell ab und laufe in die Küche, um Sabino zu bitten, sich in Zukunft genau zu überlegen, welche Zutaten er verwendet. Er versucht, mich mit einem Bissen mageren Meerschweinchenfleisches zu besänftigen, und das gelingt ihm nur, da meine Neugierde größer ist, als der Ekel. Er schiebt mir eine Gabel voll in den Mund und benimmt sich dabei, ohne es zu wissen, wie ein Vater, der seinen Säugling füttert und dessen Mundbewegung nachahmt. Erwartungsvoll schaut er mich an, und ich muss zugeben, dass es mit das beste und zarteste

Fleisch ist, was ich je gegessen habe. Ich nehme noch einen Bissen und mache mich so gestärkt, auf in den Kampf mit meinen vierundvierzig Pupilojungs.

„Profe, Profe“, rufen die Kids, als sie mich das Klassenzimmer aufsperren sehen. Sie kommen ausnahmsweise freiwillig zum Unterricht, da sie sich unsicher sind, ob ich nach dem Füßchenvorfall wütend bin. Vollkommen verschwitzt und aufgedreht zwängen sie sich hinter die Pulte. Das Klassenzimmermobiliar besteht bei den Grundschülern aus langen Reihen von dunklen Holzpulten, die mit einer schmalen Holzbank verbunden sind. Je nach Größe passen etwa acht Kinder in eine solche Reihe, wobei die Älteren lieber am Rand sitzen, damit sie ihre Beine besser ausstrecken können und sich nicht ständig die Knie anschlagen.

Ich gehe durch die Reihen und lasse mir von jedem Kind sein Hausaufgabenheft zeigen. Wie so oft, hat José-Luis seines vergessen, Cesar findet sein Mathebuch nicht, und Pedro ist sich ganz sicher, dass sein Bleistift eben noch auf seinem Heft lag, und ihn bestimmt Juan genommen hat. Ich gehe zu einem Klassenkameraden von José-Luis, und versuche auf diesem Weg herauszufinden, welche Hausaufgaben sie zu erledigen haben. In der Zwischenzeit läuft Cesar, um sein Mathebuch zu suchen, aus dem Zimmer, aber nicht ohne vorher über das „versehentlich ausgestreckte Bein“ von Gustavo zu stolpern. Pedro hat Juan in die Rippen geboxt und ihn angemacht, er solle sofort seinen Bleistift rausrücken, sonst würde er seinen Kugelschreiber kaputt machen. Juan wehrt sich lautstark und fängt an zu weinen. Er ist erst sechs

Jahre alt und hat gerade letzte Woche großen Ärger zu Hause bekommen, weil sein Radiergummi von Pedro mit Tinte vollgeschmiert war. Bevor ich so schnell alle Brennpunkte unter Kontrolle bringen kann, ist heilloses Chaos ausgebrochen. Durch die Wand kann ich hören, dass Johanna mit ihren Mädels, die direkt im Klassenzimmer nebenan sind, ähnliche Probleme hat; die Stimmen der Kinder werden immer höher, und Johanna versucht sich mit verzweifelten „Silencio"-Rufen Ruhe zu verschaffen. Da ich bei mir im Kurs mein eigenes Wort nicht mehr verstehen kann, greife ich zu dem einzigen wirksamen Hilfsmittel – meiner Trillerpfeife, und blase mit aller Kraft hinein. Schlagartig kehrt Stille ein, ein Zustand der leider nicht von Dauer sein wird. Die Idee mit der Pfeife kam von Schwester Anna. Sie selbst kann auf zwei Fingern so laut pfeifen, dass man es auf der anderen Straßenseite noch hört, und ich beneide sie sehr um diese Fähigkeit. Die Kinder reißen sich etwas am Riemen, und ich schaffe es, wenigstens den Schwächsten bei der Erledigung ihrer Hausaufgaben zu helfen und den beiden Ältesten Übungsaufgaben für ihre anstehende Matheprobe zu entwerfen. Alle, die bereits Englisch in der Schule lernen, dürfen sich an der Tafel an einem Vokabelspiel beteiligen, und obwohl das sicherlich nicht zur Studierstille beiträgt, beschäftigen sie sich zumindest mit dem aktuellen Fremdsprachenwortschatz. Gegen 17 Uhr erscheinen die ersten Eltern, um ihre Sprösslinge abzuholen, und das ist für mich das ersehnte Zeichen, dass der Feierabend näher rückt.

El Gato

„El Gato“ - die Katze, rufen die Internas immer ganz aufgeregt, wenn sie Alfredo sehen. Alfredo, der 23-jährige, durchtrainierte und gut aussehende Sportlehrer, widmet jede Minute seiner Zeit den Kindern und Jugendlichen. Den Spitznamen hat er schon lange. Er hört eher auf El Gato als auf seinen wirklichen Vornamen. Dabei sieht er mit seinen 1,75m, seinem muskulösen Körper, und seinem eher kantigen Gesicht gar nicht aus wie eine Katze. Nur seine Augen, die funkeln wie die eines Raubtiers, vor allem dann, wenn es um seine Leidenschaft Basketball geht. Alfredo trainiert mehrere Schulmannschaften gleichzeitig. Bis spät in den Abend hören wir seine Trillerpfeife und seine Motivationsrufe aus der steinernen und eiskalten Turnhalle widerhallen. Wer mit Alfredo trainiert, muss es ernst meinen und alles geben. „Ich kann nicht mehr“ akzeptiert er nicht. Wer es noch nicht gut genug kann, der muss eben üben. Außerhalb des Sports existiert für Alfredo kaum etwas. Sein Vater ist ebenfalls Sportlehrer an der Schule, und als ich ihn näher kennen lerne, ist mir sofort klar, woher El Gato seinen Ehrgeiz hat: Er vergöttert seinen Vater. Durch seine Leidenschaft und Hingabe für den Sport hebt er sich von den anderen, „normalen“ Lehrern deutlich ab. Er hat immer Zeit für jeden und vermittelt den Jugendlichen das Gefühl, dass sie durch den Glauben an sich selbst und entsprechenden Einsatz alles erreichen können.

Gelegentlich schauen Johanna und ich den Jungs beim Trainieren zu. Das ist besser als allein im Zimmer zu sitzen, zumal sie sich besonders ins Zeug zu legen scheinen, sobald wir auftauchen.

Alfredo macht zwar deutlich, dass er die Ablenkung durch uns Frauen nicht befürwortet, aber ihm entgeht andererseits auch nicht der erhöhte Trainingseifer seiner Mannschaft, und er lässt uns gewähren. Oft ist unter den Zuschauern Ivan, ein guter Freund von Alfredo, der wegen einer Knieoperation nicht mehr an den täglichen Übungen teilnehmen kann. Johanna und ich haben auf dem Spielfeld unsere Favoriten und haben großen Spaß daran, kichernd am Spielfeldrand zu stehen und tuschelnd Aussehen, Sympathiegrad und Wurftalent der Athleten zu diskutieren. Die Nonnen würde wahrscheinlich der Schlag treffen, wenn sie hören würden, nach welchen Gesichtspunkten wir ihre männlichen Schützlinge kategorisieren, aber da uns sonst wenig Sozialleben in dem Kloster geboten wird, gönnen wir uns die Abwechslung. Johannas Favorit ist eindeutig Alfredo. Wir beschließen, dass es doch eigentlich nett wäre, mal mit ihm und Ivan abends auszugehen, vor allem da es so wenig Gleichaltrige in unserem Umfeld gibt. Spontan unterbreiten wir Ivan den Vorschlag. Er strahlt uns an und sagt begeistert für Samstagabend zu. Alfredo ist zögerlich, als er davon hört, da er bis halb zehn Training hat, willigt dann aber ein, uns anschließend zu treffen.

Gefängnis und Fluchtversuch

Die Aussicht auf einen unterhaltsamen Abend mit gleichaltrigen Männern außerhalb der Klostermauern lässt unsere Stimmung deutlich steigen. Die letzten Wochen haben wir hauptsächlich mit der spanischen Sprache, der Höhe und unseren neuen

Aufgabenbereichen gekämpft. Wir fühlen uns allmählich wie im Gefängnis. Aus Sicherheitsgründen und um das Ausbüchsen der Internatsmädchen, oder respektive das Einschleichen der Jungs, die auf der anderen Straßenseite ihre Zimmer haben, zu verhindern, werden die Tore zum Gelände um 20.00 Uhr abgesperrt. Ich habe Angst, dass unsere Verabredung an diesen äußeren Umständen scheitern könnte und leihe mir von Victoria, einer der Küchenfeen, für ein paar Stunden ihren Schlüssel aus. Sie bewohnt ebenfalls ein Zimmer auf dem Gelände und hat daher einen Schlüssel für eine kleine Seitentür, die in die Freiheit führt. Ohne mich zu fragen, wofür ich ihn brauche, ermahnt sie mich lediglich, nicht zu vergessen, ihn ihr zurückzugeben. Johanna und ich nutzen die Chance, uns ein Duplikat anfertigen zu lassen, damit wir auch in Zukunft kommen und gehen können, wie es uns passt. Bisher sind wir nur ausgebüchst, um in ein Internetcafé zu gehen oder einfach mal etwas anderes zu essen als die Internatskost. In den ersten Tagen ist es für uns schon eine Herausforderung, nur lebend auf die gegenüberliegende Straßenseite zu gelangen, denn der Verkehr durch die Stadt ist mörderisch. Die öffentlichen Verkehrsmittel bestehen aus Minibussen und Sammeltaxis, die sich auf über zweihundert Routen ohne Haltestellen durch die Stadt schlängeln. Meistens hängt ein junger Kerl aus der Schiebetür eines Minibusses und ruft ununterbrochen die Strecke aus. Signalisieren ihm die Leute auf der Fahrbahn, dass sie einsteigen wollen, gibt der Schreihals dem Fahrer ein Zeichen, woraufhin dieser sofort eine Vollbremsung macht, um die potentiellen Passagiere aufzusammeln. Die Busse und Taxen hinter ihm drücken auf die Hupe und umfahren ihn, nur um dann gleich ein paar Meter weiter, ihrerseits voll in die Eisen zu steigen und ebenfalls Passagiere aufzuladen. Johanna und ich haben eine Weile gebraucht, das System zu durchschauen, und sind nicht selten in weit entfernten Stadtteilen gelandet. Kamen wir dann aufgrund der ungeplanten Verzögerungen erst nach acht ins Kloster zurück, mussten wir klingeln. Diese späte Begegnung mit einer Nonne oder einem Angestellten war fast immer damit verbunden, dass wir uns rechtfertigen mussten, woher wir denn „zu solch später Stunde“ noch kämen.

Dank unseres eigenen Schlüssels haben wir nun ein Stück Freiheit zurückgewonnen, und wir fiebern aufgeregt dem Wochenende und dem bevorstehenden Doubledate entgegen. An dem ersehnten Samstag stehen wir beide schon am Nachmittag vor unserem gemeinsamen Kleiderschrank im Gang unserer Wohnung und beratschlagen, was wir für den großen Abend anziehen sollen. Nicht, dass die Auswahl sonderlich groß wäre, aber wir ziehen uns beide das Beste an, was wir in unseren Rucksäcken mitgebracht haben.

Ich freue mich so richtig darauf, mal wieder unter Leute zu gehen, die sich amüsieren wollen, und vor allem auf ein oder zwei große kühle Biere. Johanna ist noch etwas nervöser, da sie, trotz Gustav, ein Auge auf El Gato geworfen hat, aber er sich noch nichts hat anmerken lassen, dass er ebenfalls auf sie als Frau aufmerksam geworden wäre. Für die Internas ist es schon lange Gesprächsthema, wen von uns beiden Alfredo wohl lieber mag, und wer von uns, ihrer Meinung nach, besser zu ihm passen würde. Allerdings herrschen sehr geteilte Meinungen zu diesen Fragen, und ich überlasse gern Johanna das Feld.

Um die Gerüchteküche nicht weiter anzuheizen, haben wir uns um 22 Uhr am Kreisverkehr in der Nähe der Schule verabredet. Wir wollen vermeiden, dass die Mädchen Wind davon bekommen, mit wem die Fräuleins heute Abend ausgehen.

Die Milchbar

Ivan erscheint in Jeans und weißem Hemd und Alfredo in seinem blauen Trainingsanzug. Johanna wirft mir einen Blick zu, der zu sagen scheint: „Hätte ich mir ja auch denken können, dass der nur Sportklamotten besitzt." Und tatsächlich fällt mir auf, dass ich Alfredo noch nie in normaler Kleidung gesehen habe. Unsere Begleiter schlagen vor, Karaoke singen zu gehen, und da uns auf die Schnelle nichts Besseres einfällt, stimmen wir zu. Ivan führt uns ein paar Straßen weiter in eine Bar, und Johanna und ich treten gespannt, nach so langer Abstinenz, in das Nachtleben von La Paz ein. Die Kneipe ist gut gefüllt, relativ dunkel und ziemlich verraucht. Die Musik, eine schleimige Liebesschnulze, gesungen von einem Möchtegern-Gaucho mit Schnurrbart und Cowboyhut, wäre für mich eigentlich schon Grund genug, das Lokal zu wechseln, aber ich warte erst mal ab. Gerade als wir noch etwas verloren in der Mitte der Bar stehen, und ich schon Hoffnungen hege, dass sich das Musikproblem ganz von allein löst, wird in einer Ecke eine kleine Sitzgruppe frei, auf die Ivan gleich zielstrebig zusteuert. Johanna sitzt „zufällig" neben ihrem Idol. Ivan und ich haben ihr gegenüber auf roten Plüschsesseln Platz genommen. Die Bedienung ist sofort zu Stelle und fragt, wie ich finde, etwas schroff, nach unseren Getränkewünschen. Ich schaue Johanna an, die noch unschlüssig die Cocktailkarte studiert; ich weiß schon seit einer Woche, dass ich unbedingt zuerst ein Bier möchte. Alfredo antwortet als erster, und ich denke, ich höre nicht recht - bestellt er doch tatsächlich für uns alle, vier Glas Milch. Die Kellnerin schaut ebenfalls überrascht, denn Samstagabend um 22.30 Uhr hat das, seit sie hier arbeitet, vermutlich noch keiner bestellt. Ich nutze die Gelegenheit für mich selbst zu sprechen und ein Bier zu bestellen, und Johanna fügt der Bestellung hastig noch einen „Sex on the Beach" hinzu. Alfredo schwenkt auf Wasser um, da es keine Milch gibt, und Ivan, sichtlich unentschlossen, ob er sich der Getränkewahl seines Freundes anschließen soll, nickt ergeben. Während wir auf unsere Getränke warten und uns unterhalten, wird mir schnell klar, dass Alfredo nicht oft mit weiblichen Wesen unterwegs ist. Er ist richtig schockiert, dass wir Alkohol trinken, und kann sich überhaupt nicht entspannen. Er möchte von uns wissen, warum wir das tun, ob wir das zu Hause auch machen, und gibt uns deutlich zu verstehen, dass er unsere Vorliebe für pure Geldverschwendung hält und er mit Leuten, die trinken, lieber nichts zu tun haben möchte. Johanna rückt etwas von ihrem Sitznachbarn ab. Die Enttäuschung, dass der schicke junge Mann, so eine Antispaßkanone ist, steht ihr ins Gesicht geschrieben. Die Stimmung ist deutlich abgekühlt, und alle Bemühungen von Ivan, die Unterhaltung wieder anzukurbeln, wirken gequält. Johanna und ich diskutieren auf Deutsch, was wir tun sollen. Wir sind uns einig, dass wir uns den Abend, auf den wir so lange gewartet haben, nicht verderben lassen wollen, und bestellen noch eine Runde. Alfredo runzelt die Stirn und schüttelt verständnislos den Kopf. Statt uns aber erneut mit einer Moralpredigt zu strafen, schlägt er vor, Karaoke zu singen - aber nicht nur zum Spaß, sondern als Wettbewerb. Wer mehr Beifall von den Gästen in der Kneipe bekommt, ist Sieger. Da Johanna und ich ahnen, dass der Abend gelaufen wäre, wenn wir kneifen, machen wir den Vorschlag, dass wir ein Lied im Duett singen. Die Jungs stimmen zu und nach langem hin und her entscheiden wir uns für „We Will Rock You“ von Queen. Das Lied ist nicht zu lang, der Text nicht zu kompliziert und die Melodie hat eine angenehm tiefe Tonlage, sodass ich nicht befürchten muss, dass sich meine Stimme gleich vor Nervosität überschlägt. Ich kann nämlich außer im Auto, wenn ich mir sicher sein kann, dass mir keiner zuhört, eigentlich überhaupt nicht singen. Innerlich verfluche ich Alfredo, dass er mich in diese Situation gebracht hat, und auch mich selber, dass ich nicht selbstbewusst genug war, von vornherein „nein“ zu diesem blöden Vorschlag zu sagen. Jetzt ist es allerdings zu spät, und ich will das Gesinge nur hinter mich bringen und nach Hause gehen. Johanna hat in einem Zug ihren Cocktail geleert, und an ihren feuchten Händen sehe ich, dass auch sie nicht mehr ganz so gelassen ist wie am Anfang. Ich glaube, sie möchte immer noch einen guten

Eindruck bei Alfredo hinterlassen. Leider ist für ihn Dabeisein noch lange nicht alles; nur Siegen zählt.

Das Lied fängt mit dem berühmten in die Hände Klatschen von Queen an, und die übrigen Gäste machen gleich mit. Ich spüre, dass alle Augen auf uns gerichtet sind und starre verbissen auf die Leinwand, auf der zu einem Video, der Text eingeblendet ist. Nachdem ich die erste Strophe hinter mir habe, schaffe ich es tatsächlich, mich etwas zu entspannen. Die meisten Leute sind begeistert und grölen ebenfalls mit. Am Schluss des Liedes zittern mir die Knie, und ich sinke erleichtert, in meinen Sessel zurück. Das Applausbarometer steigt und erreicht beinahe den höchsten Wert auf der Skala. Johanna und ich sind wieder ganz Herr der Lage und geben uns ein high five. Weder Ivan noch Alfredo, die gleich nach uns irgendwelche bolivianischen Poprocklieder singen, kommen unserem Ergebnis auch nur ansatzweise nahe. Eins zu null für uns, würde ich sagen und habe trotz unseres Sieges genug von dem Abend und den beiden Milchbubis.

So leise wir können, schleichen wir uns zurück in unsere Wohnung, aber bei hundert Mädchen, sind selbstverständlich einige wach, die uns bemerken. Wir tun zwar nichts Verbotenes, fühlen uns aber ein bisschen so. Mit einem scheinheiligen Lächeln versuchen uns die Mädchen am nächsten Morgen auszufragen, aber wir zucken nur mit den Schultern und tun so, als könnten wir ihr Spanisch nicht verstehen. „Wenn die wüssten, wie unsagbar doof unser Abend in der Karaokebar war, dann würden uns vermutlich nicht einmal diese Klostermädchen beneiden. Wir hätten zu Hause bleiben und eine ordentliche Tasse Coca-Tee trinken sollen."

Der Unfall

Immer wieder durch El Gato und seine Leidenschaft zum Basketball motiviert, können Johanna und ich uns eines Abends nicht mehr rausreden. Wir werden von allen Spielern aufgefordert, wenigstens eine Partie mitzuspielen. Die Mannschaften werden ausgelost, zufälligerweise Alfredo und Johanna gegen Ivan und mich. Leticia, eine Schülerin, fungiert als Schiedsrichterin und pfeift den Spielbeginn an. Schon beim Einwurf bekomme ich Alfredos Ellbogen zu spüren. Ein wildes und raues Spiel beginnt. Die Jungs kennen keine Rücksicht, wenn es darum geht, in den Ballbesitz zu gelangen und Körbe zu werfen. Sie machen keinen Unterschied, ob Mann oder Frau, und ich merke, wie ernst es hier zur Sache geht. Ich gebe mein Bestes, muss aber schnell feststellen, dass meine Kondition, ganz zu Schweigen von meinen Basketballfähigkeiten, mich schnell im Stich lassen. Ich fange einen Pass von Ivan und stürme dribbelnd auf den Korb zu, aber bevor es zu meinem Wurfversuch kommt, knicke ich um und kann richtig hören, wie etwas in meinem Fuß knirscht. Ich gehe zu Boden und kann mich nicht mehr rühren. Johanna sieht an meinem aschfahlen Gesicht, dass es ernst ist, Alfredo versucht noch, das Match weiterzuspielen. Er fordert mich auf, mich nicht so anzustellen und weiterzumachen, aber ich kann beim besten Willen nicht mehr auftreten. Vor Schmerz und Wut brülle ich den Sportlehrer an, dass mir sein egoistisches und brutales Verhalten dermaßen auf den Keks geht und, wenn er sich auch nur ein kleines bisschen respektvoller verhalten hätte, ich jetzt hier nicht bewegungsunfähig liegen würde. Auf Ivan und Johanna gestützt, humpele ich zurück in unsere Wohnung und lege mich aufs Bett. Sie besorgen mir einen Eisbeutel, und ich hoffe inständig, dass durch regelmäßiges Einreiben mit einer Schmerzsalbe die Verletzung bald ausgestanden ist.

Am nächsten Morgen ist mein Fuß auf die Größe eines Elefantenbeins angeschwollen und auf Rat der Ordensschwestern mache ich mich in Johannas Begleitung auf den Weg ins Krankenhaus. Die Gänge scheinen von Verletzten nur so überzuquellen. Ich bahne mir, auf einem Bein springend, den Weg zur Anmeldung und erkläre mit Hilfe eines Wörterbuchs, was mir fehlt. Die Schwester schreibt alles mit Kugelschreiber auf ein altes Blatt Papier. Mir fällt auf, dass sie das Wort Alemania - Deutschland, mit rot mehrmals unterstreicht. Auf einem Bein hopse ich zurück zu Johanna, die uns ein Plätzchen auf der Holzbank im Wartesaal ergattert hat, und stelle mich auf stundenlanges Herumsitzen ein.

Umso erstaunter bin ich, als es keine fünf Minuten dauert, bis mich eine freundliche Schwester in weißem Kittel und mit Häubchen auf dem Kopf bittet, ihr zu folgen. Als sie sieht, wie ich mühsam aufstehe und loshüpfe, lässt sie sofort einen Assistenten rufen, der mit einem Rollstuhl kommt. Auf ihre Aufforderung hin setze ich mich hinein, und sie schiebt mich direkt in das Behandlungszimmer des Chefarztes. Alles Weitere geht sehr schnell. Ich werde geröntgt und erfahre dann, dass ich mir die Bänder im linken Bein gerissen habe, und daher einen Gips brauche. Ich werde professionell und zügig verarztet. Der Oberarzt persönlich wünscht mir in schwer verständlichem Deutsch „Gute Besserung“ und lässt ein Taxi für „das junge Fräulein und ihre Begleiterin“ rufen. Er drückt mir die Hand und bittet mich meinen Vater, „den Herrn Botschafter“, doch ganz herzlich von ihm zu grüßen. Er bedauere es sehr, dass wir uns unter „solchen Umständen“ kennen lernen mussten und nicht auf dem Empfang in der Botschaft neulich….Allmählich verstehe ich wie ich zu meiner Sonderbehandlung gekommen bin. Die ganze Klinik hält mich, aus mir vollkommen unerklärlichen Gründen, für die Tochter des deutschen Botschafters. Ich beschließe, dass jetzt nicht der geeignete Zeitpunkt ist, dieses Missverständnis aufzuklären, und gehe schleunigst, oder so schnell das eben mit einem frisch eingegipsten Bein geht, zum Ausgang.

Der Ausflug

Zurück im Colegio scheint es, als könnten nur Gips und Krücken Alfredo wirklich davon überzeugen, dass meine Verletzung ernst ist. Zunächst bemühe ich mich, ihm aus dem Weg zu gehen, da ich immer noch wütend auf ihn und seine rüpelhafte Art bin. Er scheint das jedoch gar nicht mitzubekommen und steuert, sobald er mich sieht, auf mich zu. Meine schlechte Laune ignorierend, wünscht er mir gute Besserung, malt mir einen Katzenkopf auf den Gips und rät mir, mit einem aufmunternden

Schulterklopfen, trotz Verletzung bald wieder am Training teilzunehmen. Ich weiß nicht so recht, wie ich darauf reagieren soll; ob ich ihm wegen seiner Unsensibilität ins Gesicht springen oder mich nicht weiter darüber aufregen und mir aus dem Kopf schlagen soll, dem lateinamerikanischen Macho einen einfühlsamen Umgang mit Frauen beizubringen. Nach einem kurzen Blickwechsel mit Johanna, die meine Gedanken zu lesen scheint, sage ich nichts.

Sechs Wochen muss ich den Klotz am Bein behalten, und das Gehen an Krücken in der Höhe fällt mir schwer. Nach ein paar Wochen habe ich mich ein bisschen besser daran gewöhnt, und Alfredo schlägt vor, dass wir drei am Wochenende zusammen einen Ausflug machen. Johanna und ich sind begeistert, endlich gibt es mal wieder etwas Neues zu sehen. Am Samstag bereits um sechs Uhr morgens geht's los. Wir fahren in das einhundertfünfzig Kilometer entfernt gelegene Sorata, in die Grotte „Cruta San Pedro". In knapp vier Stunden erreichen wir im Minibus Sorata. Ein kleines malerisches Dorf, mit nicht mehr als fünftausend Einwohnern, das vor allem im 19. Jahrhundert Goldgräber und Freiheitskämpfer magisch anzog. Von dort aus müssen wir auf eine Camioneta, einen Lieferwagen zur etwa zehn Kilometer entfernten Grotte, umsteigen. In der ersten halben Stunde kommt kein einziges Fahrzeug vorbei, und Alfredo kann vor lauter Ungeduld nicht länger einfach nur herumstehen und läuft schon mal los. Nach dem langen Sitzen im Minibus, habe ich nichts dagegen, ein paar Schritte zu tun, aber werde sehr genervt, als Alfredo seinen sportlich dynamischen Schritt kein bisschen meinem Krückengang anpasst. Zum Glück kommt mir Johanna zu Hilfe. Sie hat überhaupt kein Problem damit, sich meinem Stolpertempo anzugleichen, und diesmal ist sie diejenige, die Alfredo wegen seines Egoismus anfaucht. Sie möchte ihn mal erleben, wie er sich allein in Deutschland durchschlägt. Schmerzgeplagt und auf fremde Hilfe angewiesen, würden ihn seine Ichbezogenheit und Unsensibilität kaum weiterbringen. Ihre Worte führen tatsächlich dazu, dass er wartet und mich fragt, ob ich seine Hilfe bräuchte – was ich jedoch ablehne.

Der Weg, auf dem wir uns befinden, ist ungeteert und übersät mit Schlaglöchern. Als ich langsam am Ende meiner Kräfte bin, und mir die Achseln von den Krücken wund gescheuert habe, fährt endlich eine Camioneta vorbei. Alfredo winkt heftig mit beiden Armen, und der Wagen kommt fünfzig Meter entfernt in einer großen Staubwolke zum Stehen. So schnell es geht, humpele ich mit meinen Krücken den anderen hinterher. Die Ladefläche des Pickups ist jetzt schon hoffnungslos überfüllt, wir können uns nur noch hinten dranhängen. Ein paar Leute nehmen mir die Krücken ab, damit ich beide Hände frei habe, um mich festzuhalten. Mit meinem gesunden Bein stehe ich wackelig auf der hinteren Stoßstange, das Gipsbein nach hinten weggestreckt. Der Fahrer gibt Gas, und wir heizen über die Schotterpiste. Ich schlucke Staub und Dreck, und meine Finger, die sich um die Eisenstange klammern, drohen abzugleiten, da mich allmählich die Kraft verlässt. Die Camioneta rast geradewegs durch alle

Schlaglöcher, und mehrmals verliere ich fast den Halt. Gerade als ich damit rechne, doch noch abzurutschen, und mich schon mit Gipsbein in den Dreck fallen sehe, bremst der Fahrer und hält an. Wir haben tatsächlich das Ziel erreicht. Ich kann gar nicht genau sagen, wo wir eigentlich sind, ich bin nur froh, dass diese Fahrt zu Ende ist. Alfredo entdeckt ein Schild, das anzeigt, dass es bis zur Grotte noch dreihundert Meter sind. Der Pfad dorthin ist schmal, und es geht steil bergauf. Als wir endlich zum Eingang kommen, ist mir eigentlich die Lust schon vergangen, da ich so unsäglich müde und erschöpft bin. Aber Alfredo treibt mich an und überzeugt mich davon, doch jetzt am Ziel nicht aufzugeben. Der Weg ist glitschig und eng. Manchmal sogar so niedrig, dass ich auf allen Vieren kriechen muss. Mir läuft der Schweiß in Strömen runter und lässt den roten Staub auf meinem T-Shirt zu interessanten Mustern verlaufen. Zum zweiten Mal an diesem Tag verfluche ich El Gato und mache kehrt. Johanna bietet mir an, mich zurück zu begleiten, aber ich möchte ihr nicht auch noch den Spaß verderben und bin froh, eine Weile für mich zu sein. Die beiden verbringen Stunden damit die Höhle zu erkunden, die berühmt ist für ihre Stalagmiten und Stalaktiten und in deren Inneren sich ein tiefer und kalter Höhlensee befindet. Mich kann das alles nicht mehr locken, ich erhole mich inzwischen lieber in der Sonne, mit dem Rücken an die Felswand gelehnt. Meinem Bein scheinen die Strapazen zu viel geworden zu sein. Ich kann fühlen wie der Fuß im Gips angeschwollen ist und das angestaute Blut pocht. Endlich kommen Johanna und ihr Begleiter wieder aus der Höhle, und ich sehe ihr sofort an, dass auch sie heilfroh ist, wieder an der frischen Luft zu sein. Immerhin haben sie es bis zum See geschafft, und sie wären wahrscheinlich noch weiter gegangen, wenn Johanna nicht mit einer riesigen Fledermauspopulation auf Tuchfühlung gegangen wäre und auf dem Absatz kehrt gemacht hätte.

Mein Bein ist noch nicht wieder in dem Zustand, dass ich mit den Krücken zurücklaufen könnte, weshalb Alfredo kurzerhand beschließt, mich auf seine Schultern zu nehmen. Ich unterdrücke das bittere Gefühl, physisch auf ihn angewiesen zu sein, denn ich kann davon ausgehen, dass er mir das zu einem späteren Zeitpunkt als Zeichen von Schwäche auslegen wird. Johanna, die sicherlich viel lieber an meiner Stelle auf seinen starken Schultern sitzen würde, bekommt die Krücken in die Hand. Dann läuft er mit mir im Dauerlauf den Berg hinunter. Er nimmt eine Abkürzung direkt den steilen Abhang hinab, und ich sehe uns schon gemeinsam stürzen und Johanna den Krankenwagen rufen. Gott sei Dank kommt es nicht so weit. Wir schaffen es heil nach unten, wo wir einen nicht überladenen Pickup anhalten, der uns zurück nach Sorata fährt.

Hier verbringen wir, in einem kleinen Haus von Alfredos Cousin, die Nacht. Am nächsten Morgen um fünf fahren wir mit dem Bus wieder zurück nach La Paz - Alfredo hat dort, wenig überraschend, um elf Uhr ein Basketballspiel.

Es ist noch richtig kalt und dunkel, als wir leise aufstehen und ohne Frühstück das Haus verlassen. Wir laufen durch menschenleere Straßen zum Marktplatz, von wo aus die Busse nach La Paz fahren. Fünf Uhr ist bereits vorbei und noch kein Transportmittel in Sicht, allerdings wundert sich auch keiner, denn die Bolivianer haben ein anderes Verständnis von Pünktlichkeit als wir. Um halb sechs schließlich - wie aus dem Nichts - schießt ein Bus um die Kurve, und kommt ganz knapp vor uns zum Stehen. Der Fahrer öffnet die Tür und steigt aus, bzw. er probiert es. Er stolpert die Stufen aus dem Bus heraus, versucht sich an einem Laternenpfahl abzustützen und kotzt allen vor die Füße. Ich springe erschrocken zur Seite, da ich keinen Wert darauf lege, von dem Schwall etwas abzubekommen. Obwohl ich nur ein paar Meter von dem Mann entfernt stehe, kann ich gegen den Wind riechen, dass er sternhagelvoll sein muss, denn er dünstet aus jeder Pore widerlich abstoßenden Alkoholgeruch aus. Dieser Fahrer wird uns so schnell nirgends hinfahren. Eine Cholita, eine dicke, ältere Bolivianerin in traditionellem Gewand, stößt ein Schnauben und einen Fluch aus und schlurft davon. Ich folge ihr mit den Augen über den Platz und sehe sie in einem der Häuser gegenüber verschwinden. Es dauert nicht lange, und sie kommt wieder heraus. Diesmal in Begleitung eines jungen Mannes, der sich hastig sein Hemd zuknöpft und mit den Fingern versucht seine abstehenden Haare zu glätten. Offensichtlich hat die Cholita ihn gerade aus dem Bett geholt und zu unserem Fahrer gemacht. Tatsächlich klettert der junge Mann auf den Fahrersitz, lässt den Motor an und fordert die Leute auf, einzusteigen. Keiner scheint sich zu wundern, alle gehen an Bord, und der ursprüngliche Fahrer, der inzwischen neben seinem Erbrochenen an den Laternenpfosten gelehnt, eingeschlafen ist, wird keines Blickes mehr gewürdigt.

Nachwuchs

Endlich zurück im Colegio hastet Alfredo sofort in die Turnhalle, und Johanna und ich wollen erst mal gemütlich frühstücken. Wir gehen in die Küche und werden herzlich von den beiden Küchendamen, Victoria und Esmeralda, begrüßt. Sie versorgen uns mit ein paar frisch gebackenen Semmeln und heißem Kaffee, und gerade als wir uns mit diesen Schätzen in unsere Wohnung verziehen wollen, lässt Victoria einen furchtbaren Schmerzensschrei los. Alle drehen sich zu ihr um, aber sie hebt beschwichtigend die Hände und sagt, dass sie einfach nur Bauchkrämpfe habe und sinkt auf einen Küchenstuhl. Victoria ist eine junge Aymara-Frau, die schon seit einigen Jahren in der Internatsküche arbeitet und auch auf dem Gelände wohnt, da ihre Familie viele Stunden von La Paz entfernt in einem kleinen abgelegenen Dorf lebt. Jeden Tag erscheint sie in ihrer traditionellen Volkstracht. Auf dem Kopf trägt sie einen schräg platzierten Bowler, ihre langen schwarzen Zöpfe sind an den unteren Enden zusammengebunden, damit sie sie nicht beim Arbeiten stören. Um die Schulter trägt sie ein Aguayo, ein bunt besticktes großes Tuch mit langen Fransen, das ihren ganzen Oberkörper bedeckt, und darunter lugen unzählbar viele Lagen an Faltenröcken hervor, die ihr bis zu den Knöcheln reichen. Meistens bindet sie sich in der Küche noch eine Schürze über, um ihre Kleider zu schonen.

Victoria macht keinen guten Eindruck. Sie krümmt sich vor Schmerzen und kann nicht verbergen, dass es ihr richtig dreckig geht. Ich laufe los, die Madre zu holen, und diese ruft, nachdem sie einen Blick auf die blasse Frau geworfen hat, sofort den Arzt. Der erscheint nur kurze Zeit später, stellt Victoria ein paar Fragen und führt sie auf seinen Arm gestützt in ihr Zimmer. Schwester Anna folgt den beiden. Es dauert keine Stunde, und die Madre klopft an unsere Tür. In ihren Armen hält sie ein Bündel, und erst nach genauerem Hinsehen erkenne ich, dass sich darin ein winziger Säugling befindet. Auf meinen fragenden Blick hin stellt sie mir „Victor Emanuel" vor, Victorias Sohn. Ich schaue sie entgeistert an, es dauert einen Moment, bis ich die Zusammenhänge begreife. Victorias Bauchschmerzen waren tatsächlich die Wehen, und sie war, angeblich ohne es selbst zu ahnen, bereits im neunten Monat schwanger. Immer wieder habe ich gelesen, dass so etwas möglich ist, Frauen sind hochschwanger, wissen es selbst nicht, und auch ihr unmittelbares Umfeld bemerkt nichts. In diesem Fall scheint es genau so gewesen zu sein. Jeden Tag habe ich mit Victoria und ihren Kollegen in der Küche gestanden, und ich habe nicht die leisesten Anzeichen einer Schwangerschaft gesehen. Durch die vielen Kleider ist es bei den einheimischen Frauen sehr schwierig, ihre wahre Figur einzuschätzen, aber neun Monate Schwangerschaft? Victorias Glück ist es sicherlich, dass sie in den Nonnen äußerst barmherzige Arbeitgeber gefunden hat, die sich sofort um ihr Wohl sowie auch um das des Kindes kümmern, ihr einige Tage Erholung gönnen, und sie dann den Säugling mit in die Küche nehmen lassen, wo sich immer jemand findet, der sich liebevoll um ihn kümmert. Johanna und ich besuchen Mutter und Sohn am Nachmittag. Die frischgebackene Mama ist immer noch sichtlich unter Schock, bis vor ein paar Stunden hatte sie noch geglaubt an einer Magenverstimmung zu leiden. Die Frage nach dem Vater kann oder will sie uns nicht beantworten, und Johanna und ich fragen uns ernsthaft, ob die 20-Jährige überhaupt weiß, wie sie zu dem Kind gekommen ist.

Schwester Anna

Später bei einem Coca Tee besprechen wir die Ereignisse des Tages noch einmal mit Schwester Anna. Sie sitzt, wie beinahe jeden Sonntagabend zu später Stunde, bei uns in der Küche. Das hat sich über die Zeit so eingebürgert, und ich freue mich sehr, dass sie zu einer richtigen Freundin geworden ist. Bevor ich nach Bolivien kam, hatte ich noch keine drei Worte mit einer Ordensschwester gewechselt, und jetzt sitze ich einmal pro Woche mit einer beim Sonntagstee. Wir laden Anna regelmäßig zu uns ein, und sie revanchiert sich, in dem sie uns aus dem Konvent frischen Apfelstrudel oder ähnliche Delikatessen zukommen lässt. Auch wenn die Ordensschwester bestimmt nicht alles gutheißt, was Johanna und ich tun oder bereits in unseren Leben getan haben, ist sie die Letzte, die anfängt, uns Moralpredigten zu halten - ganz im Gegenteil, sie genießt es, an unseren Abenteuern teilzuhaben und sich unsere Sicht der Dinge anzuhören. Sie ist von uns bestens über unsere Verabredungen mit Alfredo informiert. Wir erzählen ihr sogar, dass eines Abends, die ganze Basketballmannschaft bei uns in der Wohnung zu Besuch war, die sich dann allerdings alle komplett im Lüftungsschacht verstecken musste, als die Obernonne unangekündigt an der Tür klopfte, weil sie etwas aus einem Schrank in unser Wohnung holen wollte. Die Vorstellung, wie diese Riesenkerle alle aufeinanderhocken und innerlich wahrscheinlich vor Angst gezittert haben, bringt Anna zum Schmunzeln. Das Leben dieser bewundernswerten Frau, die etwa zehn Jahre älter ist als ich, ist nicht einfach. Sie hat als Internatsleiterin viele Aufgaben und übernimmt große Verantwortung, sowohl für die Kinder als auch für die Angestellten. Es kostet sie alle Kraft, in einem politisch so instabilen und von Korruption geschwächten Land nicht den Glauben an das Rechte und Gute im Menschen zu verlieren. Zwischen all den täglichen Herausforderungen darf sie auch ihre religiösen Pflichten nicht vernachlässigen, und daher bekommt sie selten mehr als ein paar Stunden Schlaf. Auch das alltägliche Leben mit den Mitschwestern verläuft auf so engem Raum nicht immer komplikationslos. Auch wenn sie sich nie offen bei uns darüber beschweren würde, sind die Spannungen doch deutlich herauszuhören. Sobald Johanna und ich für ein paar Tage wegfahren, hinterlassen wir ihr unseren Wohnungsschlüssel, damit sie sich, wenn sie möchte, gelegentlich zurückziehen kann, ohne dass sie sofort von allen gefunden wird. Ich glaube, sie macht, wenn überhaupt, nur ganz selten davon Gebrauch, aber versäumt es nie, uns als Dankeschön eine kleine Aufmerksamkeit in der

Küche zu hinterlassen: ein Gedicht, das sie besonders gerne mag, eine frische Blume oder ein Stück Schokolade. Ich bin glücklich Anna kennen gelernt zu haben, ohne sie wäre meine Zeit in Bolivien nur halb so schön gewesen. Besonders ihre selbstlose Art schätze ich. Nicht ein einziges Mal hat sie sich oder ihre Wünsche vor die Bedürfnisse von anderen Menschen gestellt. Sie greift wenn nötig mit Strenge durch, aber schafft es immer, ihrem Gegenüber zu signalisieren, egal wie schlimm sein Fehler war, dass sie ihn nicht verurteilt.

Ich will versuchen, in der Zukunft öfter an diese Frau zu denken und mir ein Beispiel an ihr zu nehmen. Es gibt kein Problem, das sie nicht lösen kann, kein Kind, das sie jemals abweisen würde, und keinen, der sie nicht respektiert und aufrichtig mag. Natürlich hat sie ein Gelöbnis abgelegt, den Weg des Herrn zu gehen, aber wenn es sein muss, ist sie praktisch genug veranlagt, auch von unterwegs in Kontakt mit „El Señor“ zu treten, wenn sie es wegen unaufschiebbarer Probleme nicht rechtzeitig zum Gebet in die Kirche schafft.

Taufe

Die sechs Monate vergehen sehr schnell. Johanna und ich sprechen inzwischen fließend Spanisch, und haben unsere Pupilos, die wir täglich unterrichten, viel besser im Griff. Keine von uns wird Alfredo heiraten, obwohl sein Vater sehr gern gesehen hätte, dass sein Sohn nach Deutschland käme und „von den deutschen Trainern noch was lernt“. Die Kinder merken, dass der Abschied naht, und fangen an, immer mehr zu klammern. Sie wollen nicht, dass die gemeinsame Zeit zu Ende geht, und versuchen uns mit selbstgemalten Bildern und herzzerreißenden Briefen zum Bleiben zu bewegen. Auch den Schwestern wäre das sehr recht, aber Johanna fängt bald ihr Studium in Deutschland an, und ich habe fest vor, noch drei Monate durch Südamerika zu reisen. In den ersten Wochen der Reise wird mich Johanna noch begleiten, danach bin ich auf mich allein gestellt.

Am Tag vor unsere Abreise lädt uns Alfredo zur Taufe seiner Nichte ein. Die Feier findet in der Wohnung seiner Schwester, Deysi, und ihres Mannes, Juan Pablo, statt. Für Johanna und mich ist es etwas Besonderes, zu Bolivianern nach Hause eingeladen zu werden. Die meisten, die wir kennen, leben in eher ärmlichen Verhältnissen und schämen sich, uns reiche Deutsche in ihre Hütten mitzunehmen. An diesem Tag ist allerdings alles anders. Die kleine Zweizimmerwohnung ist blank poliert und mit Girlanden geschmückt, die aussehen als wären sie noch von Weihnachten übrig. Die wenigen Möbel sind an den Rand geschoben, um ausreichend Platz für die Gäste zu schaffen. Alle haben sich Festtagskleidung angezogen, und ich komme mir vor, wie auf einem Kostümfest. Alfredo stellt uns seiner Familie vor, aber bereits nach dem Vierten kann ich nicht mehr Namen und Gesichter zusammenbringen. Alle wollen uns die Hand schütteln, heißen uns herzlich willkommen und drücken uns ununterbrochen irgendwelche Häppchen und Gläser in die Hand. Jede will, dass wir ihr Gericht probieren, das sie extra für dieses Ereignis gekocht hat, und ständig wird ein Toast auf unser Wohl ausgesprochen, meist gefolgt von unübersehbarem Augenzwinkern in Alfredos Richtung. Das Fest scheint sich mehr um Johanna und mich zu drehen, als um Elli, das Taufkind. Der Alkohol tut schnell seine Wirkung, alle sind ausgelassen und fröhlich, einschließlich Alfredo, der an diesem Familienfest auch nicht umhin kann, hin und wieder ein Schlückchen auf jemandes Wohl zu trinken. Ich habe ihn noch nie so aus sich herausgehen sehen. Vom Tonband schallt bolivianische Volksmusik, und das Wohnzimmer wird zur Tanzfläche. Freunde und Familie springen ausgelassen herum. Es sind alles traditionelle bolivianische Tänze, wie der Morenada und der Llamerada - Tänze, die die Beziehung der Aymara zu ihren Lamaherden symbolisieren. Bloßes Zuschauen wird uns nicht gestattet, auch wir Señoritas sollen mittanzen. Wir haben zwar keine Ahnung von den Schritten, aber beschwingt durch die vielen Gläser Feuerwasser, lassen wir uns mitreißen. Es kommt mir vor, als wäre das alles vielleicht einfach nur ein weiterer von Alfredos Wettbewerben, diesmal unter dem Motto: „Wer kann am Schluss noch stehen?“, denn alle Tänze sind unweigerlich mit Trinken verbunden. Man wechselt rasend schnell die Partner, wird von einem zum anderen weitergereicht, und bekommt bei jedem Wechsel ein Gläschen Schnaps in die Hand. Die Musik scheint niemals aufzuhören, und ich merke, wie sich alles zu drehen beginnt. Ich sehe nur noch schillernde Farben, wirbelnde Röcke und tanzende Füße. Unvermittelt, hört die Musik genau in dem Moment auf, als ich vor dem Sofa stehe, und ich lasse mich erschöpft fallen. Johanna tut es mir gleich, und es dauert nicht lange, bevor sich Alfredo zwischen uns setzt. Er hat leicht glasige Augen und einen seligen Gesichtsausdruck. Ohne Vorwarnung nimmt er unsere Hände und sagt: „Seños, schön, dass ihr da seid, es ist mir eine Ehre, euch mit meiner Verwandtschaft bekannt gemacht zu haben. Ihr sollt wissen, hier wird es immer einen Platz für euch geben, ich bin froh, dass ich euch kennenlernen durfte – auch wenn ihr im Basketball absolute Nieten seid und lieber Alkohol trinkt!" Aus dem Munde von El Gato ist es das höchste Kompliment, das er uns machen konnte. Wir umarmen uns alle drei lange und fest, bevor erneut die Musik ertönt und wir zum Tanzen aufgefordert werden.

Kapitel 3

Peru und Brasilien 2000

Schmuggel

„Und Sie sind sich wirklich ganz sicher, dass diese Waren alle Ihnen gehören?“, fragt mich der breitschultrige Mann in Uniform. Ich stehe fröstelnd vor ihm, in einer Jacke, die mir nicht gehört, und mit einer Tasche in der Hand, deren Inhalt nur zum Teil mein Eigentum ist. Es ist kurz nach Mitternacht in Tacna, der Grenzstadt im Süden von Peru. Johanna und ich sind mit dem Bus, in dem es so warm wie in einem Gefrierschrank ist, auf dem Weg in die Oase Huacachina in Peru. Wir sind extrem dankbar, dass uns ein paar Mitreisende vorhin im Bus ihre warmen Jacken angeboten haben. Da man in Tacna sehr billig einkaufen kann, sind die meisten nur deswegen dorthin unterwegs. Sie setzen sich halbnackt und mit leeren Reisetaschen in ihrem Heimatort in den Bus, um dann so viel wie möglich in der Grenzstadt zu kaufen. Von Kleidung über Elektroartikel bis hin zu Nahrungsmitteln und Kosmetikprodukten kostet in diesem Zollausschlussgebiet alles nur einen Bruchteil von dem, was man im Rest des Landes dafür bezahlen muss. Aber es gibt strenge Regeln, wie viel von welchen Gütern eine Person erwerben darf, und die Busse werden auf dem Rückweg genau durchsucht. Als wir eine solche Kontrollstation erreichen, müssen wir alle mit unserem Gepäck aussteigen und uns in einer langen

Reihe nebeneinander aufstellen. Währenddessen wird der Bus, der hierfür auf eine spezielle Vorrichtung gestellt wird, von unten mit Spiegeln abgesucht. Ein Beamter durchkämmt währenddessen den Innenraum. Ich staune nicht schlecht, als er eines der Gepäckfächer öffnet und ein zusammengekauerter alter Mann zum Vorschein kommt. Er grinst den Beamten zahnlos an, als wäre er ein kleiner Junge, der gerade beim Süßigkeitenklauen erwischt wurde, und bittet ihn dann, ihm aus dem Fach herauszuhelfen. Etwas grober als nötig zerrt der Beamte an dem ausgemergelten Körper des Greises. Ohne Papiere und mit nur einer dreckigen Hose und einem dünnen Hemd bekleidet, wird er schließlich aus dem Fahrzeug geführt und dem Chef der Kontrolleure übergeben.

Die Besitzer unserer Jacken kann ich nirgends entdecken, und ich bete, dass wir nicht gleich als Drogenschmuggler enttarnt und festgenommen werden. Es kommt immer wieder vor, dass Touristen unschuldig im Gefängnis landen, weil ihnen Rauschgift ins Gepäck gesteckt wurde, oder sie so naiv waren, etwas „für gute Freunde" mitzunehmen. Ich versuche, mir besser nicht auszumalen, was uns blüht, wenn tatsächlich jemand ins Innenfutter unserer Leihjacken verbotene Substanzen eingenäht hat.

Johanna und ich waren im ganzen Bus die einzigen, die nicht vom Einkaufen kamen, und das ist den übrigen Fahrgästen nicht entgangen. Wir haben gern ihren Bitten nachgegeben, ein paar harmlose Sachen für sie durch die Kontrollen zu schleusen. In unserem Handgepäck befinden sich neben unseren eigenen Sachen inzwischen diverse Elektrogeräte und flaschenweise Shampoo und Parfum. Ganz kann ich aber meine zunehmende Nervosität nicht unterdrücken. Zu unserem Glück scheint der alte Mann jedoch fürs erste Fund genug zu sein, und die Beamten kontrollieren uns nur sehr oberflächlich. Als ich die an mich gerichtete Frage, ob die Sachen alle mir gehören, mit „Ja" beantworte, kann ich wieder in den Bus steigen.

Ohne weitere Zwischenfälle erreichen wir die Stadt Ica. Von hier versuchen wir weiter in das etwa zehn Kilometer entfernte Huacachina zu gelangen, in das aber keine öffentlichen Verkehrsmittel fahren. Das Dorf liegt in einer Sanddünenlandschaft, in deren Mitte ein von Palmen umgebener, smaragdgrüner See liegt. Die Dünen sind so hoch, dass die Hauptattraktion hier das Sandboarden ist.

Das funktioniert ähnlich wie Snowboarden, nur dass man außer dem Board keine spezielle Ausrüstung braucht: Das Brett wird mit Riemen an die nackten Füße geschnallt. Den Berg muss man leider ohne die Hilfe von Liften erklimmen. Obwohl ich froh bin, dass mein Bein wieder fit ist, ist dieser Sport extrem anstrengend. Die Sonne brennt unbarmherzig auf uns nieder und das Gehen in dem tiefen Sand fühlt sich an, als würde ich bei jedem Schritt vorwärts, zwei zurück gehen. Nachdem wir beide unseren gesamten Flüssigkeitshaushalt ausgeschwitzt, und noch dazu beim Sturz vom Brett eine gute Dosis Sand verschluckt haben, faulenzen wir den Rest des Tages in der gemütlichen Unterkunft, die wir bei unserer Ankunft zufällig entdeckt haben.

Huacachina sollte nur ein kleiner Abstecher auf unserem Weg nach Arequipa, der zweitgrößten Stadt des Landes sein. Bereits am nächsten Morgen nehmen wir ein Taxi zurück nach Ica. Am Bahnhof müssen wir leider feststellen, dass alle Busse nach Arequipa voll sind und wir heute nicht mehr wegkommen werden. Uns bleibt nichts anderes übrig, als zwei Plätze für den kommenden Tag zu reservieren. Mit unseren Rucksäcken setzen wir uns an die Plaza und überlegen, was wir jetzt tun sollen. Ica gefällt uns überhaupt nicht, es ist laut und dreckig, und wir möchten am liebsten für eine weitere Nacht in unsere friedliche Oase zurückkehren. Da wir nicht schon wieder Geld für ein Taxi ausgeben wollen und direkt neben uns ein Polizeiwagen parkt, frage ich spontan die Polizisten, ob sie nicht im Laufe der nächsten Stunde nach Huacachina fahren würden. Sie reagieren zunächst überrascht über mein ungewöhnliches Anliegen, scheinen dann aber, zu unserem Glück, erfreut über die Abwechslung in ihrer Routine. Sie haben noch ein paar Dinge zu erledigen, versprechen aber, uns sobald sie fertig sind, mitzunehmen. Zu unserem Schutz lassen sie uns einen Kollegen zurück, auf den wir allerdings gut verzichten könnten, denn er stellt eine Frage nach der anderen und gibt keine Ruhe. Als wir versuchen, ihm für kurze Zeit in einen Laden auf der anderen Seite der Plaza zu entkommen, folgt er uns auf Schritt und Tritt. Es scheint fast, als hätte er Angst, uns aus den Augen zu verlieren, und ich komme mir vor, wie eine Verbrecherin, die während des Hofgangs unter strengster Beobachtung steht. Erleichtert sehen wir, dass seine Kollegen zurückkommen, und sie packen uns Frauen samt Gepäck und den nervigen Kollegen in ihren Geländewagen. Die Beamten sitzen vorne, Johanna und ich nehmen auf der Rückbank Platz. Wir sind sofort in eine Unterhaltung über unsere bisherige Reise vertieft, und ich merke zunächst gar nicht, dass mir die Strecke nicht bekannt vorkommt. Auf Deutsch mache ich Johanna darauf aufmerksam, und sie schaut mich erschrocken an. Der Polizist auf dem Beifahrersitz, der sich zu uns umgedreht hat, bemerkt unsere Irritation und tätschelt Johanna, die ganz blass geworden ist, beruhigend das Knie. Wir könnten uns voll und ganz auf sie verlassen, wir seien in den besten Händen, sie müssten nur einen kleinen Umweg mit uns fahren. Den Grund hierfür möchte er uns nicht verraten. „Wir werden euch beiden eine ganz besondere Freude machen, die ihr so schnell nicht vergessen werdet.“ Zu unserer Verblüffung schaltet der Fahrer Blaulicht und Sirene ein, drückt das Gaspedal durch und rast mit Höchstgeschwindigkeit die einsame Straße entlang, als wären sie soeben zu einem Einsatz gerufen worden, bei dem es um Leben und Tod geht. Wie aus dem Nichts taucht vor uns plötzlich die Oase auf, und der Fahrer drosselt das Tempo. „Ihr Deutschen liebt doch alle schnelle Autos, daher gibts bei euch doch keine Geschwindigkeitsbegrenzung“, sagt er mit einem schmierigen Lachen, bei dem er seine vom Rauchen gelb verfärbten Zähne entblößt. „Seht ihr, das geht bei uns in Peru auch. Ihr hattet doch nicht etwa Angst, oder?“ Natürlich nicht. Wir steigen vor unserer alten Unterkunft aus dem Wagen, auf dem immer noch das Blaulicht eingeschaltet ist. Zu unserer Freude, ist unser Zimmer noch nicht wieder belegt - es ist seit unserer Abreise heute Morgen noch nicht einmal sauber gemacht worden.

Falschgeld

Wir ergattern gerade noch zwei Plätze im hinteren Teil des Busses. Entspannt und gut gelaunt machen wir es uns bequem - so gut es eben in diesen alten und zuvor in den USA ausrangierten Fahrzeugen geht. Nach ungefähr einer Stunde steht der Kollege des Fahrers vor uns und verlangt das Beförderungsgeld. Ich überreiche ihm für Johanna und mich einen 50-Soles-Schein, unser letztes Geld. Wir müssen in Arequipa als erstes zur Bank zu gehen, versuche ich mir auf meine mentale To-Do-Liste zu schreiben. Der Kontrolleur betrachtet die Banknote, dreht sie hin und her, befühlt die Oberfläche, riecht daran und gibt sie mir schließlich zurück. „Die ist nicht echt!“, behauptet er. Ich kann es nicht fassen. Dieser Schein soll gefälscht sein? Ist das ein Scherz? Ich fange an, mit dem Mann zu diskutieren. Er beharrt auf seinem Standpunkt und weigert sich, den Schein zu akzeptieren. Jetzt schaltet sich der Fahrgast neben mir ein, auch er will den Schein in die Hand nehmen und sein Urteil abgeben. Bevor ich es verhindern kann, wandert unser Geld durch den ganzen Bus, jeder unterzieht es einer Prüfung, gibt sein „fachmännisches“ Urteil ab und reicht es dann an seinen Nebenmann weiter. So geht das eine ganze Weile, bis das Papier schließlich zerknüllt und zerfleddert wieder bei mir ankommt. Die Mehrheit ist davon überzeugt, dass es sich um Falschgeld handelt, und der Kontrolleur behauptet, es sei wertlos und will den Schein einstecken. Ich verlange ihn zurück, schließlich habe ich echte US Dollar dafür eingewechselt. Allerdings nicht in einer Bank, sondern auf der Straße, was immer ein gewisses Risiko mit sich bringt. Der Wechsler, der gar nicht aussah wie ein Betrüger, schien freundlich und hatte mir einen deutlich besseren Kurs als die Bank geboten. Außer den fünfzig Soles haben wir nur noch ein paar Münzen, die aber nicht für die Tickets bis an unser Ziel reichen. Dem Kontrolleur ist das auf Anhieb klar, und sowie er merkt, dass von uns kein Geld mehr kommt, besteht er darauf, dass wir augenblicklich aussteigen. Und tatsächlich. Er ruft dem Fahrer zu, sofort anzuhalten und zwingt uns, den Bus zu verlassen. Als wir noch vollkommen überrumpelt unsere Habseligkeiten zusammensuchen, ist der Mann schon auf dem Dach, um unsere Rucksäcke herunterzuwerfen. Bevor wir realisiert haben, was geschieht, ist der Bus schon wieder losgefahren - wir bleiben sprachlos und hustend in einer Staubwolke am Straßenrand zurück. Dies ist einer der Momente auf Reisen, in denen ich froh bin, nicht allein unterwegs zu sein. Johanna und ich schauen uns verwundert und ratlos an, sind aber beide erleichtert, dass wir nicht noch mehr Ärger bekommen haben. Nicht auszudenken, was passiert wäre, wenn der Fahrer uns der Polizei übergeben hätte, und die Beamten die Gelegenheit genutzt hätten, mit uns ihre Erfolgsstatistik aufzupolieren.

Wir schultern unser Gepäck, laufen zur nächsten Kreuzung und hoffen, dass bald ein Fahrzeug kommt, das uns endlich an unser Ziel bringt. Es dauert erfreulicherweise nicht lange, bis ein klappriger Bus angefahren kommt und ein jovialer schwarzer Fahrer herausspringt und unsere Rucksäcke so leicht aufs Dach schmeißt, als wären sie lediglich mit Luft gefüllt. Er verlangt gleich das Fahrgeld, fünfzig Soles für uns beide. Das ist ein bisschen mehr, als es sein sollte, aber ich bin bereit, diesmal auf weiteren Handel zu verzichten. Ich drücke ihm mit einem Unschuldsgesicht, den von seinem Kollegen vorher verschmähten Schein in die Hand und mache mich auf eine erneute Diskussion gefasst. Ohne ihn auch nur eines weiteren Blickes zu würdigen, steckt er den Schein zu dem dicken Bündel in seine Hemdtasche. Ganz der Gentleman lässt er uns den Vortritt in den Bus. Erleichtert wieder unterwegs zu sein, lassen wir uns in der hintersten Sitzreihe nieder.

Der Bus kommt schließlich ohne weitere Zwischenfälle um halb vier Uhr morgens in Arequipa an. Eine richtig blöde Zeit, denn wir haben keine Lust, bis zum Tagesanbruch in der Stadt herumzulaufen. Ein Hotel ist um diese Uhrzeit kaum offen und dazu kommt, dass wir keinen einzigen Sol mehr in der Tasche haben. Zum Glück sieht unser neuer Freund auch hier kein Problem. Er fährt mit uns zum Busbahnhof, stellt den Motor ab und lässt uns einfach bis es hell wird in dem leeren Fahrzeug schlafen.

Strahlende Sonne dringt durchs Fenster und küsst uns wach. Das verspricht einen guten Start in den Tag. Etwas steif klettern wir aus dem Bus und machen uns auf den Weg ins Zentrum. Arequipa, auch die „weiße Stadt“ genannt, ist wirklich sehenswert. Sie ist umgeben von dem Vulkan El Misti und dem über 6000 Metern hohen Vulkan Chachani. Eine Erklärung, woher der Beiname kommt, ist dass die meisten Gebäude aus einem weißen Gestein vulkanischen Ursprungs erbaut sind. Eine andere besagt, dass die einst im Zentrum lebenden spanischstämmigen Einwohner eine helle Hautfarbe hatten, und den dunkelhäutigeren Einheimischen verboten hatten, sich im Zentrum niederzulassen. Im Jahr 2000 wurde die Stadt, deren Namen aus dem Quechua, „are quepay“ kommt, und „Bleiben Sie!“ bedeutet, zum UNESCO Weltkulturerbe erklärt. Besonders die Kathedrale zieht die Besucher an, sie nimmt die gesamte Breite der Plaza de Armas - des Hauptplatzes - ein. Wir verbringen ein paar schöne Tage hier, machen noch einen Ausflug in den Colca Canyon, der laut Reiseführer tiefsten Schlucht der Welt, in der man Kondore beobachten kann. Sie nutzen die Thermik, um majestätisch in die Höhe zu steigen und sich in der Morgensonne davontreiben zu lassen.

Es sind unsere letzten gemeinsamen Ausflüge. Für Johanna ist das Kapitel Südamerika schon fast zu Ende, und für mich beginnt in ein paar Tagen ein neuer Abschnitt: Alleinreisen. Nach den sieben Monaten in Johannas Gesellschaft wird das eine ganz neue Erfahrung werden, auf die ich mich, trotz Abschiedsschmerz und etwas Angst, freue. Ich habe das Bedürfnis nach mehr Zeit für mich, zum Nachdenken, zum Schreiben und um neue Leute kennen zu lernen. Zu zweit ist man doch mehr auf den anderen fixiert und möglicherweise nicht mehr ganz so offen für Neues.

Der Abschied ist herzlich und traurig zugleich. Johanna ist zu einer Kollegin und Freundin geworden, auf die ich mich immer verlassen kann, und so jemanden an seiner Seite zu haben, in einem so schwierigen und ungewohntem Land wie Bolivien oder Peru, ist Gold wert. Sie ist so nett und nimmt einen ganzen Packen meiner Sachen, die ich auf dem Rest der Reise nicht brauchen werde, mit nach Deutschland. Sie wohnt nur anderthalb Stunden von meinem Elternhaus entfernt, und ich werde meine Habseligkeiten dort abholen, wenn ich zurückkomme.

Die letzte gemeinsame Busfahrt bringt uns zurück nach La Paz, von wo aus Johanna sich mit dem Taxi auf den Weg zum Flughafen El Alto macht. Wir umarmen uns herzlich am Busbahnhof und versprechen, uns in ein paar Monaten in Deutschland wiederzusehen.

Allein

Ich nehme einen weiteren Bus nach Santa Cruz. Mir bleiben nur ein paar Stunden, mich dort umzusehen und Proviant einzukaufen, dann stehen mir siebenundzwanzig Stunden Fahrt nach Caceres bevor, das im Bundesstaat Mato Grosso, in Brasilien liegt.

Neben mir sitzt ein Mann, dessen Alter ich beim besten Willen nicht schätzen kann und für den Körperpflege anscheinend keine Priorität hat. Er hat Schnupfen und benutzt seine langen Hemdsärmel als Taschentuch. Er verströmt einen süßlich-säuerlichen Geruch, eine Mischung aus Schweiß und Kräutern, und kaut ununterbrochen einen dicken Packen Cocablätter. Gelegentlich öffnet er das Fenster, um die durchgekaute, grünlich-schleimige Pampe auszuspucken. Ich hoffe nur, dass sie nicht unserem Hintermann im Gesicht landet, falls der versäumt, sein Fenster rechtzeitig zu schließen. Mein Sitznachbar hat die ganze Fahrt über noch kein Wort gesagt, versucht aber gelegentlich meine Hand zu nehmen, die ich ihm sanft, aber bestimmt entziehe. Ich vermisse Johanna. Es ist ganz ungewohnt, niemanden mehr zu haben, mit dem ich alles teilen kann, der auf mein Gepäck aufpasst, wenn ich aufs Klo muss, und der mit mir darüber lacht, dass zahnlose alte Männer meine Hand halten wollen. Ich klammere mich an eine kleine Figur vom Heiligen Christophorus, dem Beschützer der Reisenden, die mir die Madre als Schutzengel zum Abschied geschenkt hat. Trotzdem fühle ich mich allein. Die Fahrt dauert elendig lange, und ich schaue abwechselnd aus dem Fenster, esse, schlafe und trinke wenig, um nicht ständig aufs Klo zu müssen. Wir fahren über schnurgerade, rote Sandpisten, haben bald einen Platten, und der Fahrer wechselt den Reifen. Die Passagiere nutzen die Gelegenheit, sich die Beine zu vertreten. Ich bin zu müde, um aufzustehen, und sehe nur aus dem offenen Fenster, dass links und rechts der Schotterpiste sich unzählige Kaimane im sumpfigen Schlamm sonnen. Keines der Tiere bewegt sich, und auch der Fahrer lässt sich nicht aus der Ruhe bringen. Es sieht unwirklich und fremd aus.

In San Ignacio werde ich wach und verschaffe mir bei einer kurzen Pause etwas Bewegung. Auf dem Bürgersteig stehen ein paar Soldaten, und ich zwänge mich an einem von ihnen vorbei. Der junge Mann hat mich nicht kommen hören, fährt zusammen, und ich habe, bevor ich mich versehen kann, ein Maschinengewehr zwischen den Rippen.

So erschreckt habe ich mich schon lange nicht mehr, ich mache einen Satz zur Seite. Der Soldat schaut mich mit weit aufgerissenen Augen genauso erschrocken an und hebt zur Entschuldigung die Hand. Ich weiß nicht, wie viel gefehlt hat, dass er aus Reflex abgedrückt hätte.

Caceres - Brasilien

Wir nähern uns der brasilianischen Grenze. Unzählige Pass – und Gepäckkontrollen, durch die wir alle durch müssen, sind an verschiedenen Punkten errichtet. Mitten im Nirgendwo stehen provisorische kleine Hütten, in denen übermüdete Soldaten an ein paar Holztischen ihre Arbeit verrichten. Sie schauen sich zu meiner Überraschung alles ganz genau an. Selbst ein unerwarteter Platzregen kann sie nicht davon abhalten, ihre Pflicht zu tun. Ein Beamter hält den aufgespannten Regenschirm, der andere durchsucht akribisch jedes Gepäckstück. Dass dabei fast alle Sachen total durchnässt werden, stört sie wenig. Sie legen sich nicht fest, wie lange die Durchsuchung dauern wird, und bevor sie nicht abgeschlossen ist, darf keiner zurück in den Bus. Als wollten die Grenzer sich an uns rächen, dass sie unseretwegen so viel Bürokratie zu erledigen haben, beenden sie ihre Arbeit erst, als jeder bis auf die Haut durchnässt ist.

Bis wir schließlich in Caceres, dem nächstgrößeren Ort, ankommen, ist es schon kurz vor Mitternacht. Hier müssen wir noch mal zur Behörde, unsere Pässe stempeln lassen, aber zu so später Stunde ist diese natürlich nicht mehr geöffnet, und wir sind gezwungen, die Nacht in der Stadt zu verbringen.

Mit zwei Spanierinnen aus dem Bus teile ich mir ein Zimmer. Die Nacht ist für uns alle kurz, denn wir wollen, sowie die Dienststelle aufmacht, unsere Pässe stempeln lassen und gleich versuchen, mit dem nächstbesten Bus weiter in Richtung San Salvador de Bahia im Osten des Landes zu fahren. Die Spanierinnen kommen tatsächlich als erste dran und warten dann draußen auf mich. Der einzige Beamte, Senhor Ferreira, blättert meinen Pass Seite für Seite durch und betrachtet jeden Stempel ganz genau. Ich bin versucht, ihm einfach eine freie Seite zu zeigen, damit ich schnell wieder gehen kann. Er legt den Pass zur Seite und fragt mich nach meinem Gelbfieberimpfnachweis. Ich krame in meiner Bauchtasche, in der ich alle wichtigen Dokumente aufbewahre, und die ich immer unter der Kleidung direkt am Körper trage. Eine gültige Gelbfieberimpfung muss bei der Einreise auf dem Landweg nach Brasilien nachgewiesen werden, und ich hatte mir vor Abreise in Deutschland extra noch Stamaril spritzen lassen. Eine lästige und teure Angelegenheit, da die Impfung nur ausgewiesene Gesundheitszentren vornehmen dürfen. Etwa fünf Prozent der Menschen reagieren schlecht auf den Impfstoff, und zu der kleinen Prozentzahl gehörte ich leider auch. Sechs Monate lang war mir täglich schlecht, ich fühlte mich schwach und die Einstichstelle schmerzte ununterbrochen. Senhor Ferreira schaut mich ungeduldig an, als ich alle möglichen Papiere und Ausweise auf den Tisch lege, nur das von ihm geforderte Papier nicht. Ich fange an, mein gesamtes Gepäck zu durchsuchen und kann mir nicht erklären, wo der Impfpass abgeblieben ist. Ich habe ihn auf der ganzen Reise noch nicht benötigt und bin mir relativ sicher, dass ich ihn nicht verloren habe. Plötzlich fällt es mir wieder ein, ich habe ihn mit meinen anderen Sachen Johanna nach Hause mitgegeben. Ich versuche ihm auf Spanisch zu erklären, dass mein Impfpass schon in Deutschland sei, er mir aber glauben kann, dass ich ganz bestimmt geschützt bin. So leid es ihm tut, aber ohne nachgewiesene Gelbfieberimpfung darf er mich nicht einreisen lassen. Ich kann nicht fassen, was ich da höre. Ist meine Reise hier zu Ende? Ich bitte ihn, noch mal zu überlegen, ob es nicht irgendeine Möglichkeit gäbe, wie er mich doch noch ins Land lassen könne. Ich bin sogar bereit, dafür zu bezahlen, traue mich aber nicht, einfach nur einen Schein über den Tresen zu schieben. Noch nie habe ich jemanden wissentlich bestochen und weiß gar nicht, wie ich das jetzt am geschicktesten anstellen soll. Wie viel sollte ich ihm denn geben? Und sollte ich besser in US Dollar, oder lieber in der landesüblichen Währung, Reais, bezahlen? Es heißt immer, es gebe in Lateinamerika so gut wie keine unbestechlichen Beamten, aber dieser kommt mir kein bisschen entgegen, sondern schildert mir sachlich meine Möglichkeiten. Die erste ist, dass ich mit dem nächsten Bus zurück nach Bolivien fahre, was ich überhaupt nicht will, da ich gerade fast fünfzig Stunden in irgendwelchen Fahrzeugen gesessen bin und noch dazu Bolivien kenne. Eine Alternative ist, zehn Tage in Quarantäne zu bleiben und mich dann erneut im hiesigen Gesundheitszentrum impfen zu lassen. Dieser Vorschlag kommt für mich noch weniger in

Frage, vor allem, da ich die Impfung ja habe. Als dritte Möglichkeit schlage ich vor, meinen Vater anzurufen, damit er bei Johanna zu Hause meinen Originalimpfpass holt, und diesen dann dem brasilianischen Konsul in München vorlegt, der dann hoffentlich so nett ist, hier anzurufen und zu bestätigen, dass ich die Pflichtimpfung habe. Senhor Ferreira erklärt sich mit meinem Vorschlag einverstanden, und ich verlasse sein Büro, um alles in die Wege zu leiten. Die Spanierinnen, die sich zuerst gar nicht erklären konnten, was ich so lange hinter geschlossener Tür gemacht habe, wünschen mir viel Glück und ziehen dann ohne mich weiter. Ich suche ein Postamt, um von dort aus nach Hause zu telefonieren und meinem Vater die freudige Botschaft zu übermitteln, dass er für mich tätig werden darf - und das bitte so schnell wie möglich, damit ich aus diesem Kaff hier wegkomme und endlich das „wahre Brasilien" entdecken kann. Er hebt nach dem dritten Klingeln ab, und ich muss ihn nicht lange überreden, mir zu helfen. Ich gebe ihm die Telefonnummern von Johanna und Senhor Ferreira und vereinbare mit ihm, am nächsten Tag wieder anzurufen. Mehr kann ich im Moment nicht tun. Nachdem ich erneut im Hotel von letzter Nacht eingecheckt habe, setze ich mich auf die Plaza und versuche, meine Situation zu überdenken. Noch ist nicht alles verloren, ich bin immer noch im Land, kann mich frei bewegen und ich weiß, dass mein Vater alles tun wird, um zu dem Konsul durchzukommen und diesen davon zu überzeugen, mir behilflich zu sein. Als mir das klar wird und ich gerade wieder beginne, positiv nach vorn zu schauen, setzen sich ein Mann und eine Frau zu mir auf die Bank. Sie wissen sofort, dass ich nicht von hier bin, und stellen sich vor. Der Mann heißt Dario, ist Anfang dreißig und Englischlehrer an der einzigen weiterführenden Schule in Caceres. Angela, seine Kollegin, ist an der gleichen Schule Spanischlehrerin, und daher können wir uns ohne größere Sprachschwierigkeiten unterhalten. Die beiden sind unwahrscheinlich freundlich und freuen sich darüber, einen jungen europäischen Gast in ihrer Stadt zu haben. Interessiert erkundigen sie sich nach meinen Plänen, und nach anfänglichem Zögern, erzähle ich ihnen, warum ich überhaupt noch in Caceres bin und dass meine weitere Reise vom Erfolg meines Vaters abhängt. Beide sind zuversichtlich, dass sich mein Problem lösen wird, und bieten mir ihrerseits sofort Hilfe an. Angela erzählt mir, dass ihr Bruder der Leiter des hiesigen Gesundheitszentrums sei und mir bei Bedarf sicherlich eine Neuimpfung bescheinigen würde. Dario weiß, dass seine Schwester eine Affäre mit dem Leiter der Einwanderungsbehörde hat und dieser sicherlich nicht abgeneigt ist, ihm einen Gefallen zu tun, wenn er möchte, dass seine Frau nichts von seinen außerehelichen Stelldicheins erfährt. Auch wenn sich Senhor Ferreira vorhin nicht von mir bestechen lassen wollte und somit nicht meinen Klischeevorstellungen entsprochen hat, so kommen Dario und Angela wenigstens meinem Idealbild vom „allzeit aufgeschlossenen und hilfsbereiten Latino“ sehr nahe. Ich bedanke mich herzlich, will aber zunächst probieren, ob ich nicht auf „legalem Weg“ weiterkomme. Bisher hat mich mein Vater noch nie im Stich gelassen. Trotzdem beruhigt es mich, einen Plan B zu haben, und die beiden bieten sogar an, mir die Wartezeit zu verschönern, indem sie mir Caceres und die Umgebung des Pantanal, des größten Feuchtgebiets der Erde zeigen.

Dario vollendet die Einladung schließlich mit dem Angebot, dass ich ein paar Tage bei ihm und seinem Mitbewohner Rene, wohnen könnte. Das lehne ich jedoch ab, ich kenne ihn ja kaum und seinen Mitbewohner schon gar nicht. Er versteht meine Bedenken und schlägt vor, dass ich mir in Ruhe überlege, was ich machen möchte. Er würde morgen nach der Schule hier vorbeikommen, und wenn ich zu ihnen ziehen möchte, dann soll ich ihn hier treffen. Dass er mich nicht bedrängt, sondern mir alle Optionen offen lässt, überzeugt mich, und ich stehe am nächsten Mittag mit meinem Rucksack auf der Plaza. Dario kommt wie ausgemacht auf seinem Moped vorbeigefahren und scheint sich aufrichtig zu freuen. Er wohnt etwa eine Viertelstunde vom Zentrum entfernt, in einem kleinen weißgetünchten Steinhaus.

Innen ist alles unverputzt. Zwei kleine Schlafzimmer, ein gemeinsames Wohnzimmer mit Sofa und Fernseher, eine offene Küche und ein Bad sind alles, was auf den dreißig Quadratmetern Wohnfläche Platz hat. Die beiden Männer sind so nett und teilen sich für die Dauer meines Besuchs ein Zimmer und überlassen mir das andere. Sowohl Dario, als auch Rene, ein 25-jähriger Biologiestudent, tun alles, damit ich mich wie zu Hause fühle. Sie bieten mir an, von ihrem Festnetz nach Deutschland zu telefonieren, sie wollen gleich mit mir in den Supermarkt fahren, um den Kühlschrank mit lauter Sachen zu füllen, die ich gern mag, und sie wollen sich darum kümmern, ein Auto zu mieten, damit sie mir wie versprochen zusammen mit Angela den Pantanal zeigen können. Ich fühle mich wohl bei den beiden und bin froh, nicht allein in meinem schäbigen Hotelzimmer zu sitzen.

Am nächsten Morgen nimmt mich Dario mit in die Stadt, und ich hoffe, endlich mein Einreiseproblem zu lösen. Mein Vater hat meinen Impfpass abgeholt und mit mir ausgemacht, dass ich um neun Uhr morgens in der Behörde sein soll. Dann ist es bereits früher Nachmittag in München, und er wird versuchen, dass der Botschafter um diese Uhrzeit in Caceres anruft. Senhor Ferreira ist auch heute wieder der einzige Diensthabende und erkennt mich sofort wieder. Er ist freundlich und zuvorkommend, bietet mir den bequemsten Stuhl an und schenkt mir eine Tasse dickflüssigen und schrecklich süßen Kaffee ein. Wir unterhalten uns eine Stunde lang angeregt, und er scheint sich richtig über meinen Besuch zu freuen, denn außer dass gelegentlich das Telefon klingelt, passiert überhaupt nichts. Es wird immer wärmer in dem kleinen Büro, und der Ventilator ist kaum stark genug, die trägen Fliegen, die überall sitzen, aufzuscheuchen. Jedes Mal wenn der Apparat klingelt, erhebt er sich eiligst, schaut mich erwartungsvoll an und sagt „Papa!“ Tatsächlich ist diesmal zwar nicht Papa am anderen Ende der Leitung, sondern das brasilianische Konsulat in München. Der Beamte dort bestätigt, dass ich gegen Gelbfieber geimpft bin, und das Gespräch ist beendet. Ohne die schnelle Hilfe meines Vaters, müsste ich jetzt versuchen, auf dubiosen Wegen, mein Ziel zu erreichen, und der Ausgang wäre ungewiss. Senhor Ferreira überreicht mir meinen gestempelten Reisepass und wünscht mir einen wunderbaren Aufenthalt „im schönsten Land der Welt“. Ich mache mich gut gelaunt auf den Rückweg zum Haus. Dort finde ich einen Zettel von Rene vor, auf dem steht, ich solle mich wie zu Hause fühlen, und er würde gegen Mittag anrufen, um zu fragen, wie es gelaufen sei. Außerdem teilt er mir mit, dass er einen Mietwagen organisiert habe und Dario und Angela ein paar Tage Urlaub beantragt hätten. Tatsächlich klingelt kurz darauf das Telefon, und Rene freut sich aufrichtig, als er hört, dass ich meinen Stempel im Pass habe. Er verspricht sich zu beeilen, damit mir nicht langweilig wird. Sogar die Nachbarn kommen auf einen Sprung vorbei und erkundigen sich, wie mein Besuch bei Senhor Ferreira verlaufen sei. Ich staune immer wieder, wie schnell sich die Ereignisse ändern können und wie wenig Einfluss man manchmal auf seine Pläne hat. Was mir erst wie eine mittlere Katastrophe vorkam, nämlich dass ich aus eigener Schuld hier auf unbestimmte Zeit in diesem Kaff festsitzen sollte, hat sich als wahrer Glücksfall erwiesen. Am Nachmittag kommen Dario, Angela und Rene fast gleichzeitig nach Hause und sind guter Dinge. Die beiden Lehrer haben tatsächlich Urlaub bekommen. Rene ist als Student in seiner Urlaubsplanung sowieso flexibler. Später kommt noch Darios Vater vorbei, der sich den europäischen Besuch gern selbst anschauen wollte. Wir sind uns auf Anhieb sympathisch, und da er möchte, dass ich nicht nur seinen Sohn, sondern auch ihn in guter Erinnerung behalte, erklärt er sich spontan bereit, uns für ein paar Tage sein Auto zu leihen. Das ist wirklich ein willkommenes Angebot, und Dario meint, er hätte sich gar nicht getraut zu fragen, da sein Vater sonst nie jemanden hinters Steuer lasse. Keinen Leihwagen nehmen zu müssen, erspart uns eine Menge Kosten, und ich kann sehen, dass nicht nur ich diesbezüglich aufatme. Angela macht sich sofort in der Küche zu schaffen, um ein paar lokale Spezialitäten als Proviant zuzubereiten, und die drei Männer und ich machen es uns im Wohnzimmer gemütlich, drehen unser gemeinsames Lieblingslied „Creep" auf, trinken ein paar kalte Biere und lassen es uns gut gehen. Der Plan ist, morgen für ein paar Tage in den Pantanal aufzubrechen und die Transpantaneira, die einzige befestigte Straße von Poconé nach Cuiabá zu fahren.

Am Samstagabend findet in Chapada dos Guimarães ein Konzert von SKUNK statt, einer brasilianischen Band, die ich nicht kenne, aber die hier einen riesigen Fanclub hat. Dort würden wir bei Freunden übernachten, und am nächsten Tag könnte ich weiter in Richtung San Salvador de Bahia reisen. Die anderen würden dann ohne mich am Sonntag nach Caceres zurückfahren. Für mich hört sich das alles nach einem perfekten Plan an, und ich bin mir sicher, dass wir viel Spaß zusammen haben werden. Dieser Kurztrip ist eine einmalige Gelegenheit für mich, Teile des Landes zu sehen, zu denen ich allein nie gekommen wäre. Was gibt es besseres, als gleich drei lokale Reiseführer zu haben, die auch noch Englisch und Spanisch sprechen und obendrein so nette Gesellschaft sind?

Der Pantanal, (Portugiesisch für Sumpf), ist eines der artenreichsten Naturschutzgebiete. Die UNESCO erklärte die größte Überschwemmungsebene Amerikas, die sich allein in Brasilien auf 140,000km^2 erstreckt, zum Welterbe der Menschheit. Dieses gigantische Feuchtbiotop ist absolut abhängig vom Wasser, welches je nach Regen-oder Trockenzeit im Überfluss oder gar nicht vorhanden ist. Durch den sich ständig ändernden Wasserpegel ist eine riesige Vielfalt an Flora und Fauna entstanden. Über zweitausend verschiedene Pflanzenarten leben hier und ähnlich viele Tierarten. Insekten, Kaimane, Jaguare, Brüllaffen, Tapire, vom Aussterben bedrohte Riesenotter, Anakondas, Gürteltiere, sind nur der Anfang der Liste. Man hat hier überall das Gefühl mitten im Leben zu stehen; Ruhe herrscht hier nie.

Die nächsten paar Tage sind wir ausschließlich in der Natur unterwegs. Als wir in der gleißenden Mittagssonne im Kanu über den Paraguay rudern und nebenbei versuchen ein paar Fische zu fangen, habe ich das Gefühl, es vor Hitze nicht mehr auszuhalten. Ich will gerade in das angenehm kühle Flusswasser springen, als eine Piranha an Renes Angel anbeißt. Plötzlich empfinde ich die Hitze als gar nicht mehr so unerträglich.

Ich bin überwältigt von den vielen Tieren und Pflanzen, die wir entdecken. Die meisten von ihnen habe ich noch nie zu Gesicht bekommen, geschweige denn, dass ich sie hätte benennen können. Wir sehen mehr Kaimane als ich zählen kann, und ich höre auf, mich darüber zu wundern, als mir Angela sagt, dass von dieser Sorte hier mehr als 3,5 Millionen Exemplare leben.

Kinderraub

Nach diesen einmaligen und naturintensiven Tagen kommen wir erschöpft, aber glücklich am Samstagnachmittag in dem kolonialen Städtchen Chapada dos Guimarães an, das in dem gleichnamigen Nationalpark liegt. Als erstes fahren wir zu dem befreundeten Ehepaar, Ricardo und Elena. Sie wohnen in einem modernen und gemütlichen Haus mit Garten. Elena ist frischgebackene Mama eines dreimonatigen Sohnes. Sie heißt uns herzlich willkommen, ist aber nicht gewillt, ihren Säugling auch nur einen Augenblick aus den Augen zu lassen, und schaut argwöhnisch, als ich an die Wiege trete, um den Kleinen aus der Nähe zu betrachten.

Ricardo, der bemerkt, wie sich der freundliche Ausdruck auf dem Gesicht seiner Frau verändert, drückt uns allen ein Glas goldbraunen Cachaça in die Hand und bittet uns, auf die Terrasse zu kommen. Wir setzen uns an einen großen Tisch und erzählen, was wir in den letzten Tagen erlebt haben. Elena ist erstaunt, dass sie Dario noch nie von „seiner deutschen Freundin" hat erzählen hören. Als sie erfährt, dass wir uns erst vor ein paar Tagen auf der Straße kennen gelernt haben, weil man mich beinahe nicht ins Land gelassen hätte, ist sie sichtlich schockiert. Sie steht ohne ein weiteres Wort auf, holt ihr schlafendes Baby aus seiner Wiege und presst es an ihre Brust. Das Kind fängt an zu wimmern, und sie verlässt mit ihm das Zimmer, nicht ohne ihrem Mann zuvor etwas auf Portugiesisch zuzuraunen. Ricardo weiß nicht so recht, was er sagen soll, und plötzlich fangen alle an, wild in ihrer Muttersprache durcheinander zu reden. Ich verstehe kein Wort, spüre aber deutlich, dass irgendetwas nicht stimmt und dass es um meine Person geht. Dario und Rene erklären mir kurz später, dass es besser wäre, wenn wir heute Nacht zusammen im Garten zelten. Erst auf mein Nachbohren hin geben sie zu, dass Elena seit der Geburt ihres Kindes nicht mehr dieselbe Person wie früher sei und niemanden, noch nicht einmal ihren Ehemann und Kindsvater an den Säugling heranlässt. Als sie gehört hat, dass ich eine Fremde und Ausländerin bin, habe sie es mit der Angst zu tun bekommen und fürchte nun allen Ernstes, dass ich vorhaben könnte, ihr neugeborenes Baby zu klauen.

Wir bauen draußen im Garten unser Zelt auf, obwohl ich eigentlich am liebsten in ein Hotel einchecken würde. Ich bin fassungslos, dass Elena mir im Ernst ein derartiges Verbrechen zutraut und bin versucht, sie zur Rede zu stellen. Ihr scheint nicht klar zu sein, dass ich allein mit einem Rucksack unterwegs bin und dass so ziemlich das Letzte, was mir zu meinem Reiseglück fehlt, ein schreiender Säugling ist. Es tut mir vor allem für meine Freunde leid, dass sie meinetwegen Unannehmlichkeiten bekommen haben. Sie versichern mir, dass es nicht meine Schuld sei, und ich mich daher nicht schlecht fühlen müsse. Wenn sich bei Elena die Hormone wieder normalisiert haben, würde auch sie sicherlich einsehen, wie unangemessen und lächerlich ihre Reaktion gewesen sei.

Unser Zelt steht, und wir machen uns zu Fuß auf den Weg ins Stadtzentrum. Überall in der Kleinstadt sind die Menschen in Feierstimmung und

Vorfreude auf das Openair-Konzert. Der Hauptakt SKUNK soll erst gegen Mitternacht auf die Bühne kommen, aber es spielen viele Vorbands, und außerdem brauchen die Brasilianer ohnehin nur selten eine zweite Aufforderung zum Feiern. Wir laufen los, holen uns an einem Stand noch ein paar Bier und lassen uns von der ausgelassenen Stimmung anstecken. Ich vergesse Elena und ihr Baby und mache auch Ricardo klar, dass ich das Ganze nicht persönlich nehme, und er sich also entspannen kann. Er hat sich die Zeit mit ihrem ersten gemeinsamen Kind auch anders vorgestellt und stößt mit mir an, sichtlich erleichtert, dass ich ihm wegen der Verbannung in den Garten nicht böse bin.

Ich sehe Dario auf der anderen Straßenseite bei einem jungen Mann stehen, und er winkt mich zu sich herüber. Ohne zu schauen laufe ich los und kann im Dunkeln nicht erkennen, wie schlecht der Zustand der Straße ist. Ich übersehe ein tiefes Loch, das natürlich nicht gekennzeichnet, geschweige denn gesichert ist. Ich falle unglücklich mit dem rechten Bein hinein und schlage mit dem linken Knie auf einen spitzen Stein. Mir entfahren ein lauter Schmerzensschrei und ein deutscher Fluch. Die anderen eilen mir sofort zu Hilfe. Ricardo läuft los und holt Eis, und ich weiß gar nicht, an welche Stelle ich den Beutel zuerst halten soll. Ich beiße die Zähne zusammen, das Letzte, was ich jetzt will, ist den anderen das Konzert zu verderben. Sie haben so viel für mich getan, mich so nett aufgenommen, und ich weiß, dass sie schon seit Tagen auf den heutigen Abend hinfiebern. Allein zu Elena zurückzugehen, kommt für mich auch nicht in Frage, da sie bestimmt vermuten würde, ich hätte den Unfall nur vorgetäuscht, um an ihr Kind heranzukommen. Ich kann nicht abschätzen, wie sie auf mich reagieren würde. Das Risiko, die nächsten Jahre als Kindesentführerin hinter Gittern zu verbringen, möchte ich lieber nicht eingehen.

Nach einer Weile fühle ich mich zumindest so viel besser, dass ich die Zähne zusammenbeißen und auf Dario und Rene gestützt, in die Freiluftarena humpeln kann. Es sind schon viele da, die ausgelassen zur Musik tanzen. Das Publikum kreischt, es wird in Sprechchören nach der Band gerufen. Ich habe mich über die nachlassenden Schmerzen zu früh gefreut und muss mich, völlig benommen, an Ort und Stelle hinlegen. Meine Freunde bilden einen Kreis um mich herum, damit mir beim Tanzen niemand ins Gesicht springt. Dem lauten Jubeln und Klatschen, kann ich entnehmen, dass SKUNK die Bühne betreten haben. Die Menge ist nicht mehr zu halten, und es strömen immer mehr Tanzwütige von allen Seiten heran. Wir bleiben etwas weiter hinten, denn vorn, in Richtung Bühne, hätte ich keine Chance, den Abend ohne weitere Verletzungen zu überstehen. Die anderen verteidigen unseren Platz tapfer, und obwohl sie selbst tanzen, gelingt es ihnen zu verhindern, dass mir ein fremder Fuß zu nahe kommt. Während ich so liege und die Welt aus einer ganz ungewohnten Perspektive betrachte, wünsche ich mir nichts sehnlicher, als dass endlich dieser Abend zu Ende geht. Um halb drei, kurz bevor das Konzert vorbei ist, machen wir uns auf den Heimweg. Ganz Chapada scheint noch auf den Beinen zu sein, von überall her ertönt gute Musik. Ricardo besteht darauf, dass wir unter den Umständen doch im Haus und nicht im Garten schlafen, und ich bin viel zu erschöpft, um etwas dagegen einzuwenden. Wenn Elena tatsächlich davon überzeugt ist, dass ich mich selbst in meinem momentanen Zustand mit ihrem Baby auf und davon machen würde, dann kann ich das jetzt auch nicht ändern. Ricardo bereitet mir ein möglichst bequemes Lager auf dem Sofa, und ich habe nur den Wunsch, schnell einzuschlafen und morgen wieder schmerzfrei aufstehen zu können.

Das andere Bein

Als ich Sonntagfrüh aufwache, habe ich zunächst immer noch die Hoffnung, dass ich allein nach San Salvador de Bahia weiterreisen kann. Doch beim Versuch aufzutreten, ist mir klar, dass daraus nichts wird. Dario, Rene und Angela haben gestern Abend bereits darauf bestanden, dass ich wieder mit ihnen zurückfahre und in Caceres zum Arzt gehe. Ich habe Glück im Unglück. Zwar komme ich meinem nächsten Reiseziel keinen Schritt näher, aber wenigstens habe ich Freunde, die sich um mich kümmern. Dario trägt mein Gepäck und Angela hilft mir ins Auto. Zurück in ihrem Haus lege ich mich aufs Sofa und warte auf Alex, einen befreundeten Physiotherapeuten, der so nett ist, sogar am Sonntag vorbeizukommen. Als er mich und meine beiden geschwollenen Beine sieht, bringt er mich in seine Praxis. Dario kommt als Dolmetscher mit und erklärt mir, dass es für seinen Freund Ehrensache sei, mich kostenlos zu behandeln.

Alex merkt schnell, dass meine Verletzungen ernst sind und verfrachtet mich wieder ins Auto, um mich zu einem guten Bekannten in eine richtige Klinik zu bringen. Ich werde sofort geröntgt. Und obwohl mir ausnahmsweise die uneingeplanten Sonderausgaben keine Sorgen bereiten, da ich mich auf die Kostenrückerstattung durch meine Auslandskrankenversicherung verlasse, will auch dieser Freund im Krankenhaus nicht über Geld sprechen. Dario und Rene gehen so weit, dass sie sich selbst die Schuld an meinem Unfall geben und daher auch eventuell noch entstehende Kosten übernehmen wollen. Durch nichts kann ich sie vom Gegenteil überzeugen.

Kurz nach der Untersuchung übermittelt mir der Arzt die Diagnose, die definitiv anders ausfällt als gewünscht: gerissene Bänder im rechten Bein, abgesplitterter Knochen im Knöchel und eine ordentliche Prellung im linken Knie. Zuerst hoffe ich, dass Dario vielleicht etwas missverstanden hat, da ihm nicht gleich alle englischen Vokabeln für meine Verletzungen einfallen, aber es besteht kein Zweifel. Jose begleitet mich in den Verbandsraum und veranlasst, dass mir ein Gehgips ans Bein gekleistert wird, der so dick ist, dass er vier Tage trocknen muss, bevor ich damit auftreten darf. Da ist es dann auch wenig Trost, dass mich auch der Gips keinen Pfennig kostet.

Während ich mit hochgelagertem Bein wieder bei Dario und Rene auf dem Sofa liege, kann ich es kaum mehr erwarten, dass der Gips endlich trocknet und ich ihn voll belasten kann. Ich mache mir Gedanken, wie ich die Reise fortsetzen soll, bin aber zuversichtlich, dass es irgendwie möglich sein wird. Es muss machbar sein, denn nach Hause zu fahren, kommt für mich nicht in Frage. Meinen Eltern habe ich von meinem unglücklichen Sturz erzählt. Sie sind einerseits froh, dass ich bei den Brasilianern in fürsorglichen Händen bin, aber sie halten nichts von meinen weiteren Reiseplänen. Meine Mutter hört am Telefon nicht damit auf, mir wegen möglicher bleibender Schäden ins Gewissen zu reden. Ich beteuere, alles im Griff zu haben, bin aber nach unserem Gespräch selbst verunsichert. Könnte ich wirklich für immer einen Schaden an meinem Fuß zurückbehalten, wenn ich meinen Sturkopf durchsetze und die Reise auf Teufel komm raus durchziehe? Jetzt nach Deutschland zurück zu fliegen, käme mir wie Versagen vor, und das kann ich nicht aushalten. Mir ist aber auch klar, dass die Umstände für die Weiterfahrt nicht optimal sind. Der Gips will nicht richtig hart werden, was vielleicht an der feuchten Hitze oder meiner Ungeduld liegt, und er ist furchtbar unbequem. Meine Zehen stoßen oben an, der Knubbel aus Hartgummi, auf dem ich abrollen soll, bohrt sich bei jedem Schritt in die Ferse. Alle drei, Rene, Angela und Dario, wechseln sich mit meiner Pflege ab und rühren mich mit ihrer Hingabe und Fürsorge zu Tränen. Sie bringen mir zu Essen und zu Trinken, leihen sich einen Videorekorder von Freunden und dazu noch Filme und Bücher. Sie verlängern das Kabel vom Telefon, damit ich vom Sofa aus mit meinen Eltern telefonieren kann, und animieren die ganze Nachbarschaft, Krankenbesuche abzustatten. Die Haustür steht den ganzen Tag offen, und viele Menschen kommen und gehen, wobei ich das eher anstrengend finde, da ich aufgrund der Sprache mit fast niemandem eine gute Unterhaltung führen kann. Wenn sie ganz langsam auf Portugiesisch sprechen, kann ich ihnen auf Spanisch antworten, und wir können uns verständigen, aber richtig Spaß macht es so nicht. Trotzdem möchte ich mich nicht beschweren, denn ich fühle mich von so viel Anteilnahme völlig überwältigt. Rene hat sich einen weiteren Nachmittag freigenommen, um mich noch mal zum Arzt zu fahren, und als dieser sich bezüglich meiner geplanten Weiterreise zwar skeptisch zeigt, es mir aber nicht verbietet, organisiert Rene mir eine Busfahrkarte. Als der Abschied naht, überreicht mir jeder einen Glücksbringer: Von Rene bekomme ich eine Kette aus den Samen einer Pflanze, von Angela einen Schlüsselanhänger mit Pantanalmotiv und von Dario eines seiner T-Shirts. Ich lasse ihnen zur Erinnerung und zum kleinen Dank meine Lieblings-CD von Radiohead da, die wir beinahe jeden Abend und auf der ganzen Fahrt gehört haben und die ihnen mindestens so gut gefällt wie mir.

Bereits zehn Tage sind seit meiner Ankunft im Land vergangen, und da mir nicht mehr so viel Zeit bleibt, bis mein Flug von Buenos Aires in Argentinien zurück nach München geht, habe ich beschlossen die Reiseroute etwas abzukürzen. Anstatt bis San Salvador zu reisen, fahre ich direkt nach Rio de Janeiro. Von dort will ich weiter die Küste entlang bis zu den Iguazu-Wasserfällen, von wo aus ich über die Grenze nach Argentinien einreisen kann.

Copacabana

Die Busfahrt dauert zweiundvierzig Stunden und ist mit Gips der absolute Wahnsinn. Ich würde überhaupt nicht mehr weiter wissen, wenn nicht gelegentlich der Sitz neben mir frei würde und ich immer mal wieder mein Bein hochlegen könnte. Unter der Belastung und der Hitze ist es dick angeschwollen und schmerzt und pocht ununterbrochen. Nette Mitfahrer machen es sich zu ihrer Aufgabe, mich mit Essen und Trinken zu versorgen, und mir wird klar, wie sehr ich doch auf die Hilfe Fremder angewiesen bin. Ich habe keinen Reiseführer, keinen Stadtplan und eigentlich keine Ahnung von Rio. Ich weiß nur, ich will an die Copacabana. Mir gelingt es tatsächlich, einen öffentlichen Bus dahin zu finden, aber ich muss enttäuscht feststellen, dass es überhaupt keine Hostels oder billigen Unterkünfte gibt. Da ich mich nicht wie sonst auf eine ausgedehnte Suche begeben kann, beschließe ich, zuerst meine primäre Neugierde zu befriedigen und mir den weltberühmten halbmondförmigen Strand anzusehen. Vier Kilometer feiner weißer Sand liegen zu meinen eingegipsten Füßen. Obwohl es unter der Woche ist, sind viele Menschen hier, Einheimische und Touristen – die meisten bestimmt nur, um gesehen zu werden. Im Wasser tummeln sich zahllose Surfer, und es ist eigentlich genau, wie ich es mir vorgestellt habe. Als ich hinter mir den Zuckerhut, das Wahrzeichen Rios, entdecke, fühle ich mich wie in eine Postkarte versetzt. Trotz Gips will ich es mir nicht nehmen lassen, im Sand zu laufen, die Folgen sind mir egal. Ich fühle mich allein, frustriert, hilflos und erschlagen von der langen Fahrt. Ich weiß überhaupt nicht, wo ich hin soll, wie ich eine bezahlbare Unterkunft finden soll, und wie ich überhaupt mit meinem Gepäck vorankommen soll. Ich liege an meinen Rucksack gelehnt im Sand und lasse mich von einer Welle negativer Gedanken umspülen. Dann sehe ich, wie zwei junge Mädchen am Strand entlang in meine Richtung gehen, und ich stehe auf, um sie abzufangen und zu fragen, wo sie denn untergekommen sind. Und zum zweiten Mal in Folge scheine ich Glück im Unglück zu haben. Bei den beiden Mädchen handelt es sich um Deutsche, die hier mit ihren Eltern zwei Wochen Urlaub machen. Erst jetzt erkenne ich die Eltern, die etwa fünfzig Meter hinter den Mädchen laufen. Ich schildere Laura und Natalie meine Situation und ich kann gar nicht in Worte fassen, wie froh ich bin, jemanden gefunden zu haben, der meine Sprache spricht und mir vielleicht behilflich sein kann. Sie erzählen mir, dass ihr Hotel in der Avenida Atlántica direkt am Strand gelegen ist, ein paar Kilometer südlich von hier. Die Eltern haben uns inzwischen eingeholt, und es ist nicht zu übersehen, dass sie alles andere als begeistert sind über den Vorschlag ihrer Töchter, mich in dem Extrabett in ihrem Hotelzimmer einzuquartieren. Den Erwachsenen ist die Situation sichtlich unangenehm, vor allem da ich jedes Wort ihrer Unterhaltung verstehen kann und sie sich nicht trauen, klar und deutlich Nein zu sagen. Schließlich willigen sie ein, geben mir den Namen und die Adresse des Hotels und schlagen vor, dass ich dort auf sie warte, bis sie von ihrem Ausflug auf den Zuckerhut zurück sind.

Die paar Kilometer zum Hotel kommen mir unendlich weit vor. Mit jedem Schritt bohrt sich der Knubbel weiter in meine Ferse, der Sand im Gips fängt furchtbar an zu jucken. Der Gips bekommt bereits erste Risse an der Knickstelle auf dem Fußrücken. Gerade als ich die Hotellobby des Viersterne Hotels betrete, gibt er den Geist auf und zerfällt in staubig weiße Einzelteile, die auf dem schwarzen Marmorboden deutliche Spuren hinterlassen. Ich suche in den Tiefen meiner Tasche nach etwas, womit ich den Gips notdürftig wieder zusammenflicken könnte und finde praktischerweise einen Verband. Ein Hotelboy kommt sofort angelaufen, nimmt mir das Gepäck ab und führt mich zu einem Stuhl. Er sieht, wie erschöpft und verschwitzt ich bin, und bringt mir ein Glas Wasser, bevor er mir weitere Fragen stellt. Ich rechne ihm das hoch an, denn vermutlich kommen seine Gäste normalerweise nicht so zerfleddert an. Ich frage ihn, ob es in Ordnung sei, wenn ich hier auf die Rückkehr meiner Freunde warte, und erst da fällt mir auf, dass ich gar nicht weiß, wie die Familie mit Nachnamen heißt. Er übersieht das höflich und ermuntert mich, es mir gemütlich zu machen. Nach ein paar Stunden kehren die Deutschen ins Hotel zurück, und ich kann den Eltern sofort ansehen, dass sich ihre Wiedersehensfreude in Grenzen hält. Ich folge ihnen an die Rezeption und bin heilfroh, dass das Hotel mir für fünfzehn Euro, was genau meiner finanziellen Obergrenze entspricht, ganz offiziell die Mitbenutzung des Zimmers der Mädchen gestattet. Erleichtert, eine sichere und bezahlbare Unterkunft zu haben, umwickele ich mein Bein mit Handtüchern und Plastiktüten und

Kapitel 4

Abenteuer Karibik 2001

„Ich brauche keine Sprachlehrerin, ich suche einfach Crew. Vielleicht ist das ja was für dich?“

So lautet Richards Antwort auf meine Anzeige: „24–jährige, segel-, tauch- und wasserbegeisterte Sprachlehrerin erteilt Unterricht auf hoher See….“

Richards E-Mails hören sich vielversprechend an. Er ist ein 50-jähriger Schweizer mit kanadischem Pass. Nach eigenen Aussagen hat er schon Hunderttausende Seemeilen als Matrose, Skipper und Kapitän unterm Kiel und ist nach jeder Fahrt samt Besatzung sicher wieder an Land zurückgekehrt. Zudem schreibt er von seinen beiden Töchtern, Sabine und Andrea, die in Toronto aufs College gehen und ihn, wenn sie Zeit haben, auf seinen Touren begleiten. Da das Wintersemester aber schon begonnen hat, können sie bei diesem Törn nicht dabei sein, und von seinen Freunden scheint gerade niemand Zeit zu haben. „Fast mein ganzes Leben lang hatte ich Segelboote, und die BLU, eine Catana 431, mit der ich heute unterwegs bin, ist mein zweiter Katamaran. Sie ist ein schnelles Schiff, aber ich stresse nicht durch die Welt. Im Moment bin ich auf Isla Margarita, vor der Küste Venezuelas und lasse ein paar kleinere Wartungsarbeiten am Schiff durchführen. Meine grob geplante Route führt durch die Karibik und nach einem kurzen Abstecher an die kolumbianische Küste, weiter nach Panama. Von dort möchte ich durch den Kanal in den Südpazifik und schließlich bis Australien. Ich würde mich freuen, von Dir zu hören. Falls du Dir Gedanken über die Kosten machst, schlage ich vor, Du kommst für Deine eigene Verpflegung sowie für die An- und Abreise auf, alles Weitere übernehme ich.“

Richard und ich schreiben uns ein paarmal ausführlich hin und her und besprechen schließlich die letzten Details am Telefon. Am 1. November 2001 ist es soweit - ich fliege tatsächlich zu Richard nach Venezuela. Ein bisschen aufgeregt bin ich schon, immerhin fahre ich da zu einem wildfremden Mann auf sein Boot. Noch liegt das Segelschiff in der Bucht von Porlamar, und ich könnte von dem Katamaran sofort wieder runter, falls es mir nicht gefällt. Aber was passiert, wenn wir auf offener See sind? Hätte ich außer meinen Eltern und ein paar Freunden, noch weiteren Leuten von meinem Abenteuer erzählen sollen? Wer würde mir helfen, wenn wir in Seenot geraten oder wenn Richard sich für den unwiderstehlichen Don Juan hält?

Um für alle Eventualitäten gewappnet zu sein, habe ich so gepackt, dass ich meine Sachen selbst tragen kann. Falls nötig, kann ich also ohne Probleme auf dem Landweg bis Nicaragua reisen – was dann im Januar mein nächstes Ziel sein soll.

Was wird Richard für ein Typ sein? In seinen E-Mails hört er sich sympathisch und verantwortungsbewusst an, und auch die Tatsache, dass er zwei Töchter in meinem Alter hat, finde ich beruhigend, obwohl mir klar ist, dass sie nicht mit an Bord sein werden. Viele der Anzeigen, die ich auf den diversen Segelseiten im Internet gelesen habe, hätten oft besser erst ab achtzehn Jahren zugänglich sein sollen. Ich war sehr überrascht, wie viele „einsame Seebären“ unterwegs sind und ihre „Nixe“ suchen (und wie viele „Meerjungfrauen“ ihren „Neptun“ - mit eigener Yacht, versteht sich). Richard hat mir zwar zugesichert, dass er wirklich nur auf der Suche nach Crew ist, die ihm ein wenig unter die Arme greift, aber wie sicher kann ich mir da wirklich sein? Ich male mir lieber gar nicht erst aus, wie ich allein auf hoher See versuche, mit einem zudringlichen Mann fertig zu werden. Mit jeder Flugstunde, die mich näher an Venezuela heranbringt, erscheint mir mein Vorhaben verrückter.

Da meine Eltern leidenschaftlich gern segeln, bin ich schon als Kind viel auf Segelbooten gewesen und kann mich sicher an Bord bewegen, aber „richtig segeln“ habe ich nie gelernt. Richard gegenüber war ich bezüglich meiner bisherigen Erfahrungen auf diesem Gebiet sehr ehrlich. Er meinte: „Kein Problem, was bei der BLU so läuft, hat man in einem Nachmittag drauf.“ Schön. Jeder kann’s, also auch ich. Trotzdem halte ich es für eine gute Idee, noch mal die gängigsten Seemannsknoten zu üben. Mit dem Buch „Knoten, Fancywork und Spleiße“ auf dem Schoß, versuche ich, den Anleitungen auf den Bildern zu folgen. Das Stück Schnur, das ich zu diesem Zweck mitgenommen habe, sieht am Ende zwar verknotet aus, lässt sich aber nicht „mit einem leichten Zug am linken unteren Seilende“ wieder entknoten. Bestimmt geht’s ganz einfach, wenn Richard es mir noch mal zeigt. Sicherlich erwartet er auch nicht, dass ich einen Palstek schon kann. Und zur Not muss er ihn einfach selber knoten, macht er ja jetzt auch. Ich packe das Buch weg, bestelle mir bei der Stewardess zur Einstimmung auf die Karibik einen Rum Cola, und halte das im Moment, für die beste Vorbereitung.

Richard vs. Robert

Am Flughafen von Isla Margarita steht ein netter, fröhlicher Typ. Jung aussehend, braun gebrannt, in Sandalen, Shorts und einem äußerst farbenfrohen Hawaiihemd. Er hält ein Schild mit meinem Namen hoch und winkt mir begeistert zu, als er merkt, dass ich diejenige bin, auf die er gewartet hat. Ich hatte mir Richard ganz anders vorgestellt. Wie fünfzig sieht der wirklich nicht aus, muss die gesunde Seeluft sein, denke ich und freue mich schon auf ähnlich positive Resultate an mir selbst. Der Sunnyboy streckt mir seine kräftige Hand entgegen und sagt „Willkommen auf Margarita! Du bist Nina, oder? Richard schickt mich, ich heiße Robert.“ Ich kann meine Enttäuschung darüber, dass Robert nicht Richard ist, nur schlecht überspielen, und mein Chauffeur gibt mir mit einem Augenzwinkern und liebenswerten Lächeln zu verstehen, dass er mich durchschaut hat. Er führt mich zu seinem Van und fährt mich in die Marina El Concorde. Auf der halbstündigen Fahrt versuche ich ihn so beiläufig wie möglich über Richard und seinen Katamaran auszufragen, aber er sagt nicht viel, außer: „Das ist schon einer, der Richard!“

In dem offenen Restaurant der Marina erwartet mich mein Kapitän, der so ziemlich das genaue Gegenteil von Robert ist. Kleinwüchsig, dicklich, Glatze im Ansatz und ganz offensichtlich in seinen

Fünfzigern. Auch er ist karibisch sommerlich gekleidet, nur dass das gestreifte Hemd nicht recht zur karierten Shorts passt. Er hat ja auch keine Frau, die ihn darauf aufmerksam machen könnte, denke ich und erinnere mich, wie oft meine Mutter meinen Vater gebeten hat, sich doch bitte ein anderes, passendes Hemd anzuziehen, bevor er das Haus verlässt. Auf seinem Kopf thront eine sportliche Designersonnenbrille, und an dem verkrusteten kleinen Schnitt unter seinem Kinn, kann ich sehen, dass er sich vor Kurzem erst frisch rasiert hat. Für mich?

Er begrüßt mich mit einem sanften Händedruck und lädt mich zum Essen ein. So ungefähr stelle ich mir ein Blind Date vor, mit dem einzigen Unterschied, dass wir schon jetzt wissen, dass wir nach dem Restaurantbesuch die nächsten paar Monate auf engstem Raum zusammen verbringen werden. Wir bestellen beide ein Bier und eine Portion gegrillte Calamari und kommen schnell ins Gespräch. Jeder versucht sich ein wenig von seiner Schokoladenseite zu präsentieren und den anderen besser kennen zu lernen. Richard erzählt mir von seinen Segelabenteuern, wie er sie heil überstanden hat und dass er als Crewmitglied immer wegen seiner humorvollen und gutmütigen Art geschätzt wurde. Er hat sein Geld viele Jahre lang als Skipper auf Charteryachten verdient und heute kann er sich seinen Lebensstil dank guter Investitionen in Schweizer Immobilien leisten. Seine Frau, Elaine, die er auf einer Reise nach Québec kennengelernt hat, konnte sich nie so richtig für die Segelei begeistern, und ihre Ehe ist letztendlich an dieser ungeteilten Leidenschaft zerbrochen. Zu seiner großen Freude hat er jedoch Sabine und Andrea, seine Töchter, mit dem Segelvirus anstecken können. Seine Augen fangen an zu leuchten, wenn er von ihnen erzählt: „Sie sind zwar beide keine Engel, sehen aber teuflisch gut aus und haben den nötigen Biss und Charme, um erfolgreich zu sein.“ Am liebsten sind sie „bei ihrem Papa auf dem Kahn“ und „hätte ich nicht mit väterlicher Strenge durchgegriffen, wären sie gar nicht erst wieder aufs College zurückgefahren, sondern gleich bei mir geblieben.“ Ich spüre, dass er unglaublich stolz auf die beiden ist und es ihn einige Überwindung gekostet hat, seine Matrosinnen wieder ziehen zu lassen. Für mich wird es schwer werden, ein adäquater Ersatz zu sein. Gerade als ich anfange, mir deswegen Sorgen zu machen, erhebt Richard sein Bierglas und stößt mit mir an: „Auf unseren gemeinsamen Törn! Schön, dass du so unkompliziert bist und gleich hierher kommen konntest, wir werden bestimmt ein gutes Team!“ Ich lächele ihn glücklich an und proste ihm zu.

Ich erzähle ihm begeistert von meiner Reiselust, meinen bereits erfolgreich bestandenen Abenteuern in Irland und Südamerika und von meinem Aufwachsen in den USA. Richard zeigt sich höflich beeindruckt, wirft aber immer wieder ein, dass seine Töchter leicht mit meinem Leben und meinen Errungenschaften mithalten können. Sie wachsen ebenfalls zweisprachig auf, sind sehr reiseerfahren, können richtig segeln, was sie natürlich von ihm gelernt haben, und Sabine wird bereits mit dreiundzwanzig ihren Abschluss am College machen. Ich erzähle nicht weiter, und versuche mir nicht die Laune verderben zu lassen.

An diesem Nachmittag lerne ich nicht nur Richard kennen, sondern natürlich auch sein Prachtstück, die BLU, seinen Kat. Mit ihren vierzehn Metern Länge übertrifft sie alle meine Erwartungen. Majestätisch liegt sie in der Mitte der Bucht vor Anker und hebt sich deutlich von den übrigen Booten ab.

In den auf Hochglanz polierten, schneeweißen Rümpfen spiegelt sich die Abendsonne. Der Baum wird von einem leuchtend blauen Segelsack umhüllt und lieferte auch die Inspiration für den Schiffsnamen BLU. Ich bin richtig von Stolz erfüllt, als mir Richard an Bord dieser eindrucksvollen Yacht hilft. Wie ein kleiner Junge, der sein Lieblingsspielzeug vorführt, zeigt er mir alles. Und ich staune nicht schlecht. Diese Catana 431 hat vor weniger als einem Jahr die Werft in Frankreich verlassen und ist mit allen modernen Schikanen ausgestattet, die das Leben auf See wirklich angenehm machen. Da wir nur zu zweit sind, habe ich einen der beiden Rümpfe ganz für mich allein: eine Kabine mit Doppelbett und „Seeblick“, ein eigenes Bad mit Dusche und ausreichend Stauraum für eine Großfamilie. Die beiden Rümpfe des Schiffs sind über den Salon verbunden, einer Kombination aus Wohnzimmer und Küche. Auch hier sehe ich auf den ersten Blick alles, was es in jedem modernen Haushalt gibt. Ein wunderschönes bequemes Ledersofa mit großem Tisch, einen Computer, der über Satellit mit dem Internet verbunden ist und eine modern ausgestattete Pantry, die Bordküche mit Herd, Kühlschrank und einer riesigen Tiefkühltruhe. Weitere Spielereien wie Wasserentsalzungsanlage, Stereoanlage und DVD-

Spieler entdecke ich erst später. Ein paar Stufen führen in den zweiten Rumpf, in dem sich Richards Reich befindet. Er hat sich hier alles nach seinem Geschmack eingerichtet und sich sogar ein kleines Fitnessstudio einbauen lassen, in dem ich ihn aber nie Zeit verbringen sehen werde. Die Wände sind tapeziert mit gerahmten Fotos von seinen Töchtern, und er hat nicht übertrieben, sie sind wirklich ziemlich hübsch. Ein Bild seiner Ex-Frau kann ich nirgends entdecken. Vor dem Salon, im überdachten Cockpit, findet sich alles, was der moderne Segler braucht. Von hier aus kann man das Schiff manuell oder per Autopilot steuern und die Segel über elektrische Winschen bedienen, ohne bei schlechtem Wetter das Cockpit verlassen zu müssen. Eine riesige Hängematte hängt vorn an Deck und scheint mir jetzt schon verführerisch zuzuzwinkern. Das Schiff ist ein absoluter Traum! Innerlich klopfe ich mir auf die Schulter, denn ich finde, ich habe einen Volltreffer gelandet. Der Kapitän besticht zwar nicht so sehr durch Glanz und Schönheit wie sein Schiff, aber ich bin zuversichtlich, dass ich in ihm einen angenehmen Reisegenossen gefunden habe. Er scheint nicht das frauenfressende Seemonster zu sein, als das ihn mir in meinen schlimmsten Träumen ausgemalt habe.

Shoppen

Nach einem ausgiebigen Frühstück mit tropischen Früchten, röstfrischem Kaffee und selbstgebackenem Brot begleite ich Richard am folgenden Tag an Land, um beim Hafenmeister die nötigen Papiere zu unterschreiben, die mich offiziell als Crew auf der BLU ausweisen. Richard hat noch ein paar Dinge zu erledigen und bittet mich, in den Supermarkt in die Stadt zu fahren und für uns beide den Lebensmitteleinkauf für die nächsten vier Wochen zu erledigen. Ich bin etwas überrascht, da ich weder weiß, was bereits an Bord ist, noch was für einen Geschmack er hat. Auf meinen Vorschlag, erst gemeinsam eine Liste zu schreiben, reagiert er wenig enthusiastisch und meint, das würde ich ja wohl noch hinbekommen, er esse alles. Nicht ganz überzeugt mache ich mich auf den Weg zu Rattan, dem größten Supermarkt der Insel. Der Weg führt wenig idyllisch an vielen Baustellen und Hafenanlagen vorbei. Die Touristenmeile, für die Isla Margarita so berühmt ist, muss woanders liegen. Es dauert eine geschlagene Stunde, bis ich endlich an meinem Ziel ankomme. Ich bin überwältigt von diesem riesigen Laden, der mit seinem Angebot mit jedem Großsupermarkt in den USA konkurrieren könnte. Ich schnappe mir einen Einkaufswagen und fange an: Dosen, Getränkeflaschen, Nudeln, Reis, Gemüse, Aufschnitt, Käse, süße und salzige Knabbereien, Kaffee, diverse Soßen, Klopapier, Moskitospray, Sonnencreme, alles landet in meinem Wagen, der bald so voll ist, als hätte ich eine ganze Kompanie zu versorgen. Ich muss mir einen zweiten dazu holen. Was brauchen wir für vier Wochen? Wie oft können wir unterwegs die Vorräte auffüllen? Werden wir uns mit Fisch aus dem Meer zusätzlich versorgen? Die Hälfte der Kosten muss ich selber tragen, daher bin ich bemüht, so einzukaufen, dass weder mein Geldbeutel überstrapaziert wird noch Richard das Gefühl hat, ich wolle ihn auf Diät setzen. Endlich stehe ich an der Kasse, versuche meine Wägen unter Kontrolle zu bringen und lade, zur Begeisterung des Pärchens hinter mir, die Produkte aufs Band. Über dreihundert Euro kostet alles zusammen, und mir bleibt nichts anderes übrig, als meine Kreditkarte zu zücken. Die Maschine rattert und piepst, bis auf dem Display die Meldung erscheint: „Zahlung nicht möglich. Bitte nehmen Sie Kontakt mit Ihrer Bank auf."

Ich stehe da und weiß nicht recht, was ich tun soll. Die Schlange hinter mir wird immer länger und die Leute werden allmählich unruhig. Ein Supervisor nach dem anderen wird geholt, und ich weiß nur, dass ich nicht ohne diese Einkäufe zurück zum Boot kommen darf. Es entsteht ein großes Durcheinander, die Kassiererin probiert es ein weiteres Mal, doch die selbe Meldung erscheint. Der Direktor des Supermarkts kommt und überreicht mir ein schnurloses Telefon mit den Worten: „Am Besten rufst du gleich deine Bank an". Er schnappt sich ein Mikrofon und fordert alle Anwesenden auf, bitte still zu sein. Die Musik, die eben noch aus den Lautsprechern dröhnte, wird abgestellt, und alle Augen sind auf mich gerichtet. Das Pärchen hinter mir, will etwas sagen, aber der Chef, schneidet ihnen das Wort ab. Ich wähle die Nummer der Raiffeisenbank in Deutschland und staune nicht schlecht, als sich tatsächlich der Filialleiter aus meinem Heimatdorf, Icking, meldet. Ich schildere ihm das Problem und habe das Gefühl, der ganze Supermarkt fiebert mit, obwohl die meisten gar nicht wissen können, worum es eigentlich geht. Der Chef steht mir mit verschränkten Armen gegenüber und nickt mir aufmunternd zu, obwohl er kein Wort meiner deutschen Unterhaltung versteht. Herr P. in Icking verspricht mir, die Zahlung sofort zu ermöglichen und entschuldigt sich für die Unannehmlichkeiten. Ich lege auf, die Kreditkartenmaschine erwacht zu neuem Leben und spuckt kurz darauf einen Beleg aus, der die erfolgreiche Transaktion bestätigt. Der Direktor gratuliert mir, als hätte ich im Lotto gewonnen, und alle im Supermarkt fangen an, laut zu applaudieren. Man packt mir alles in Tüten ein, und ich sehe zu, dass ich so schnell wie möglich diesen Laden verlasse. Vermutlich wird in ein paar Stunden die ganze Insel über den Vorfall sprechen.

Ein Taxi bringt mich zurück zur Marina, und ich türme alle Tüten und Kartons auf dem Steg auf. Richard kommt auch gerade an, und wir laden die Einkäufe ins Dinghy, dem kleinen motorisierten Beiboot, mit dem wir zwischen Land und der BLU hin und her fahren. An Bord verstaut er alles, und ich gucke zu, damit ich später die Sachen wiederfinde. Wir haben ausgemacht, dass immer abwechselnd einer von uns für das Kochen zuständig ist. Richard kommentiert meine Besorgungen nicht weiter, und ich belasse es dabei, obwohl ich mich über ein Kompliment oder wenigstens eine anerkennende Bemerkung gefreut hätte. Da ich den Seemann noch keine vierundzwanzig Stunden lang kenne, weiß ich seine Reaktion, oder besser gesagt Nichtreaktion, kaum zu deuten. Ist er zufrieden, habe ich seinen Geschmack getroffen? Zu viel oder zu wenig Geld ausgegeben? Traut er sich vielleicht nicht, mir zu sagen, dass ich mich total verkalkuliert habe, oder passt eigentlich alles, und das bisschen Einkaufen ist für ihn eine solche Selbstverständlichkeit, dass er dafür keine Komplimente verschwendet? Ich wünschte, ich könnte diese Situation und auch Richard besser einschätzen. Das ungute Gefühl, dass ich die erste mir gestellte Aufgabe vergeigt habe, beschleicht mich, und meine Laune ist für den Rest des Tages etwas gedämpft. Bevor wir morgen mit dem echten Abenteuer beginnen und zum ersten Mal in See stechen, gibt es jedoch noch einiges zu erledigen, und ich denke fürs erste nicht weiter über diesen Vorfall nach.

Ahoi

Voller Vorfreude aufs Segeln stehe ich am nächsten Morgen in kurzer Hose, T-Shirt und festen Schuhen, zur ausgemachten Uhrzeit im Cockpit. Meine langen blonden Haare habe ich mir zu einem Zopf zusammengebunden, damit der Wind mir nicht ständig die Strähnen ins Gesicht bläst. Ich habe sogar daran gedacht, mich dick mit Sonnencreme Lichtschutzfaktor 30 einzuschmieren, damit ich nicht – typisch Anfänger – gleich am ersten Tag auf dem Wasser einen Sonnenbrand bekomme. Es ist ein warmer, sonniger Tag, eine leichte Brise mit Windstärke zwei weht beständig aus Nordost – perfekter Segelwind. Über uns kreischen die Möwen, wahrscheinlich in der Hoffnung, dass wir die Reste unseres Frühstücks mit ihnen teilen. Richard überprüft pfeifend und nur mit einem Sarong um die Hüften gebunden, den Motor und die Anzeigegeräte. Er überlässt es mir, den Tisch abzuräumen und alles im Innenraum so zu verstauen, dass es bei Seegang nicht durch die Gegend fliegen kann.

Anscheinend ist alles in Ordnung, er erscheint kurze Zeit später, ebenfalls segelfest angezogen und mit Sonnenhut. Mir ist nicht entgangen, dass er meine Aufmachung gemustert hat und offensichtlich nichts auszusetzen hat. „Alles klar zur Abfahrt?“

Da es nicht mein erstes Mal an Bord eines Segelschiffs ist, weiß ich, dass wenn es darum geht, mit anzupacken, nicht der schärfste Bikini angesagt ist, sondern gute Schuhe und praktische Kleidung, in der man viel Bewegungsfreiraum hat, und die ein bisschen Schutz vor der Sonne bietet. Es gibt so viele Taue, Haken und Ösen über die man an Bord stolpern kann, dass festes Schuhwerk ein absolutes Muss ist – wie ich mir oft genug von meinen Eltern anhören musste.

Froh auf dem Sektor der Kleidung nicht schon Minuspunkte gesammelt zu haben, versuche ich Richards Anweisungen zu folgen: Dinghy aus dem Wasser ziehen und sicher verzurren, Anker lichten und schließlich dann Segel setzen. Richard ist am Steuer und ruft mir Befehle zu, und ich versuche alles so auszuführen, wie er sagt. Gelingt mir auch gar nicht schlecht, wie ich finde. Der Kapitän ist da anderer Meinung. „Das muss alles viel schneller gehen, wie stellst du dir das denn vor, wenn wir mal bei Windstärke sieben Anker lichten und Segel setzen müssen?“

Ich habe mir bisher noch gar nichts vorgestellt und bin erst mal froh, dass jetzt die Segel richtig im Wind stehen, und wir mit acht Knoten herrlich über das klare, türkisblaue Wasser gleiten. Der Kat ist im

Vergleich zum Einrumpfboot sehr ausbalanciert und liegt nicht so schräg im Wasser, weshalb man sich auch unter Segel bequem auf dem Schiff bewegen kann. Entspannt lehne ich mich auf der Sitzbank im Cockpit zurück. Jetzt weiß ich, warum ich hier bin. Ich lächele Richard zufrieden zu. Er schaut jedoch nach vorne und schickt mich in den Salon, das Logbuch aktualisieren.

Nach ein paar Stunden haben wir bereits unser Tagesziel, Isla de Coche, erreicht. Wir finden eine wunderschöne Bucht zum Ankern, und ich bin erschöpfter, als ich erwartet hatte. Beim Abendessen – Richard hat frischen Thunfisch auf Linguini serviert – sage ich ihm, wie schön ich den heutigen Tag fand. Er entgegnet nur: „Ach, das bisschen Kaffeesegeln.“ Ich ziehe mich nach dem Essen zurück auf Deck in die Hängematte. Warum können wir jetzt nicht wie dicke Freunde und Teamplayer gemütlich und zufrieden zusammensitzen? Wieso kann er sich nicht ein bisschen an meinem Segelglück erfreuen? Ist er wirklich schon so abgestumpft, dass er die Schönheit der Karibik nicht mehr zu schätzen weiß? Wenn dem so ist, warum betreibt er dann immer noch diesen Lebensstil? Oder fange ich schon jetzt an, ihm auf die Nerven zu gehen? Was hat er denn von mir erwartet? Wie soll das denn die nächsten Monate mit uns weitergehen, werde immer nur ich von allem begeistert sein, und er bleibt der ewige Miesepeter? Wie lang wird es dann dauern, bis auch ich richtig schlecht drauf bin?

Der die Nacht erhellende Vollmond hat auf meine vielen Fragen keine Antwort parat.

Noch will ich mir die gute Stimmung aber nicht verderben lassen, und wünsche mir, dass meine Familie mich hier sehen könnte. Mitten in der Karibik, bei angenehmen fünfundzwanzig Grad und einer sanften Brise. Ich schaukele vollkommen entspannt in der Hängematte vor mich hin und schlafe sehr bald zum leisen Plätschern der Wellen gegen das Boot ein.

Mitten in der Nacht werde ich unangenehm geweckt, da alles feucht und klamm geworden ist. So leise es geht, schleiche ich mich in meine Kabine und mache die Tür zu. Kurz überlege ich, ob ich sie abschließen soll, komme mir dann aber doch albern vor, schließlich habe ich das bei allen anderen männlichen Mitbewohnern auch nie getan. Richard ist noch nicht ansatzweise zudringlich geworden oder hat auch nur eine anzügliche Bemerkung fallen lassen. Außerdem schläft er bestimmt schon fest. Dann höre ich allerdings ein Geräusch. Kommt er etwa? Soll ich doch noch schnell zusperren? Tatsächlich höre ich, wie Richard durchs Schiff läuft, und ich sitze kerzengerade auf meiner Bettkante, unfähig mich zu bewegen. Ich höre, wie er die Luke zum Cockpit aufmacht und aufs Vordeck geht. Sucht er mich in der Hängematte? Will er mich wecken, damit ich nicht vollkommen durchnässt aufwache, oder will er sich an mich ranmachen? Vollkommen auf mich fixiert, kommt mir gar nicht in den Sinn, dass Richard sich weder um meine Gesundheit Gedanken macht noch mir an die Wäsche möchte, sondern ganz einfach um das Wohl seines Schiffes besorgt ist. Er überprüft den Halt des Ankers und legt sich dann wieder in seine Koje.

Frühaufsteher

Heute bin ich fürs Kulinarische zuständig und stehe früh auf, um uns ein leckeres Frühstück zu bereiten. Allerdings scheint mir Richard zuvorgekommen zu sein. Er sitzt bereits mit einer dampfenden Tasse Kaffee am Tisch und hört sich, mit einem Ohr an sein Kurzwellenradio gepresst, die Nachrichten aus der Schweiz an. Der Empfang ist ziemlich schlecht, und ich deute seinen überaus konzentrierten Gesichtsausdruck als Zeichen, dass er lieber nicht gestört werden möchte. Leise gieße ich mir auch einen Becher voll ein und setze mich damit raus in die Morgensonne. Fasziniert beobachte ich einen Pelikan bei der Nahrungsbeschaffung. Es ist mir unbegreiflich, wie diese Vögel aus der Höhe einen Fisch sehen und dann zielgenau senkrecht auf ihn niederstoßen können, dass sie kurze Zeit später auftauchen und das zappelnde Tier im Schnabel halten. Dann legen sie ihren Kopf nach hinten, und der noch lebende Fisch wird runtergeschluckt. „Madam belieben wohl ausgiebig zu ruhen?“ Richard steht mir gegenüber und lenkt meine Aufmerksamkeit von dem Wunder der Natur zurück auf sich.

Die Tage gehen dahin, und immer mehr Kleinigkeiten nerven mich. Angefangen damit, wie Richard schon morgens im Sarong pfeifend und sackkratzend am Frühstückstisch sitzt. Versucht er mich so auf sein allzeit einsatzbereites Gemächt aufmerksam zu machen oder ist er einfach unsensibel und hat vergessen, dass eine Dame mit am Tisch sitzt? Ich tippe auf Letzteres, traue mich aber nicht, ihm das direkt zu sagen. Auch seine überhebliche Art, mir zu erklären, wie die Segelei funktioniert, macht mich rasend. Es ist diese Tonlage und Art, in der er spricht, die bei mir auf einen Nerv stößt und von meinem Hirn als Signal empfangen wird, alles, was er sagt, sofort auszublenden. So beginnt ein Teufelskreis: Er erklärt mir etwas, ich denke mir „Oh je, jetzt muss ich ganz besonders aufpassen, um ja nichts falsch zu machen", und vor lauter Denken, ist es schon passiert, ich habe der Ausführung nicht zugehört und mache prompt alles falsch. Richard wird sauer und kann nicht fassen, wie begriffsstutzig ich bin. Ich wünschte, ich wäre nicht nur als Mannschaft, sondern zusätzlich in meiner Funktion als Sprachlehrerin an Bord gekommen, denn dann wäre unser Rollenverhältnis ausgeglichener: Jeder hätte ein Fachgebiet. So ist inzwischen jedes In-See-stechen zu einer richtigen Stresssituation für mich geworden, und da ich mich immer unwohler in seiner Gesellschaft fühle, ziehe ich mich, sobald es nichts mehr zu tun gibt, zurück. Richard möchte aber lieber Gesellschaft - deshalb hat er mich ja an Bord geholt - und so fangen wir an, uns gegenseitig unglücklich zu machen.

Feuchter Traum

Eines Tages liegen wir vor einem langgezogenen weißen Sandstrand, der zur Insel La Tortuga gehört.

Diese ehemalige Piratenhochburg ist eine der wenigen Inseln in der Umgebung, die über Süßwasserquellen verfügt, weshalb sie damals als Unterschlupf für Seeräuber bestens geeignet war. Heute ist die Insel nur gelegentlich von ein paar Fischern bewohnt und beliebtes Wochenendziel wohlhabender Venezolaner mit Motoryacht. Wie aus dem Nichts tauchen plötzlich mitten im Meer diese Sandbänke auf, und das Wasser ist so flach, dass man hinten vom Boot runterspringen und zu Fuß an Land gehen kann. Die Sandbank ist leicht gekrümmt und bildet eine geschützte, ruhige Bucht, die mit ihren glänzenden Yachten, dem türkis reflektierenden Meer und dem weißen Strand direkt aus einem Reisekatalog stammen könnte.

Der Wind trägt wunderbare Musik zu mir herüber. Ich schnappe mir das Fernglas und entdecke drei nackte, junge Männer, die auf einem kleinen Segelboot sitzen und musizieren. Sie spielen Akkordeon, Gitarre und Bongos und singen dazu. Obwohl sie ein Stück entfernt von uns liegen, kann ich sehen, dass sie etwa in meinem Alter sind und riesigen Spaß haben. Ich beschließe spontan, ihnen einen Besuch abzustatten, allerdings schwimmend, da Richard sich dachte, wer keine Segel setzen kann, kann bestimmt auch nicht Dinghy fahren, und es mir somit noch nicht beigebracht hat. Und ich habe ganz bestimmt keine Lust, ihn anzubetteln, dass er mich zu dem anderen Boot fährt. Daher springe ich in die warme See und mache mich auf den Weg. Es dauert nicht lange, und ich erreiche das kleine Segelschiff „Wetdream" der Jungs. Sie schlüpfen schnell in ein paar Shorts und laden mich ein, an Bord zu kommen. Es scheint ihnen keineswegs peinlich zu sein, dass sie soeben noch vor mir standen, wie Gott sie erschaffen hat, im Gegenteil, ihrem verschmitzten Schmunzeln entnehme ich, dass sie sich sehr über den Besuch einer für sie so unerwartet auftauchenden Meerjungfrau freuen. Drei Paar helfende Hände ziehen mich an Bord. Bei den jungen Seglern handelt es sich eindeutig um Franzosen, Jerome, Simon und Francois, die mit diesem winzigen, alten Boot über den Atlantik gekommen sind – ohne Motor, Bad oder Klo, ohne Beiboot und ohne Kühlschrank. Dafür aber mit einem Innenraum, der mit kiloweise Nudeln, Reis und Trinkwasser beladen ist. Diese etwas monotone Kost reichern sie, wann immer es geht, mit „Frischem aus dem Meer“ an. Ich staune nicht schlecht, wie sie die Überfahrt hinbekommen haben, und mir wird bewusst, in was für einem Luxus ich auf der BLU lebe. Allerdings scheinen mir die drei mit allem was sie haben oder nicht haben glücklicher zu sein, als ich es bin. Ich bin ganz begeistert von meinen neuen Freunden, die mir zeigen, dass man nicht viel Geld oder ein tolles Schiff braucht, um ein Leben auf See zu führen. Leider fehlt uns eine gemeinsame Sprache, in der wir ein tiefgründiges Gespräch führen könnten. Mein Französisch beruht nur auf Grundkenntnissen aus der Schulzeit, und ihr Englisch ist auf ähnlich niedrigem Niveau. Wir verständigen uns mit Händen und Füßen und mit den wenigen Worten, die wir voneinander verstehen. Zwischendurch greifen die Jungs immer wieder zu ihren Instrumenten und spielen mir ihre Lieblingslieder und Eigenkompositionen vor. Seit Langem bin ich mal wieder richtig glücklich. Wir können zwar nicht über Immobilienfonds und Weltpolitik diskutieren, aber vor allem Jerome entpuppt sich als Charmeur, und ich genieße die Aufmerksamkeit, die mir von den jungen Männern entgegengebracht wird. Sie wollen, dass ich mich wohlfühle, räumen mir den bequemsten Platz zum

Sitzen frei und geben mir die schönste Tasse, die sie haben, um daraus Tee zu trinken. Später fragen sie mich, ob ich Lust hätte, ihnen beim Beschaffen des Abendessens zu helfen. Unsicher, was sie genau meinen, nicke ich spontan. Zu meiner Verblüffung lässt Jerome wie auf Knopfdruck seine Shorts fallen und nimmt sich eine Harpune, an der schon Maske und Schnorchel hängen. Ohne zu zögern macht er einen Satz über die angerostete Reling ins Meer. Simon drückt mir ebenfalls so ein Fischfanggerät in die Hand, und ich springe Jerome hinterher. Wir setzen uns Masken und Schnorchel auf, und er zeigt mir im Wasser, wie man die Harpune spannt und abschießt. Dann nimmt er meine linke Hand - in der rechten halte ich die Harpune schussbereit im Anschlag - und so schwimmen wir zusammen an ein Riff auf der anderen Seite der Insel. Es gibt Fische im Überfluss, aber sie scheinen zu ahnen, was wir vorhaben, und geben ihre Befürchtungen sofort an ihre Fischfreunde weiter. Keines der Tiere ist bereit, mich nahe genug an sich herankommen zu lassen. Ein wenig erinnert mich das Ganze an meine Unterwasserbilder. Ich kann nicht sagen, wie viele Fotos ich bereits mit einer Wegwerfkamera unter Wasser geschossen habe, auf der man mit viel Glück und Fantasie noch eine Fischflosse erkennt, meist aber nur trübes Meer und grauen Sand. Jerome ist da schon geschickter. Er trennt sich von mir und setzt ein paar Papageienfischen nach – und trifft. Zufrieden schwimmt er mit seiner Beute zurück zum Boot, wo Simon und Francois schon warten und sofort mit dem Putzen und Ausnehmen der Fische beginnen. Ich klettere mit leeren Händen wieder an Bord und denke mir, dass das Jagen ja schon immer eher Männeraufgabe war.

Besuch

Die drei sind neugierig geworden, als ich von der BLU erzähle, und wollen gern „mein" Schiff sehen. Wir kehren auf dem gleichen Weg, auf dem ich gekommen bin, zu ihr zurück. Da ich noch nie Besuch mitgebracht habe, bin ich mir unsicher, wie Richard reagieren wird, aber ich will es auf einen Versuch ankommen lassen. Unser Lachen und Planschen hört er schon von Weitem. Als wir den Katamaran erreichen, begrüßt er die Franzosen sehr herzlich und lädt sie sofort ein, an Bord zu kommen. Wir spritzen uns das Salzwasser mit der Außendusche ab, wobei mir die staunenden Blicke, die die Jungs sich untereinander zuwerfen, nicht verborgen bleiben. Das einzige Süßwasser, das es bei ihnen an Bord gibt, ist ausschließlich zum Trinken da, und selbst das ist streng rationiert.

Richard bietet den Gästen Plätze um den großen Tisch im Cockpit an und setzt sich dazu. Mich bittet er, kühle Getränke zu holen und ein paar Häppchen zuzubereiten. Als ich mit dem Tablett in der Hand wiederkomme, sind die vier bereits in eine angeregte Unterhaltung vertieft. Richard, der jahrelang in Québec, dem französischen Teil von Kanada, gelebt hat, ist daher auch dieser Sprache mächtig. Ich setze mich neben ihn und verteile die Speisen und Getränke auf dem Tisch. Für die Franzosen ist es wie Weihnachten. Nach wochenlang nur abwechselnd Reis oder Nudeln mit Fisch essen, läuft ihnen beim Anblick der mit Camembert und Schinken belegten und mit Tomaten und Oliven garnierten Schnitten das Wasser im Mund zusammen. Richard muss sie kein zweites Mal auffordern, zuzugreifen, und in wenigen Minuten erinnern nur noch ein paar Krümel an die vielen Brote. Richard ist glücklich, dass er ihnen eine so große Freude machen kann und holt zur Feier des Tages eine Flasche Bordeaux aus seinen Vorräten. Jerome, Francois und Simon strahlen um die Wette und stimmen ein Loblied auf den Yachtbesitzer an.

Richard blüht auf und erzählt so ausschweifend und bildhaft, wie ich ihn höchstens am ersten Tag erlebt habe. Die drei Segler nicken und lachen herzhaft. Der Rest der Unterhaltung findet mit mir nur als Zuhörerin statt. Noch bemühe ich mich, einen aufmerksamen Eindruck zu machen, würde aber am liebsten Richard über Bord schmeißen und die Jungs für mich allein haben. Sie merken zwar, dass ich auf Grund der Sprache ausgeschlossen bin, und schenken mir hin und wieder ein Lächeln, aber Richard tut so, als würde ich nicht existieren. Bevor ich schweigend und frustriert sitzen bleibe, stehe ich auf, räume den Tisch ab und verlasse die Männerrunde.

Es dauert nicht allzu lange, und mein Besuch verabschiedet sich. Richard bietet an, sie im Dinghy zurückzufahren, und da es schon dunkel geworden ist, nehmen sie sein Angebot dankbar an. Jeder von ihnen drückt mir einen Abschiedskuss auf die Wange, dann klettern sie ins Beiboot. Morgen Früh wollen sie in Richtung Isla Margarita aufbrechen, und unsere Wege trennen sich wieder. Nach kurzer Zeit kommt Richard zurück und sagt nur: „Tolle Burschen! Schade, dass du kein Französisch sprichst, sonst hättest du dich auch so gut mit ihnen unterhalten können." „Das hätte ich auch, wenn du sie nicht so in Beschlag genommen hättest!" „Ich, in Beschlag? Du hast sie doch auf mein Boot gebracht, damit ich mich mit ihnen in ihrer Muttersprache unterhalten kann. Was du ja nicht konntest, und jetzt willst du mir zum Vorwurf machen, dass ich ein guter Gastgeber auf meinem eigenen Schiff bin?"

Konnte oder wollte Richard mich nicht verstehen?

Abgetrieben

Die Zeit vergeht, unsere Schwierigkeiten bleiben und verstärken sich noch. An den Tagen, an denen ich fürs Essen zuständig bin, lässt Richard den Gourmet heraushängen und hat an allem etwas rumzumäkeln. Entweder der Käse auf den Nudeln ist der Falsche oder ich verbrauche zu viel Strom zum Kochen. Wo ist der Pizzaservice, wenn man ihn wirklich braucht?

Die ständigen Spannungen auf dem Boot und meine Abhängigkeit von dem Schweizer werden für mich immer schwerer auszuhalten. Schließlich suche ich beim Abendessen mit ihm das Gespräch. Ich versuche ihm klar und sachlich zu erklären, was für mich so schwierig ist und woran es meiner Meinung nach liegt, dass ich die Segelei noch nicht „an einem Nachmittag" begriffen habe. Dass ich mich schwertue mit seiner Art und mich lieber zurückziehe als zu streiten. Er nickt verständnisvoll, kratzt sich gedankenverloren im Schritt und bietet an, mir das Dinghyfahren beizubringen, damit ich unabhängiger werde. Erleichtert über das Gespräch und zuversichtlich, dass jetzt alles besser wird, gehe ich in meine Kajüte.

Gleich am nächsten Tag macht Richard sein Versprechen wahr: Ich darf das Beiboot anlassen und steuern. Für den Anfang nicht schlecht, wir kommen ans Ziel, und sogar der Palstek gelingt, um das Boot sicher zu vertäuen. Begeistert über meine neue Eigenständigkeit breche ich gleich am Nachmittag auf und mache einen Landausflug. Die BLU liegt in einer großen offenen Bucht, und der Weg zum Strand ist relativ weit. Ich ziehe das Boot so weit ich kann im Sand hoch und mache mich daran, die Insel Cubagua genauer zu erkunden.

Ganz anders als die Bilderbuch-Karibikinseln mit ihren weißen Stränden und Kokospalmen ist Cubagua eine elliptisch geformte Insel, die hauptsächlich von Klippen durchsetzt ist. Zwischen den steilen Felsformationen finde ich immer mal wieder kleine Strandabschnitte mit eher dunklerem Sand. Statt Palmen und viel Grün wächst auf der Insel fast nur kümmerliche Vegetation, hauptsächlich verschiedene Kakteenarten. Früher ist die Perlenfischerei die wichtigste Einnahmequelle gewesen, die Ressourcen haben sich inzwischen allerdings längst aufgebraucht. Außer ein paar Fischern leben hier sonst nur Hasen und verwilderte Ziegen. Straßen oder Wege gibt es keine. Trotzdem mache ich einen ausgedehnten Spaziergang, auf dem ich einem alten Mann ein paar geräucherte Fische fürs Abendessen abkaufe. Nach einer kurzen Unterhaltung mit ihm über die angeblich beste Art der Zubereitung, mache ich mich auf den Rückweg. Ich ziehe das Dinghy zurück ins Wasser, kann aber den Motor nicht gleich anwerfen, da das Wasser flach und voller spitzer Korallen ist, die die Schraube des Außenborders beschädigen würden. Die Strömung ist relativ stark, und es dauert nicht lange, bis ich in tieferes Wasser abtreibe, wo ich dann versuche, den Motor zu starten. Ich reiße an der Anlasserschnur. Nichts. Ich reiße wieder und wieder an dem Strick, aber der Motor hustet nur ein wenig und springt nicht an. Der Wind bläst von Land weg, und ich treibe schnell aufs offene Meer hinaus. Ich überlege einfach ins Wasser zu springen und mit dem Boot an der Leine zurück an Land zu schwimmen. Noch traue ich mir das zu. Aber ich unterschätze vermutlich die Strömung. Wenn ich jetzt springe, würde meine Kraft höchstens dafür ausreichen, mich selbst in Sicherheit zu bringen, nicht aber auch noch das Boot zu ziehen. Bei dem Gedanken an Richard, verwerfe ich auch diesen Plan, denn der Motor allein kostet schon ein paar tausend Euro. Ich möchte gar nicht erst wissen, was er sagen würde, wenn ich ohne sein Beiboot zurückkomme. Je weiter ich in Richtung offenes Meer treibe, desto höher werden auch die Wellen, und ich werde in dem kleinen Gummiboot ganz schön hin und hergeworfen. Plötzlich knattert ein schmaler Kutter mit ein paar Fischerjungs an mir vorbei. Ich werfe die Arme in die Höhe und versuche, auf mich aufmerksam zu machen. Das gelingt mir auch, denn die Burschen winken alle fröhlich zurück, machen aber keine Anstalten, mir zu helfen. Etwas verängstigt, setze ich mich wieder hin und verfluche mich, dass ich die Paddel nicht mitgenommen habe, obwohl Richard es mir noch extra gesagt hatte. „Vertraue nie auf den Motor allein, geh immer auf Nummer sicher und nimm Paddel mit, du weißt nicht, wann du sie brauchst." Sofort. Ich brauche sie jetzt und ich kann nichts tun außer abzuwarten. Die Sonne knallt auf mich herab. Ich frage mich, wie lange ich es ohne Trinkwasser aushalten werde, und wann wohl irgendjemand bemerkt, was passiert ist und sich auf die Suche macht. Ich stelle mir vor, wie es dunkel wird, und ich allein auf dem Ozean herumtreibe. Ob Haie mich auch in dem Gummiboot riechen können? Ganz klein und hilflos fühle ich mich und kriege es nach und nach mit der Angst zu tun, die ich jedoch noch zu unterdrücken versuche. Ich probiere noch mal den Anlasser, aber ohne Erfolg. Plötzlich sehe ich den Fischkutter von vorhin mit röhrendem Motor auf mich zukommen. Die Jungs hatten beim Vorbeifahren sehr wohl gemerkt, dass etwas nicht stimmt, haben es aber vorgezogen, erst ihre Kumpels an Land abzuholen, damit die sich den „Spaß" nicht entgehen lassen müssen. Sie lenken ihr Boot neben meins und wollen wissen, was los sei. Ich zeige auf den Motor, und sie werfen mir ein Tau zu, das ich am Bug festmache. Sie wissen längst, dass ich zur BLU gehöre, und schleppen mich zu ihr ab. Mir ist es schrecklich peinlich auf diese Weise von meinem ersten Alleingang zurück zu Richard zu kommen, und natürlich steht er auch schon an Deck und erwartet uns. Die Fischer erklären ihm, wo sie mich gefunden haben, und Richard ist noch so nett, ihnen für ihre Mühe ein großzügiges Trinkgeld zuzustecken. Ich bringe nur ein kleinlautes „Danke" heraus, und die Insulaner brausen davon. Richard steigt zu mir ins Dinghy, geht an den Motor und zieht an der Leine. Ohne auch nur einen Husterer von sich zu geben, springt er sofort an. Mir ist klar, das war's fürs Erste mit meiner Unabhängigkeit. Er sagt nichts, sondern wirft mir nur einen Blick zu, der ausdrückt: „Ich hatte schon meine Gründe, warum ich dich nicht mit dem Dinghy fahren lassen wollte." Enttäuscht und wütend über mich selbst, die Fischerjungs und natürlich Richard, fasse ich den Entschluss, es nie wieder zu einer solchen Blamage kommen zu lassen.

Stimmung

Richard und ich verbringen zwar die Tage ohne direkt zu streiten, aber es liegt immer eine gewisse Spannung in der Luft. Wir teilen uns die Aufgaben, und es ist klar, dass er der Chef ist. Je mehr Zeit ich mit ihm verbringe, desto mehr erscheint er mir als launischer und komplexbeladener Mann. Liegt es daran, dass ich einen Kopf größer bin als er und das nun mal etwas ist, das er nie wird aufholen können? Ich bin mir beinahe sicher, dass ein Großteil seiner miesepetrigen Stimmung genau mit diesem Punkt zusammenhängt, aber ich traue mich nicht, ihm das ins Gesicht zu sagen. Als die Franzosen zu Besuch waren, hat er sich seit Langem mal wieder von seiner lustigen und lebensfrohen Seite gezeigt. Er hat auf sie sicherlich einen ähnlich positiven Eindruck gemacht, wie auf mich an unserem ersten gemeinsamen Tag. Nur ist er schnell gelangweilt und übersättigt von schönen Eindrücken, weshalb er versucht, dem anderen – in diesem Fall mir - das Schöne zu vermiesen.

Und dennoch genieße ich das Segeln, das Leben an der frischen Luft, die Natur und die unglaublichen Sternennächte. Das Schaukeln über den Wellen in der Hängematte. Das Schnorcheln und Tauchen an den Riffen. Jeden Tag etwas Neues zu sehen, eine neue Insel zu entdecken, anderen Seglern zu begegnen.

Trotz der Schwierigkeiten mit meinem Kapitän kann ich immerhin für sehr wenig Geld auf einem Traumschiff mit einem, der mir nicht an die Wäsche will, durch die Karibik fahren.

Richard hingegen, für den all das zum Alltag gehört, hatte sich erhofft, in mir eine Partnerin zu finden, die alles sofort zu seiner Zufriedenheit erledigt, ihm jeden Wunsch von den Lippen abliest und ihn für das, was er ist, offen bewundert. Eine, die ihn als Unterhalter braucht und nicht ohne ihn sein kann. Eine, die lieber mit Angriff als mit Rückzug reagiert. Leider erfülle ich keine einzige dieser Anforderungen.

Nachtwache

Wenn wir nachts segeln, wechseln wir uns bei der Wache ab. Anfangs fällt es mir schwer, geweckt zu werden und dann ein paar Stunden lang aufzupassen, dass wir auf Kurs bleiben und nicht mit den Fischerbooten kollidieren, die nachts oft ohne Licht unterwegs sind. Aber sobald ich erst mal richtig wach bin, genieße ich diese Stunden für mich. Ich koche mir eine Kanne Kaffee, stelle mir die Geräte so ein, dass ich sie alle im Blick habe, schaue mir den Kurs und unsere Position an und bilde mir ein, Kapitän dieses schönen Schiffes zu sein.

Die heutige Nacht ist besonders schön. Die Luft ist nur wenig abgekühlt, es weht eine erfrischende Brise, und die Sterne sind alle zu sehen. Im Kielwasser tauchen plötzlich unzählige hellgrüne, funkelnde Punkte auf - Leuchtplankton. Das sieht fast außerirdisch aus. Immer wieder wird meine Aufmerksamkeit von diesen tanzenden Punkten abgelenkt, die dem Boot wie ein Kometenschweif durchs Wasser folgen. Mir wird beinahe schwindlig, und ich habe das Gefühl, die Tierchen wollten mich in die schwarze Tiefe ziehen, wenn ich nur lange genug hinschaue. Mühsam reiße ich mich weg und hole meinen Fotoapparat. Leider gelingt es mir nicht, ein paar brauchbare Bilder von diesem Phänomen zu machen. Die Nacht verläuft ereignislos. Wir verheddern uns in keinen ungekennzeichneten Fischernetzen, wir stoßen mit keinen weiteren Schiffen zusammen, und als Richard mich um vier Uhr morgens ablöst, sind wir nicht mehr als ein Grad vom Kurs abgekommen. Erleichtert, dass ich ihn während meiner Wache nicht um Hilfe holen musste, lege ich mich in meine Koje und gönne mir ein paar Stunden Schlaf.

Begleitung

Auf unserem Weg durch die faszinierende Inselwelt haben wir inzwischen Begleitung. Beim Tauchen vor der Küste der Insel Bonaire habe ich ein englisches Pärchen kennen gelernt, die auf einem zwanzig Meter langen Holzschoner als Crew mitsegeln. Mark und Kim sind nur ein paar Jahre älter als ich, und wir verstehen uns auf Anhieb richtig gut. Bei einem kühlen Bier nach unserem Tauchgang erzählen sie mir von ihrem Alltag auf der „Karma". Zur Mannschaft gehört außer ihnen noch Greg, ein sehr erfahrener Segler aus den USA. Die Besitzerin und Skipperin heißt Roxy. An ihrer Seite steht der erste Bootsmann, ein Karibe aus Dominika, der auf den außergewöhnlichen Namen „Phantom" hört. Roxy ist eine wohlhabende Ärztin im Vorruhestand und kann am treffendsten als „Sklaventreiberin" beschrieben werden. Phantom erfüllt je nach Laune die Rolle des „Toyboy" oder des 2. Kapitäns. Abhängig von der Tagesform sind die beiden entweder unzertrennlich oder bewerfen sich mit allem, was gerade zur Hand liegt – ob es sich dabei um Fischhaken oder Geschirr handelt, scheint ihnen dann egal zu sein. Da die Stimmung so schnell umkippen kann, wissen die anderen drei nie, woran sie gerade sind und ob besser Deckung angesagt ist. Nur eines ist sicher, Roxy findet für ihre Crew immer etwas zu tun. Mindestens zwölf Stunden täglich sind alle damit beschäftigt, die Karma in Schuss zu halten. Im Zweifelsfall gibt es auf der riesigen Holzyacht immer etwas zu lackieren. Kurzzeitig hatte ich mit dem Gedanken gespielt, auf ihr Schiff überzuwechseln, um von Richard wegzukommen, ohne das Leben auf dem Meer gleich wieder aufgeben zu müssen. Als ich aber mehr Details über den Alltag an Bord erfahre, bin ich um Richard ganz froh, denn er lässt die Tage wenigstens gemütlich angehen.

Unsere Boote segeln die nächsten Wochen mehr oder weniger zufällig den gleichen Kurs, und wir sehen uns beinahe jeden Abend in den Buchten oder Häfen. Wir sind wie die Angestellten, die sich in der Kaffeeecke über ihre Chefs auslassen und sich verbünden. Nur dass unsere Kaffeeecke die Hafenkneipe ist. Richard merkt, dass ich mich viel wohler fühle und dadurch, dass ich Freunde gefunden habe, noch weniger auf ihn und seine Gesellschaft angewiesen bin. Eines Nachmittags erklärt er mir, dass ich heute Abend nicht für ihn mitkochen müsse, er würde Essen gehen. Mehr nebenbei als wirklich interessiert, frage ich ihn, mit wem. „Ach, ich habe Mark, Kim und Greg in ein Restaurant im Hafen eingeladen. Ich möchte ihnen das Angebot machen, auf der BLU mitzusegeln, sie scheinen mir gute Crew und anständige Leute zu sein. Heute Abend möchte ich das alles in Ruhe mit ihnen besprechen, da würdest du nur stören.“ Fassungslos schaue ich ihn an. Mit so etwas hatte ich nicht gerechnet. Nicht nur, dass er Anstalten macht, nach den Franzosen, mir die nächsten Freunde auszuspannen, sondern er sagt mir direkt ins Gesicht, dass meine Tage auf seinem Schiff wohl gezählt sind.

Die drei kommen mit ihrem eigenen Beiboot, um Richard abzuholen. Ich bin so wütend, dass ich mich in meine Kajüte zurückziehe und den dreien nicht unter die Augen treten möchte. Von meinem Bett aus höre ich Greg erstaunt fragen, wo ich denn sei. Richard entgegnet kurz angebunden, dass ich nicht mitkomme. Kurz darauf erkenne ich am sich entfernenden Motorengeräusch, dass sie gefahren sind, und ich laufe frustriert auf dem Schiff auf und ab. Aber nicht lange. Ich sperre die BLU zu, springe ins Dinghy und fahre in die Seglerkneipe im Hafen. Zum Glück treffe ich einige bekannte Gesichter, zu denen ich mich an den Tisch setze. Ich versuche, mich auf die Gespräche zu konzentrieren und nicht die Wut und Enttäuschung überhand gewinnen zu lassen. So ganz gelingt es mir nicht, aber die Gesellschaft tut mir gut, und ich beruhige mich etwas. Später stoßen Mark, Kim und Greg nach ihrem Essen dazu und erzählen mir, dass Richard ihnen angeboten hat, bei ihm mitzusegeln, mit der Begründung, dass ich „sowieso bald gehen würde". Zu meiner großen Zufriedenheit haben sie abgelehnt, da sie für niemanden arbeiten wollen, der so hinterlistig ist, seine bestehende Mannschaft hinter deren Rücken zu ersetzen. Wer würde ihnen garantieren, dass er nicht eines Tages mit ihnen das gleiche Spiel treibt? Mir ist klar, dass meine Zeit auf See bald vorbei ist. Ich habe gehofft, dass wir wenigstens bis Panama kommen würden, damit ich von dort über Land nach Nicaragua weiterreisen könnte, wo ich zum ersten Januar eine Stelle als Sprachlehrerin habe. Es ist bereits Ende Dezember, und Richard lässt sich nicht zur Eile antreiben. Als wir Curacao erreichen und einige Tage bleiben, um eine neue Steuerung einbauen zu lassen, erkundige ich mich im Reisebüro nach Flügen.

Fair Winds

Tickets sind leider um einiges teurer als ich erhofft hatte, aber ich zögere nicht lange und kaufe eins. Richard sage ich gleich Bescheid, und er nimmt die Nachricht meiner Abreise relativ emotionslos entgegen. Wir sind eine von unzähligen Seglergemeinschaften, die nicht länger als ein paar Monate gehalten hat, und diese Erfahrung ist auch für ihn natürlich nichts Neues. Dennoch war dieser Segeltörn ein interessantes Kapitel in meiner Reisegeschichte, und auch wenn Richard und ich nicht zu „Seebär und Nixe“ geworden sind, bin ich dankbar für das, was ich erlebt habe.

Am Tag meiner Abreise bringt er mich mit meinem Rucksack zum Hafen, von wo aus ich mit dem Taxi zum Flugplatz fahre. Auf der Überfahrt im Dinghy haben wir beide uns nicht mehr viel zu sagen. Wir sind froh, wenn wir uns gleich nicht mehr sehen müssen, aber dennoch möchte ich nicht mit ihm im Streit auseinandergehen. Wenigstens sind wir diesbezüglich einer Meinung. Wir reichen uns zum Abschied versöhnlich die Hand. „Viel Glück und alles Gute“ - „Farewell and Fair Winds.“

Kapitel 5

Nicaragua 2002

Kreuzverhör

„Puerto Rico gehört zu den Vereinigten Staaten von Amerika“, fällt mir schlagartig wieder ein, als ich mich mit meinem Sitznachbarn im Flugzeug über die Außenpolitik der USA unterhalte. Vor meinem geistigen Auge sehe ich mich schon in stundenlange Prozeduren bei der Einreise verwickelt, denn in die USA muss man, auch wenn es sich lediglich um einen Transitflug handelt, immer durch die Passkontrolle. Und tatsächlich ist der Grenzbeamte, der von allen noch am sympathischsten ausgesehen hatte, dann auch unerbittlich. Alles kokette Lächeln und Augenaufschlagen hilft nichts. In seinem Computer sieht er sofort, dass ich schon seit meinem sechsten Lebensjahr im Besitz einer US Green Card bin. Leider kann ich ihm die Karte aber nicht vorzeigen. Sie liegt zu Hause, sicher aufgehoben in der linken unteren Schreibtischschublade. Ich hatte auf dieser Reise eigentlich nicht vorgehabt, in die USA einzureisen. J.S. Smith gibt sich nicht weiter mit mir ab, sondern lässt einen Kollegen kommen, der mich höflich, aber bestimmt auffordert, ihm zu folgen. Mir bleibt keine andere Wahl. Ohne mir meinen Pass wieder auszuhändigen, bringt er mich in einen Wartesaal und bittet mich, Platz zu nehmen.

In dem Raum hocken noch mindestens fünfzig andere Menschen, die alle, wie ich an ihren zusammengesunkenen Haltungen erkennen kann, schon länger hier warten. Eine schwarze „Momma" blickt streng über ihre Brillengläser in die Runde und würde vermutlich jedem die Augen auskratzen, der sich nicht an die offiziellen Regeln hält. Überall im Raum hängen große Plakate auf denen einem auf Englisch und Spanisch erklärt wird, dass so beinahe alles untersagt ist: Kein Kontakt zu den anderen Wartenden, keine Telefonate, kein unerlaubtes Verlassen des Raumes, kein Umherlaufen und kein Essen.

Den Gesprächsfetzen der herumeilenden Beamten kann ich entnehmen, dass es sich bei den Wartenden zumeist um Personen handelt, die sich illegal in Puerto Rico aufgehalten haben und die nun irgendwohin abgeschoben werden sollen. Spricht ein Uniformierter die Leute an, schauen ihn die meisten nur entgeistert und verständnislos an – sie verstehen gar kein Englisch.

Ich versuche immer wieder auf mich aufmerksam zu machen, ich habe Angst, meinen Anschlussflug zu verpassen. Das wäre mit einem Haufen Ärger für mich verbunden – ich müsste meinem neuen Arbeitgeber erklären, warum ich nicht zum vereinbarten Zeitpunkt zur Arbeit erscheinen kann, und außerdem müsste ich ein neues Ticket kaufen, was mich teuer zu stehen kommen würde. Insgesamt habe ich genau sechs Stunden Zeit. Nach einigen Stunden der Warterei, mehrmaligem Nachfragen, auf das ich stets die gleich barsche Antwort erhalte, ich solle mich gefälligst gedulden, bis ich drankomme, werde ich schließlich in einen nur wenige Quadratmeter großen, fensterlosen und kahlen Raum zitiert. Die

Luft riecht alt und verbraucht. Tisch und Stühle sind in einem tristen Einheitsgrau gestrichen – offensichtlich keine Qualitätsfarbe, sie ist an etlichen Stellen bereits abgesplittert. Mir gegenüber sitzt ein Beamter, der in seinen Papieren blättert und mich unwirsch und nicht gerade aufmunternd anblickt. Er stellt mir unzählige Fragen zu meiner Person, Herkunft, Familie, Arbeit, meiner Beziehung zu Amerika und zu der Green Card. Ich kann nicht alles wahrheitsgemäß beantworten, da ich dann den Anspruch auf meine Resident Alien Card verlieren würde. Laut den Bestimmungen muss man für den Besitz einer Green Card seinen Lebensmittelpunkt in den USA haben. Man muss mindestens die Hälfte des Jahres in den Staaten verbringen und auch seine Steuern dort zahlen. Diese Bedingungen erfülle ich schon länger nicht mehr. Vor lauter Konzentration, mich nicht in meinen eigenen Geschichten zu verheddern, bricht mir der Schweiß aus. Ich will lässig und entspannt rüberkommen und meinem Gegenüber das Gefühl vermitteln, dass alles ein großes Missverständnis ist, und er mich doch bitte mit einem Stempel in meinem Pass und einer Entschuldigung auf den Lippen zu meinem Flieger begleiten soll. Es kommt nicht ganz so. Immerhin lässt er nach einer gefühlten Ewigkeit von mir ab und erklärt mir, ich müsse mir nun für einhundertsiebzig Dollar ein „Visum" kaufen. Das sei der einzige Weg hier raus, und dafür dürfe ich dann auch meine Green Card behalten. Mir bleibt nichts anderes übrig. Mein gesamtes Bargeld lege ich auf den Tisch, und es reicht gerade so. Schweren Herzens trenne ich mich von den grünen Scheinen, mit denen ich mich eigentlich in Nicaragua bis zum ersten Gehaltsscheck über Wasser halten wollte. Ich werde wohl meinen neuen Chef als Erstes um einen Vorschuss bitten müssen. Doch zuerst muss ich hier rauskommen und meinen Flug erwischen -was mir zum Glück gerade noch gelingt.

Managua

Erleichtert, aber pleite, lande ich einige Stunden später in Managua. Ich habe der Schule rechtzeitig meine Ankunftszeit mitgeteilt und gehe davon aus, dass mich wie versprochen jemand abholen wird.

An der Passkontrolle wartet diesmal eine ganz andere Überraschung auf mich. Der Grenzbeamte schreibt mir mit einem allzu offensichtlichen Augenzwinkern seine Telefonnummer auf das in meinen Pass geklebte Visum. Er haucht die Worte „llamame – ruf mich an!“ hinter seiner Glasscheibe und lässt mich einreisen. Was auch immer in Nicaragua passieren wird, ich weiß ganz genau, dass ich seine Nummer mit Sicherheit nicht wählen werde.

Wie so oft in Lateinamerika bestürmen mich draußen vor dem Flughafen die Taxifahrer und Geldwechsler. Betont lässig und selbstsicher weise ich sie alle mit den Worten „ich werde abgeholt“ ab. Irgendwann stehe ich dann leider als Einzige noch am Ausgang, und es sieht so aus, als hätte man mich vergessen. Die Taxifahrer wittern erneut ihre Chance. Ich folge einem von ihnen. Es ist bereits spät abends, dunkel, und ich habe weder die Adresse noch die Telefonnummer der Schule oder irgendeines Menschen in Managua bei mir – ein

Fehler, der mir auch nur ein einziges Mal passieren wird.

Ich bitte den Taxifahrer, mich zu einem billigen Hotel in der Nähe zu fahren. Ich beschließe, dass ich am nächsten Morgen bei Tageslicht weiterschauen werde. Er setzt mich ein paar Kilometer entfernt in einer dunklen und etwas unheimlichen Gegend direkt vor einem „Hotel" ab, das direkt an der Straße gelegen ist. Auf einem Schemel unter einer nackten und mit Fliegendreck verklebten Glühbirne sitzt ein Mann, in einem dreckigen weißen Rippunterhemd. In seinem Schoß liegt eine Pistole, die er gelegentlich wie eine Katze zärtlich streichelt. Der Mann ist wenig gesprächig, nuschelt aber etwas, dem ich entnehme, dass er ein Zimmer frei hat. Sein Hotel ist eigentlich nur ein Blechcontainer mit Trennwänden. Die Einrichtung in meinem Zimmer besteht lediglich aus einem aufgeklappten Feldbett mit einem fleckigen Bettbezug darauf. Sonst nichts. Das Bad ist unten im Erdgeschoss, und ich nehme mein komplettes Gepäck mit zum Zähneputzen, da ich Angst habe, meine Sachen auch nur einen Moment unbeaufsichtigt zu lassen. So schnell ich kann, ziehe ich mich zurück. Eine erholsame Nacht sieht anders aus. Ich fühle mich unwohl und unsicher, die Temperatur sinkt die ganze Nacht nicht unter dreißig Grad, es gibt keinen Ventilator, die Moskitos summen mir um die Ohren. Angezogen und meinen Rucksack an mich gepresst, liege ich auf dem Bett und warte, dass meine erste Nacht in Nicaragua zu Ende geht. Viel Schlaf bekomme ich nicht, da aus den Nebenzimmern seltsame Klopfgeräusche dringen, die ich nicht identifizieren kann. Ist es wirklich erst ein paar Tage her, dass ich noch auf einer Yacht durch die Karibik gesegelt bin? Wenn ich mir meine jetzige Lage ansehe, erscheint mir das Zusammenleben mit Richard gar nicht mehr so unerträglich. Wie schön war es doch unter freiem Sternenhimmel und vom sanften Plätschern der See friedlich in den Schlaf geschaukelt zu werden.

Der neue Tag beginnt mit einem Lärm-crescendo. In nur kurzer Zeit wird aus vereinzeltem Hupen ein ganzes Hupkonzert. Ich bin sofort auf, checke aus und versuche in Erfahrung zu bringen, wie ich am besten das „Oxford Junior College“, meine Arbeitsstätte, finden kann. Im Hotel kennt die Schule auf jeden Fall niemand, was mich auch nicht weiter überrascht. Ich kann nicht einschätzen, wie weit ich von meinem Ziel entfernt bin, ich weiß im Moment noch nicht einmal, wo genau in der Stadt ich mich eigentlich befinde. Ich habe keine Adresse, kann mich nur ganz vage erinnern kann, dass mir der Schulleiter Roger in einer E-Mail mitgeteilt hat, dass die Schule „zentral, in der Nähe des Hotel Intercontinental“ liegt. Daher beschließe ich, zunächst dieses bekannte Hotel zu suchen. In Managua gibt es kein gewöhnliches Adressen-system. Es ist eine straßennamenlose Metropole, und ohne Orientierungssinn ist man schnell verloren. Manchmal ist sogar detektivischer Spürsinn erforderlich, was damit zusammenhängt, dass die Einwohner gerne auf markante Gebäude oder Wahrzeichen verweisen, um einem zu erklären, wo sich der Ort, den man sucht, befindet. Viele dieser Bauwerke wurden jedoch im großen Erdbeben von 1972 zerstört und sind bis heute noch nicht ersetzt worden. So ist meine Schule „Oxford Junior College, Frente a la Mansion Teodolinda, de Inturismo una cuadra al sur y una cuadra abajo“ gelegen. Immer werden die Himmelsrichtungen angegeben: al sur (im Süden), al lago (zum See, welcher im Norden liegt), arriba (nach oben) und abajo (nach unten). Oben und unten bedeutet eigentlich Osten und Westen, gemäß der Erklärung, dass die Sonne „im Osten nach oben kommt“ und „im Westen nach unten geht“. Cuadras sind die Straßenblöcke. Kennt man aber den Ausgangspunkt, wie in meinem Fall „Inturismo“ nicht, wird es schwierig. Alles steht und fällt mit dieser Angabe, und man findet sie meist nur durch fragen, fragen, fragen! Oxford Junior College befindet sich also gegenüber von Mansion Teodolinda, die von Inturismo aus gesehen einen Block Richtung Süden und dann einen Block gen Westen liegt. Wie gesagt – Detektivarbeit.

Diese wichtigen Informationen fehlen mir zunächst aber noch. Alles was ich in Erfahrung bringen kann, ist welcher Bus mich zumindest in die Nähe des Intercontinental bringen würde. Wie kaum anders zu erwarten, gibt es keinen Streckenplan. Die meisten Einheimischen prägen sich die verschiedenen Bus-Routen ein. Man rät mir dringend davon ab, öffentliche Stadtbusse zu benutzen, da das Risiko bestohlen zu werden, viel zu groß sei. Ich denke mir, dass ich schließlich nicht zum ersten Mal in Lateinamerika unterwegs bin, und ich will nicht unnötig Geld für ein Taxi ausgeben. Es gibt schließlich keine Garantie, dass mich der Fahrer nicht übers Ohr haut, denn Taxameter sind gänzlich unbekannt.

Ich steige in das überfüllte Fahrzeug, einen alten gelben amerikanischen Schulbus, und versuche mich mit meinem ganzen Gepäck so zu positionieren, dass ich wenigstens eine Wand im Rücken habe und meine Habseligkeiten vor mir aufstapeln kann. Sämtliche Träger und Schlaufen hänge ich irgendwo an meinem Körper an, damit mir niemand die Taschen klauen kann. Den Fahrer bitte ich beim Einsteigen, mir Bescheid zu geben, wenn meine „Haltestelle" kommt. Er schaut mich prüfend an, pfeift dann leise durch die Zähne und reiht sich mit lautem Gehupe in den Verkehr ein. Ich kann nur hoffen, dass er meiner Bitte nachkommt. Da ich keine Ahnung habe, ob die Fahrt bis zu meinem Ziel fünf Minuten oder zwei Stunden dauern wird, versuche ich mich zu entspannen und mir meine neue Wahlheimat aus dem Fenster genauer anzusehen.

Managua ist mit etwa einer Million Einwohnern die größte Stadt des Landes. Sie besitzt kein richtiges Zentrum und auch nur wenige Sehenswürdigkeiten, da nach dem Erdbeben nur ein kleiner Teil wieder aufgebaut wurde. Ich hatte mich darauf gefreut, in einer Stadt zu wohnen, die direkt an einem großen See liegt, aber ich merke schnell, dass der See keinen großen Gewinn an Lebensqualität mit sich bringt. Der Lago Xolotlán, hinter dem die beiden Vulkane Momotombo und Santiago in der Ferne zu erkennen sind, ist nichts weiter als eine stinkende Müllkippe, da sämtliche Abwasser und Industriebabfälle der Metropole in ihn hinein fließen. Vor dieser Kulisse macht auch ein Spaziergang entlang der Uferpromenade El Malecón nur bedingt Spaß. Besonders unangenehm ist der ständige Wind, der einem den Staub und Dreck der Straße ins Gesicht weht und daran schuld ist, dass viele Menschen an chronischen Augenentzündungen leiden.

Der Bus hält abrupt an, der Fahrer dreht sich um und ruft „Ey gringa, aquí!" Er zeigt mit dem Finger in eine bestimmte Richtung, und ich kann deutlich oben auf einem Hügel das pyramidenförmige Hotel Intercontinental erkennen. Es gehört zu den prägnantesten Wahrzeichen der Stadt und wird mir noch oft als Orientierungshilfe dienen. Ich danke dem Fahrer und steige aus. Ich fühle mich als würde ich Hochleistungssport in der Sauna betreiben, als ich bei vierzig Grad und mit fünfundzwanzig Kilogramm Zusatzgewicht bergauf keuche. Die elegant gekleideten und perfekt gestylten Empfangsdamen in der klimatisierten Lobby scheinen von den herrschenden Außentemperaturen keine Vorstellung zu haben, sie sehen mich vollkommen entgeistert an, als ich zerzaust und durchgeschwitzt auf sie zugehe. Ich hoffe, sie werden mir sagen können, wo ich die Schule finden kann und dass ich für die restliche Zeit meiner Suche mein Gepäck bei ihnen lassen kann. Das wollen sie jedoch „aus Sicherheitsgründen" nicht zulassen. Stattdessen schicken sie mich zwei Straßen nach Süden und zwei Blöcke nach Westen. Plötzlich stehe ich vor einer schicken Villa, und dem Schild über dem Eingang entnehme ich, dass ich mein Ziel erreicht habe.

Leben hinter Gittern

Noch am selben Tag ziehe ich bei Mirella ein. Mirella ist eine Nicaraguanerin mittleren Alters, die mit ihrer alten, blinden und tauben Mutter eine Pulpería betreibt, die direkt an das Wohnhaus angeschlossen ist. Eine Pulpería ist eine Art Tante-Emma-Laden, in dem ein bisschen von allem verkauft wird. Der Laden selbst ist ein stickiger dunkler Raum, mit Regalen, die bis unter die Decke gefüllt sind. Verkauft wird nur durch Gitterstäbe hindurch und durch eine kleine Luke, die an einen Bankschalter erinnert.

Auf der anderen Seite von den Gitterstäben stehen ein paar fest im Boden verankerte Steinhocker, auf denen meist betrunkene „Herren“ aus der Nachbarschaft sitzen und ein Toña Bier nach dem anderen in sich hineinkippen. Jede Zigarette, die sie rauchen, kaufen sie einzeln. In der ersten Zeit muss ich mich beim Einkauf unangenehmerweise zwischen diesen Männern hindurchzwängen, um sehen zu können, was für Waren angeboten werden. Da mir oft noch die spanischen Begriffe fehlen, kann ich nicht einfach in den Laden hineinrufen, wie es alle anderen tun. Den Männern macht meine Störung wenig aus, im Gegenteil; jede Bewegung und jede Geste, die ich ausführe, wird lautstark kommentiert und mit Zischlauten unterstrichen. Ich kann nicht behaupten, dass sie sich sonderlich Mühe geben, mir Platz zu machen, sondern sie scheinen den Körperkontakt mit mir eher erzwingen zu wollen. Sie geben erst Ruhe, wenn Mirella mir zu Hilfe kommt und sie zurechtweist. Diese hochgewachsene Frau mit ihrer tiefen Stimme und ihrer nicht gerade gazellenartigen Figur wird von allen geachtet. Ob es ihr selbstsicheres Auftreten ist oder die Tatsache, dass ihre Pulpería der zentrale Treffpunkt des Viertels ist, weiß ich nicht. Als wir uns etwas besser kennen, erspart sie mir den Kampf mit den Männern und lässt mich den Laden direkt vom Haus aus betreten. Im Laufe der Zeit kenne ich mich so gut in der Pulpería aus, dass ich mich selbst bediene und ihr das Geld dann in die Kasse lege. Gelegentlich übernehme ich sogar den Verkauf, wenn Mirella kurz weg muss oder einfach nur zu bequem ist, sich aus ihrem Sessel zu erheben. So bin ich immer bestens über allen Klatsch und Tratsch aus unserem Viertel Boloña informiert. Ich weiß, wer welche Partei unterstützt, wer wie viele Kinder hat, wer an welchen Krankheiten leidet, wer seine Schulden nicht zahlen kann, wer sich mit wem vergnügt und, noch viel wichtiger, was die anderen davon halten.

Zur Pulpería gehört eine riesige Dogge, die einzig und allein zur Bewachung und Abschreckung gehalten wird. Das arme Tier wird in meinen gesamten vier Monaten kein einziges Mal ausgeführt werden. Auch die Alte, mit der ich kein einziges Wort wechsle, und deren Namen ich nie erfahren werde, ist nicht aus der Pulpería wegzudenken. Sie sitzt den ganzen Tag in einem durchgesessenen Lehnstuhl in der Ecke und schläft nachts auf einem Feldbett in ihrem Laden. Sie ist taub und blind, aber der festen Überzeugung, dass allein durch ihre Anwesenheit jeder potentielle Einbrecher abgeschreckt wird.

Der Laden ist über einen kleinen Innenhof mit den drei Zimmern des Hauses verbunden, von denen eines an mich vermietet ist. Der Übergang vom Geschäft zum Wohnbereich ist nach oben hin mit Stacheldrahtrollen gegen potentielle Einbrecher gesichert und erinnert mich irgendwie an einen Gefängnishof.

Mein Zimmer ist mit einem Doppelbett, einer Kleiderstange, einem Holztischchen mit Fernseher darauf und einem angrenzenden Bad ausgestattet. Soweit bin ich ganz zufrieden, bis ich eines Nachts noch im Halbschlaf merke, wie mir etwas übers Gesicht krabbelt. Ich fasse mir reflexartig an die Backe und wache davon auf, wie ich irgendetwas erwische und vor Schreck durchs Zimmer schleudere. Ich bin hellwach, schalte das Licht ein und sehe zu meinem Entsetzen, dass sich allerlei Getier schleunigst davon macht und in dunklen Ritzen verschwindet. An Schlaf ist jetzt nicht mehr zu denken, und ich will mir, sobald Mirella auf ist, irgendein Sprühmittel geben lassen, das mich von dem Ungeziefer in meinem Zimmer befreit. Als ich mich in der Früh anziehen will, muss ich entsetzt feststellen, dass einige der Tiere bereits Löcher in meine Kleider gefressen haben und zwar auch in mein Lieblings-T-Shirt. Das ist zu viel für mich. Dass Kakerlaken und ähnliche Viecher zum Leben in so warmen Ländern einfach dazugehören, ist mir klar. Die Grenze ist bei mir aber spätestens dann überschritten, wenn die Tiere mir zahlenmäßig eindeutig überlegen sind, und ich ihre Anwesenheit nicht mehr schönreden kann. Nach der sofort durchgeführten Ausräucherungsaktion liegen nach ein paar Stunden knapp hundert Kakerlaken und ein Skorpion tot über den ganzen Schlafzimmerboden verteilt. Netterweise hilft mir Mirella die Leichen zu beseitigen und bietet mir an, ein paar Nächte im

Gästebett zu schlafen, damit ich nicht selbst auch noch Opfer der Chemie werde. In der folgenden Zeit bleibt es bei ein paar Sichtungen täglich, mit denen ich leben kann.

Der Eingang zum Haus besteht aus einem Gittertor, das mit mehreren Kettenschlössern zugesperrt wird. Dahinter liegt eine Synthese aus Wohnzimmer und Veranda, in die tagsüber jeder reinschauen kann. Ich gewöhne mich relativ schnell daran, dass die Einstellung der Menschen hier zu ihrer Privatsphäre ganz anders ist als bei uns. Man teilt viel mehr mit seinen Nachbarn, ist beinahe nie allein, da in den meisten Zimmern gleich mehrere Generationen zusammenwohnen. Die meisten Mädchen bekommen ihr erstes Kind im Alter von fünfzehn Jahren und heiraten dann sofort. Dass ich mit vierundzwanzig noch unverheiratet und ohne Kinder durch die Welt laufe, lässt viele Einheimische vermuten, dass mit mir „etwas nicht stimmt". Ich weiß nicht, wie oft ich mich für mein bisheriges Leben rechtfertigen musste, und wie sehr mir das irgendwann auf die Nerven geht, vor allem, wenn mein Gesprächspartner männlich ist und sich spontan mit den aufmunternden Worten: „Es ist ja noch nicht zu spät!" bereit erklärt, mir ein paar Kinder zu machen.

Ich fühle mich sehr wohl bei Mirella, ihr Haus liegt keine hundert Meter von meiner Arbeitsstätte entfernt, aber es ist so, als würde eine magische Linie zwischen meinem Zuhause und der Schule verlaufen. Mirellas Haus ist das zweite in unserer Straße, und je weiter man von hier aus in Richtung See läuft, desto ärmer wird die Gegend und desto heruntergekommener die Häuser.

Jeden Nachmittag wenn ich von der Schule komme, haben sich alle Jungs aus meiner Straße versammelt und spielen in der Hitze und im Dreck direkt vor unserem Eingangstor Fußball. Meistens sitzt noch ein zahnloser alter Mann im Unterhemd an unser Tor gelehnt, der immer auf mich zu warten scheint. Eine bedeutungsvolle Unterhaltung führen wir kein einziges Mal, aber an meinem letzten Tag wird er mir einen Heiratsantrag machen, der von Herzen kommt. Ob er sich ernsthaft Chancen ausgerechnet hat, werde ich nie erfahren.

Haben die Jungs zu Beginn nur Schimpfwörter und sexuelle Anspielungen für mich übrig, die ich zum Glück nur halb verstehe, entwickelt sich im Laufe der Monate doch so etwas wie Freundschaft. Sie merken, dass ich irgendwie dazugehöre, bei angesehenen Einheimischen lebe und jeden Tag arbeiten gehe. Sie fangen an, Gespräche mit mir zu führen und sich für meine Person und Herkunft zu interessieren. Das geht so weit, dass mich ihr Anführer Gustavo eines Tages bittet, ihnen Englisch beizubringen. Auf meine Frage, wofür sie es denn bräuchten, antwortet er: „Na, um nach Miami zum Shoppen zu fahren, natürlich!“ Viele Reiche machen das tatsächlich, für ein Wochenende mal schnell in den Süden Floridas fliegen und sich komplett neu einkleiden, aber dem Jungen scheint gar nicht klar zu sein, dass es dafür mehr braucht, als nur ein paar Brocken Englisch. Ich möchte ihnen nicht den Spaß verderben und fühle mich heimlich geschmeichelt, dass es nicht bei den anfänglichen Obszönitäten geblieben ist. Es entsteht erst Mal ein Riesenchaos, als ich mich schließlich überreden lasse und sie sich zu mir auf die Straße setzen und um die „besten Plätze“ an meiner Seite rangeln. Sie lenken sich gegenseitig mit ständigen Knuffen, Scherzen und nervösem Kichern ab. Die Jungs sind zwischen drei und sechzehn Jahren alt, und ich könnte mir keine schwierigere „Klasse“ zum Unterrichten vorstellen. Ohne Material, Papier oder Tafel, fangen wir mit Zahlen und Körperteilen an, und ich muss danach jedes Mal lachen, wenn ich die Straße entlang komme, und mir ein Kind ein Körperteil entgegenstreckt und es stolz auf Englisch benennt. Wir machen keine großen Sprünge, und nach ein paar Treffen ist ihr Enthusiasmus deutlich abgeflaut. Dennoch ist es für alle Beteiligten eine schöne Erfahrung und ich fühle mich mehr denn je zugehörig.

Umso mehr berührt mich dann die Nachricht, dass eine von Gustavos Schwestern in der Nacht an Fieber gestorben ist. Die Familie hat kein Geld für einen Arzt oder für Medikamente und hat nichts für das Mädchen tun können. Was für Welten liegen da zwischen „die Familie mit dem Notwendigsten versorgen“ und „nach Miami zum Shoppen fahren“.

Wolf Boy

Eines Nachts erwache ich von lauten Schreien. Noch etwas schlaftrunken denke ich zunächst, sie kämen aus dem Fernseher in Mirellas Schlafzimmer. Ich ärgere mich darüber, dass ich nicht in Ruhe schlafen kann. Als ich aber genauer hinhöre, merke ich, dass die Schreie direkt von der Straße kommen. Während ich überlege, ob ich aufstehen und nachsehen, oder doch lieber versuchen soll wieder einzuschlafen, verstummen die Schreie abrupt. Neugierig und ängstlich zugleich, beschließe ich doch einen Blick auf die Straße zu riskieren. Mirella scheint ähnliche Gedanken gehabt zu haben, denn sie kommt mir mit übergeworfenem Morgenmantel hellwach entgegen. Wir schleichen vorsichtig an unser Gittertor und sehen brennende Holzscheite über die Straße verteilt liegen. Die Nachbarn sind zusammengelaufen und stehen in kleinen Grüppchen diskutierend herum. Wir erfahren, dass soeben direkt vor unserer Tür ein 14-jähriger Junge aus dem Viertel erstochen worden ist. Zwei rivalisierende Banden aus der Nachbarschaft sind aneinandergeraten, haben sich gestritten, und das Ganze ist eskaliert, weil ein Anführer die Familie des anderen wüst beschimpft hat und sich nicht entschuldigen wollte. Die Nachbarn munkeln, dass ein gewisser „Wolf Boy" vielleicht etwas damit zu tun haben könnte. Seit er in diesem Viertel sein Unwesen treibe, könnte keiner mehr ruhig schlafen. Ich komme mir vor, wie in einem schlechten Film und kann kaum glauben, dass die Jugendlichen sogar vor Mord nicht zurückschrecken, um ihre Ehre zu verteidigen. Wie leicht hätte ich mitten in diesen Bandenkrieg hineingeraten können, wenn ich um diese Zeit nach Hause gekommen wäre. Ich frage mich, ob ich damit womöglich den Mord verhindert hätte oder jetzt mit Konsequenzen leben müsste, die ich mir lieber nicht genauer ausmale.

Die Menge löst sich nach einer Weile wieder auf, und auch Mirella und ich gehen zurück in unsere Zimmer. Bevor sie ihre Türe schließt, kommt sie allerdings noch mal zu mir und stellt einen dicken Holzprügel neben mein Bett. „Nur für den Notfall“, wie sie meint. Ich habe das Gefühl, dass sie sich persönlich für meine Sicherheit verantwortlich fühlt.

Wenig nutzt mir der Holzprügel allerdings bei meinen nächtlichen Aufeinandertreffen mit Wolf Boy. Ich komme spät abends von dem nur fünfzig Meter entfernten Haus eines Lehrerkollegen heim, meine Kameratasche um die Schultern gehängt. Ich versuche das Kettenschloss zum Eingangstor aufzusperren. Das erfordert im Dunkeln immer ein längeres Rumgefummel, da ich den Schlüsselschlitz nicht sehen, sondern nur ertasten kann. Während ich derart beschäftigt vor dem Tor stehe, schleicht sich jemand an mich heran und fordert mich auf, ihm sofort die Kamera zu geben. Überrascht blicke ich auf und stehe einem kleinen, vollkommen verwilderten Jungen gegenüber, der mich mit einem leeren Blick anstarrt und mir ein Messer unter die Nase hält. Noch nie bin ich in einer solchen Situation gewesen. Da es für mich jedoch kaum etwas Wertvolleres als meine Kamera gibt, noch dazu mit der Speicherkarte mit allen Fotos der Karibikreise darin, reicht selbst diese Bedrohung nicht aus, dass ich sie einfach so hergebe. Ich versuche mit dem Jungen zu reden, ihn zu beschwichtigen, ihm Angst zu machen, indem ich zum Schreien ansetze und ihm mit Konsequenzen drohe. Die ganze Zeit über bemühe ich mich weiterhin das Schloss aufzubekommen, und schließlich gelingt es mir. Ich schlüpfe durch das Tor, will es schnell von innen schließen, aber er hat schon seinen Fuß dazwischen. Er versucht durch die Eisenstäbe mit dem Messer auf meine Hand zu stechen, also ziehe ich sie schnell zurück und drücke mein ganzes Gewicht gegen das Tor. Irgendwas muss ihm große Schmerzen zugefügt haben, oder er hat gesehen, wie im Haus Licht angegangen ist, denn plötzlich läuft er in die Nacht davon, aber nicht ohne mir „Nos vemos - Wir sehen uns wieder“ ins Ohr zu zischen. Erst als die Gefahr vorbei ist, fange ich an zu zittern und realisiere, was passiert ist. Mirella steht im Nachthemd neben mir, und als ich ihr die Geschichte erzähle, weiß sie sofort, um wen es sich handelt. „Wolf Boy“, der Junge, von dem damals bei dem Mord auch die Nachbarn schon geredet hatten. Er sieht zwar aus, wie dreizehn ist aber bereits achtzehn. Durch die Kleberschnüffelei ist er, wie so viele Kinder hier, kleinwüchsig geblieben. Wolf Boy ist in der Nachbarschaft wohlbekannt, da er bereits überall versucht hat einzubrechen. Selbst unser College hat er nicht ausgelassen. Allerdings wurde er vom Nachtwächter erwischt und durch einen Schuss so verletzt, dass er auf seiner Flucht eine Blutspur durch alle Gänge hinterlassen hat, die am nächsten Morgen für Panik unter den Angestellten und Studenten sorgte. Die Polizei hat ihn schon mehrmals in Gewahrsam genommen, musste ihn aber immer wieder laufen lassen, da er noch minderjährig war.

Mirella legt mir nachdrücklich ans Herz, nach Einbruch der Dunkelheit nicht mehr allein durch die Straßen zu laufen, und ich sehe ein, dass ihr Rat sinnvoll ist, auch wenn ich nichts weniger leiden kann, als mich in meiner Freiheit einschränken zu lassen. Vor die Wahl gestellt, ob ich in Zukunft lieber von sympathischen Kollegen, mit denen ich den Großteil meiner Freizeit verbringe, nach Hause gebracht werden möchte, oder lieber allein gegen gewalttätige, berauschte Jungs mit scharfen Waffen kämpfen möchte, entscheide ich mich für Ersteres.

Dennoch entpuppt sich auch das nicht als ultimative Sicherheitsgarantie. Die nächsten Wochen sind zwar etwas ruhiger, und ich gewöhne mich daran, mein „Alleinleben“ vor Einbruch der Dunkelheit zu beenden und danach nur noch in Begleitung unterwegs zu sein. Es ist machbar, da die meisten meiner Kollegen nicht weit entfernt wohnen. Gerade als ich mich so weit entspannt habe und die Begegnung mit Wolf Boy als einmalige Geschichte abtue, lauert er uns erneut auf. Diesmal bin ich in Begleitung von Stephen, einem amerikanischen Kollegen. Wir stehen ins Gespräch vertieft vor meinem Tor. Wie ein Tier hat sich Wolf Boy unbemerkt herangeschlichen und taucht plötzlich direkt vor uns auf. Er starrt uns einen Moment mit riesigen Pupillen an, zieht dann blitzschnell ein langes Küchenmesser unter seinem Hemdchen hervor und zeigt damit auf Stephens Uhr. Mein erster Gedanke, als ich das große Messer sehe, ist, dass er sich deswegen wohl die letzten Wochen nicht hat blicken lassen; Er hat auf ein neues Messer gespart, nachdem das Kleinere bei der Kamera nicht zum erwünschten Erfolg geführt hat. Stephen lässt sich durch die neue Waffe nicht einschüchtern und macht ein paar drohende Schritte auf den Jungen zu. Da Wolf Boy nur etwa halb so viel Körpermasse wie Stephen hat, und der Amerikaner jetzt auch noch zu ein paar Karatekicks ansetzt, sucht er auch heute Abend wieder das Weite. Ich bin heilfroh, dass die Gefahr gebannt ist, und begebe mich hinter meine Gitter in Sicherheit.

Richtig Spaß macht mir das Leben hier allerdings nicht mehr.

León

Um auf andere Gedanken zu kommen und nicht im tristen Managua zu versauern, fahre ich am nächsten Sonntag, meinem einzig freien Tag, nach León.

Die Stadt ist nur etwa hundert Kilometer von Managua entfernt, aber das ist weit genug. Es kommt mir vor, als würde ich eine andere, viel schönere Welt betreten. León hat sich nach der Unabhängigkeit von Spanien viele Jahre mit Granada darüber gestritten, welche von beiden denn nun die Landeshauptstadt sei. Schließlich trat 1855 dann die dritte Bewerberin, Managua, auf den Plan und hat dem Streit endgültig ein Ende gesetzt. León ist mit seinen knapp 400,000 Einwohnern relativ klein. Ich bewundere die Kathedralen und Kolonialbauwerke, für die León berühmt ist, aber mich beeindruckt eine ganz andere Art von Sehenswürdigkeit. Auf einem längeren Spaziergang komme ich zufällig an einer riesigen, dampfenden und stinkenden Müllhalde etwas außerhalb der Stadt vorbei. Ungefähr dreißig Erwachsene und mindestens ebenso viele Kinder suchen nach Wiederverwertbarem und stapfen mit Plastiksäcken ausgerüstet durch die Müllberge.

Einige Kühe „grasen“ im Müll, und ein paar klapperdürre Pferde werden von den Kindern zum Zeitvertreib auf und ab gejagt. Ein paar Jungs versuchen, kaputte Drachen, die sie gefunden haben, steigen zu lassen, andere spielen in dreckigen Pappkartons.

Ich will diese Szenen unbedingt mit meiner Kamera festhalten. Dann geschieht das Unglaubliche: Ich zeige den Kindern die soeben geschossenen Bilder auf dem Kameradisplay, und sie sind ganz aus dem Häuschen. Sie zeigen auf sich, kichern und wollen, dass ich immer noch mehr Bilder mache. Nur zu gerne lasse ich mich von ihrer Euphorie anstecken, und es dauert nicht lange, bis auch die Erwachsenen kommen, um zu sehen, was diese Fremde wohl macht, dass ihre Kinder so begeistert sind. Als sie die Kamera entdecken, weichen sie zunächst vor ihr zurück, aber als ich ihnen die Bilder von sich selbst zeige, sind sie gleichermaßen fasziniert und lassen sich weiter fotografieren.

Ich könnte wetten, dass diese Menschen noch nie ein Bild von sich selbst gesehen haben. Der Bann ist gebrochen und wir kommen ins Gespräch. Sie wollen mir nun alles auf „ihrer“ Müllkippe zeigen, und ich laufe ihnen tapfer hinterher. Ich würde lügen, wenn ich sage, dass es mich keine Überwindung kostet, in Sandalen und mit kurzen Hosen durch den zum Teil hüfthohen und faulig warmen Abfall zu stapfen, der nur so von Maden, Fliegen und sonstigem Getier wimmelt und einen brechreizauslösenden Gestank verströmt. Aber ich reiße mich zusammen. Ich will nicht, dass die Leute sich schämen müssen, wenn sie mir schon so viel Vertrauen entgegenbringen und mir „ihr Zuhause“ zeigen. Auf meine Frage, wo sie denn eigentlich wohnen, zeigen sie auf einige armselige Hütten, die ich anfangs gar nicht in den bunten Abfallbergen entdecken kann, da sie mit blauen Plastikplanen umspannt und somit gut getarnt sind. Ich verbringe Stunden bei diesen gastfreundlichen Familien, schieße unzählige Bilder und habe richtig Spaß. Es ist unglaublich, wie viel gute Laune und Lebensfreude diese Menschen versprühen, die sich auf so harte und entwürdigende Weise ihren Lebensunterhalt verdienen müssen. So viel wie heute habe ich schon lange nicht mehr gelacht, und ich bin dankbar für die Begegnung.

Zufrieden mit dem Ausflug und den Erlebnissen des Tages sitze ich abends im Minibus zurück in die Hauptstadt. Ich freue mich, aus dem Alltagstrott rausgekommen zu sein und sehne mich jetzt vor allem nach einer heißen Dusche. Doch bevor ich mir den Dreck des Tages vom Körper waschen kann, kommt es vor dem Haus zu einem weiteren Zusammenstoß mit dem kleinen Messerschlitzer Wolf Boy. Diesmal bin ich bedauerlicherweise allein und angele sofort nach meinem Tränengas, da auch ich aufgerüstet habe. Wolf Boy toppt das Ganze jedoch noch, denn er hat sein überlanges Küchenmesser inzwischen durch eine Machete ersetzt. Ich weiß nicht, ob ich zuerst sprühen, oder lieber warten soll, bis er zum Hieb ausholt. Während wir uns so gegenüber stehen und nichts sagen, kriege ich es mit der Angst zu tun. Seine Machete macht doch schon deutlich mehr her als die Messer der letzten Begegnungen. Das Schicksal scheint es jedoch gut mit mir zu meinen, denn plötzlich biegt ein Polizeiauto um die Ecke, und bevor ich mein Glück ganz fassen kann, ist die Machete unter seinem T-Shirt verschwunden und

Wolf Boy flüchtet in das Labyrinth der unbeleuchteten Gassen.

Das Absurde an dieser ganzen Geschichte ist, dass Wolf Boy und ich uns auch tagsüber begegnen, uns offensichtlich erkennen, aber trotzdem nicht reagieren. Vielleicht sollte ich ihn einfach mal ansprechen und ihn fragen, welche Waffe er bei unserem nächsten nächtlichen Treffen anzuwenden gedenkt, damit ich mich entsprechend wappnen kann.

Oxford Junior College

Übers Internet hatte ich diese Sprachschule gefunden, an der mir eine durchaus attraktive Stelle als Englischlehrerin angeboten wurde: Zusätzlich zu meiner Vergütung von siebenhundert Dollar monatlich sollte ich noch Spanischunterricht erhalten und freien Zugang zum Internet.

Von Anfang an komme ich mir in dem Job dann allerdings ziemlich verhohnepiepelt vor und spiele immer wieder mit dem Gedanken, alles hinzuschmeißen und einfach zu gehen. Der Chef, Roger, ein etwa fünfzigjähriger, gedrungener Nicaraguaner mit Schnauzer und O-Beinen, hält es weder für nötig, sich dafür zu entschuldigen, dass er mich nicht vom Flughafen hat abholen lassen, noch stellt er mir die Kollegen vor oder zeigt mir die Schule. In der ersten Woche sind kaum Schüler da, was kein Wunder ist, denn ein Kurs kostet satte zweihundertundfünfzig Dollar im Monat. In einem Land, in dem etliche Familien von zwei Dollar am Tag leben müssen, können sich das nur die Wenigsten leisten. Als ob er nicht schon längst gewusst hätte, dass er nicht genügend einnehmen würde, tut er nun überrascht und erklärt, dass er die Lehrergehälter kürzen müsse. Außerdem informiert er uns, dass der Spanischunterricht von vornherein nicht vorgesehen war und der Internetzugang „noch nicht“ installiert sei.

Es geht das Gerücht um, dass die Schule nur ein Tarnunternehmen ist, in Wirklichkeit handele es sich um das Hauptquartier einer religiösen Sekte, deren Guru Roger ist. Stephen, mein amerikanischer Kollege mit den Karate-Kenntnissen, wurde von dem Sektenführer zu einer Zusammenkunft der Mitglieder eingeladen, und er berichtet mir später, dass viele wohlhabende Gäste geladen waren. Am Ende habe jeder Geld in einen Umschlag gesteckt, um sicherzustellen, dass seine Gebete auch erhört werden. Ich glaube dieses Gerücht sofort, denn in die Schule selbst scheint der Leiter weder Zeit noch Geld zu stecken. Es ist die am schlechtesten organisierte Lehranstalt, die ich je erlebt habe. Es gibt weder einen verbindlichen Stundenplan, noch tauchen wirklich alle Schüler auf, die sich angeblich für die Kurse eingeschrieben haben. Das Material ist spärlich und vollkommen veraltet, und um Kopien anfertigen zu dürfen oder einen Marker für die Tafel zu bekommen, muss ich vor der Sekretärin beinahe auf die Knie fallen. Alles ist undurchschaubar, geprägt von leeren Versprechungen und gegenseitigem Misstrauen.

Auf die Spitze treibt Roger die Situation, als er Juan, einem neuen Lehrer, ausdrücklich verbietet, mit mir und den Kollegen privat zu sprechen. Man könne uns kein einziges Wort glauben, alles, was wir über die Schule sagen würden, sei erstunken und erlogen. Von diesen Instruktionen nichts ahnend, freue ich mich, dass wir nach vielen Wochen einen neuen Kollegen im Team haben, und lade ihn gleich am Abend auf ein Bier ein. Mir fällt auf, wie er zunächst zögert, die Einladung anzunehmen, und sich dann etwas ungeschickt aus der Situation windet. Ich akzeptiere sein Nein, bin aber ein wenig enttäuscht, dass mit dem Neuen nicht viel anzufangen ist. Ich frage mich, ob er vielleicht nur nicht trinkt oder eine eifersüchtige Ehefrau zu Hause hat. Nach dem Unterricht passt Juan mich ab und fragt mich zu meiner Überraschung, ob die Einladung noch stehe. Wir verstehen uns von Anfang an prima. Ich erzähle Juan von der Schule und versuche, ihm ein ehrliches Bild zu vermitteln. Nach ein paar Bieren gesteht er mir, dass ihn die unmissverständliche „Warnung“ vom Chef zunächst verunsichert, er sich aber danach gedacht hat, dass so etwas nur von jemandem kommen kann, der etwas zu verbergen hat. Ich kann meinen Zorn kaum bändigen, und mir bereitet nur die Tatsache etwas Genugtuung, dass für Roger der Schuss nach hinten losging. Juan und ich verbringen auch in den nächsten Monaten viel Zeit zusammen und überlegen uns, wie wir die Situation für uns und die Schüler verbessern können. So viel ich weiß, gehört die Schule heute sogar ihm.

Ein Schüler, der mir besonders ans Herz gewachsen ist, heißt Edgar. Er ist Anfang zwanzig und möchte unbedingt Botaniker werden. Leider ist sein Englisch so schlecht, dass er die Aufnahmeprüfung an die Uni nicht geschafft hat. Seine Familie hat sich zusammengetan, und alle haben, was sie konnten, beigesteuert, um ihm durch diesen Englischkurs noch einmal die Chance zu geben, seinen Berufswunsch zu verwirklichen. Edgar ist nicht unbedingt mit Talent für Sprachen gesegnet, aber er versucht durch Fleiß und Charme wettzumachen, was ihm an Begabung fehlt.

Zum Ende eines jeden Trimesters sind die Lehrer angehalten, einen Test für ihre Kursgruppen zu entwerfen und abzuhalten. Basierend auf den Noten, die ebenfalls vom jeweiligen Lehrer vergeben werden, können die Schüler in die nächsthöhere Kursstufe versetzt werden. Ich gebe mir mit den Prüfungen viel Mühe, obwohl diese Extra-Arbeitszeit nicht bezahlt wird. Die meisten bestehen mit Bravour, da sie sich wirklich angestrengt haben und den Stoff beherrschen. Einige wenige haben es nicht geschafft, sie sind auch einfach noch nicht so weit, um vorzurücken. Zu ihnen gehört leider auch Edgar. Er hat sich bemüht, aber mit dem Tempo und den Anforderungen der Gruppe nicht ganz mithalten können. Ich weiß, dass er enttäuscht sein wird, aber ich denke mir auch, dass es ihm gut tun wird, wenn er den Stoff noch einmal wiederholen und dann vielleicht als Klassenbester abschließen kann, statt immer nur als Schlusslicht hinterher zu hecheln. Ich staune dann nicht schlecht, als ich auf den Kursbescheinigungen Noten finde, die ich garantiert so nicht vergeben habe, sondern die augenscheinlich gekauft worden sind. Die entsprechenden Schüler können ebenfalls vorrücken, und unter ihnen ist auch Edgar. Ich beschwere mich beim Chef, renne aber gegen eine Wand. Das, was mir wie Hochverrat und Betrug an allen Beteiligten vorkommt, ist in diesem Land gängige Praxis und wird ganz sicher nicht meinetwegen geändert werden.

Trotz dieser gelegentlichen Rückschläge geben mir meine Klassen und Kollegen viel Energie, und da wir alle irgendwie in einem Boot sitzen, tun wir unser Bestes, um mit den widrigen Umständen zurechtzukommen. Manches können wir bewirken, sei es auch nur, dass wir einigen Leuten in diesem Land etwas geben, was sie sich woanders so leicht nicht hätten holen können. Sie danken es mir durch aufbauende Worte, wenn mich die Schulorganisation wieder zermürbt, durch ihre Fortschritte, ihren Spaß an der Sprache und dem Unterricht und nicht zuletzt dadurch, dass sie als Nicaraguaner mich an ihrem Leben auch außerhalb des Klassenzimmers teilhaben lassen. Es ist für mich wie ein stillschweigend geschlossener Pakt, und so tragen wir uns gemeinsam durch die Monate, mal etwas mehr und mal etwas weniger motiviert, aber immer mit einem Ziel vor Augen.

Dennoch ist mir klar, dass ich wegen Typen wie Wolf Boy und der allgemeinen Lage an der Schule nicht länger bleiben möchte, als ursprünglich vereinbart. Als ich Roger auf dem Gelände treffe, sage ich ihm, dass ich mit ihm über meinen Vertrag reden möchte, schließlich würde er bald auslaufen. Ich spekuliere, dass er mich daraufhin gleich in sein Büro bitten wird, und genauso kommt es. Ich höre ihm eine Weile zu, wie er mir für meine Arbeit Komplimente macht, und sagt, dass es ihm nicht entgangen sei, wie sehr meine Schüler von meinem Unterricht schwärmen. Ich genieße es, wie er sich windet und nebenbei versucht, einen Blick auf meinen Vertrag zu erhaschen. Natürlich hat er keine Ahnung, wann genau unser Beschäftigungsverhältnis endet, obwohl er schon längst das Gespräch mit mir hätte suchen müssen - zumindest, wenn er sich wirklich um seine Schule kümmern würde. Geduldig warte ich, bis er gefunden hat, was er sucht, und dann den Stift ansetzt, um lediglich das Datum zu verlängern. Anschließend bittet er mich, zu unterschreiben. Ich nutze die Gelegenheit, ihm ebenfalls „für alles zu danken", und sage ihm, dass ich nächste Woche abreisen werde. Ich wünsche ihm einen schönen Tag und verlasse sein Büro. Die Entscheidung zum Aufbruch getroffen zu haben, ist wie eine Befreiung. Ich gebe mich dem überwältigenden Gefühl hin, dass mir die Welt mit all ihren Möglichkeiten nun endlich wieder offen steht.

Alle Schüler tun sich noch ein letztes Mal zusammen und organisieren eine tolle Abschiedsfeier. Es gibt Nacatamales und Vigorón, nicaraguanische Spezialitäten. Sie überreichen mir zur Erinnerung ein T-Shirt, auf dem sie alle unterschrieben haben, und ein ganzes Büchlein voller positiver Feedback-Kommentare. Sie bitten mich, unter keinen Umständen meinen Beruf an den Nagel zu hängen, wünschen mir aber eine bessere Schule. Herzlicher könnte es nicht sein.

Am nächsten Morgen ziehe ich auch bei Mirella aus und mache mich mit ungefähr tausend Dollar Reisekasse, die ich mir trotz des knappen Gehalts in den drei Monaten, zusammengespart habe, auf den Weg, um noch mehr von diesem Land zu erkunden und dann weiter nach Guatemala zu fahren. Mirella will mir noch einige gute Worte mit auf den Weg geben, und ihre Tränen, die sie nicht ganz verbergen kann, sagen mir, dass auch sie sich an ihre Mitbewohnerin und gelegentliche Ladenhüterin gewöhnt hat.

Ich setze mich in einen modernen, klimatisierten Reisebus und staune nicht schlecht, als ich nach einer dreiviertel Stunde Fahrt, genau wieder an dem Hotel vorbeikomme, in dem ich meine erste Nacht verbracht habe. Es liegt direkt an der Panamericana, die hier Carretera Norte heißt, etwa fünfzehn Kilometer von Mirellas Haus entfernt. Die Gegend ist trostlos, die Straße viel befahren, und derselbe Hotelbetreiber in demselben dreckigen Rippunterhemd sitzt auf dem Hocker vor seinem Blechcontainer. Ich erkenne ihn sofort wieder. Ich hätte nie gedacht, dass ich diese Absteige noch einmal sehen würde, erst jetzt kann ich sie geographisch einordnen. Es ist, als hätte sich, was Managua betrifft, der Kreis für mich geschlossen.

Kapitel 6

Guatemala 2002

Ohne Zwischenfälle werde ich in ein neues Kapitel meines Reiselebens gefahren. Kaum haben wir die Grenze nach Guatemala überquert, bin ich mir sicher, dass es mir hier gefallen wird: Das Klima ist deutlich angenehmer als in Nicaragua, die Temperaturen erträglicher, und der fürchterliche Wind, der mir in Managua ständig den Dreck in die Augen getrieben hat, weht hier nicht. Die Frauen sind in farbenfrohe Mayagewänder gekleidet und tragen ihre langen schwarzen Haare zu Knoten hochgesteckt. Ihren jüngsten Nachwuchs haben sie sich in bunten Tüchern auf den Rücken gebunden, und sie gehen ganz entspannt ihren alltäglichen Aufgaben nach.

Auch die Männer wirken viel weniger aufdringlich und damit für mich auch weniger bedrohlich. Keiner zischt mir auf der Straße hinterher, und niemand stellt sich mir mit gezogenem Messer in den Weg.

Xela

Nach allem was mir in Nicaragua widerfahren ist, habe ich wirklich gehofft, dass Guatemala ein freundlicheres Pflaster sein wird. Bisher sind alle meine Erwartungen erfüllt worden. Ich bin so froh, von Roger und seiner Sektenschule weg zu sein und erleichtert, nicht mehr hinter jeder Ecke Wolf Boy zu vermuten. Um die Hauptstadt habe ich einen großen Bogen gemacht und mich eher in der Natur oder in kleineren Städten aufgehalten, wo ich ausnahmslos freundlich empfangen worden bin.

Nach einigen Wochen Reisen führt mich mein Weg nach Quetzaltenango oder kurz Xela (gesprochen: Schäyla), mit ungefähr 150,000 Einwohnern die zweitgrößte Stadt des Landes. Sie liegt wunderschön von Bergen und Vulkanen umgeben, auf etwas über 2300 Metern. Man kann Xela mit seinen fünf Universitäten und zahlreichen Sprachschulen auf jeden Fall als die Bildungshauptstadt Guatemalas bezeichnen. Eine großzügig angelegte Plaza Central, umrahmt von Palmen und mit Blick auf den Vulkan Santa Maria, prägt meinen ersten Eindruck von der Stadt. Auf dem Platz herrscht geschäftiges Treiben, ohne dass die Menschen gestresst wirken oder sich abhetzen. Ein paar Schuhputzer wollen mich in der Hoffnung auf ein paar Münzen dazu bringen, auf ihrem Faltsessel Platz zu nehmen.

Mein höfliches Nein lassen sie erst gelten, nachdem sie sich selbst davon überzeugt haben, dass meine Kunststoff-Flip-Flops sich nicht für die Behandlung mit schwarzer Schuhcreme eignen. Angelockt vom herrlichen Duft nach frisch gebratenen Pupusas – mit Käse und Bohnen gefüllte Maisfladen, lasse ich mich von meinem hungrigen Magen an einen Essensstand führen. Ich stehe neben Russel, einem australischen Backpacker. Wir schwärmen beide für das leckere und preiswerte Essen und ich nutze die Gelegenheit, ihn zu fragen, wo man in der Stadt günstig wohnen könne. Ich habe Glück, denn der Australier, gibt mir nicht nur bereitwillig Auskunft, sondern bringt mich gleich selbst zur „Casa Argentina", einem sehr schönen Hostel, welches für die nächsten Monate mein neues Zuhause werden wird. Die ersten Nächte verbringe ich noch mit zwanzig anderen in einem riesigen Schlafsaal, ziehe dann aber bald in ein eigenes Zimmer um.

Casa Argentina

Beinahe zeitgleich mit mir haben einige andere Rucksackreisende ihr Lager in der Casa Argentina aufgeschlagen. Es wird zu unserer kleinen Oase, obwohl es sich um ein ganz einfaches und billiges Hostel handelt, das von einer liebevollen Mayafamilie geführt wird.

Es verfügt über eine riesige Terrasse und eine Küche, die allen zur Mitbenutzung zur Verfügung steht. Vor allem Langzeitbewohner wissen das zu schätzen, da man durch eigenes Kochen die täglichen Ausgaben drastisch reduzieren kann. Gleich neben dem Hostel ist der „Mercado Las Flores". Ein Gefühl des Zu-Hause-Seins überkommt mich jedes Mal, wenn mich die Marktfrauen mit Namen begrüßen und besondere Leckerbissen für mich aufgehoben haben. Es scheint, dass diese rundlichen, mit bunten Schürzen bekleideten Damen, die den ganzen Tag hinter ihren Frischwaren hocken und sich hauptsächlich untereinander unterhalten, ein ehrliches Interesse an mir und meinen kulinarischen Vorlieben gefunden haben. Im Gegensatz zu den Frauen in Nicaragua kommen sie mir lebensfroher und geselliger vor.

Als ethnische Minderheit sind sie ähnlich stark unterdrückt wie die Aymara und Quechua-Frauen in Bolivien, aber sie wirken nicht so verbittert. Am Wochenende nach Marktschluss kommen uns ein paar der Jüngeren gelegentlich in der Casa besuchen und helfen uns sogar beim Kochen und Brotbacken. Anfangs sind sie noch schüchtern, angesichts so vieler Ausländer auf einem Haufen. Sie tauen aber zusehends auf und kochen uns mit dem größten Vergnügen und viel Gekicher ihre Lieblingsgerichte vor.

Nicht selten enden unsere erkenntnisreichen Kochsessions dann in feuchtfröhlichen Gelagen. Jeder steuert bei, was er gerade an Ess- oder Trinkbarem zur Hand hat, und ohne großen organisatorischen Aufwand, findet eine Party statt, die oft bis in die frühen Morgenstunden dauert.

Fast alle, die sich für einen längeren Zeitraum hier eingemietet haben, arbeiten für irgendwelche Wohltätigkeitsvereine. Manche helfen den ganzen Tag beim Häuserbauen für „Habitat for Humanity“, andere bei Straßenkinder– oder Frauenprojekten. Alle haben einen anstrengenden Alltag und genießen es umso mehr, sich abends unter Gleichgesinnten über ihre Erlebnisse auszutauschen.

Atol de Elote

Am späten Nachmittag kaufe ich von einem Marktstandbesitzer in der Nähe der Plaza Central ein Glas „Atol de elote“. Ich habe schon viel von dem Getränk gehört, einer zähflüssigen Maispampe, die besonders von Einheimischen sehr gern getrunken wird, da sie Mahlzeit und Getränk in einem ist. Der Verkäufer preist sein Gebräu in den höchsten Tönen an, fehlt nur, dass er mir verspricht, dass bereits der erste Schluck schöne Füße mache und die Pampe selbst sich nach einem Liter in einen reichen Prinzen verwandeln würde. Ich rieche an dem Glas, in dem eine dickliche gelbe Flüssigkeit schwimmt, und nippe ganz vorsichtig daran und stelle erfreut fest, dass das Getränk besser schmeckt, als es aussieht.

Vor einer Kirche will ich Bettlern, die aussehen, als könnten sie eine Mahlzeit vertragen, ein Glas dieses wunderbaren Gebräus schenken, aber sie sehen mich nur entgeistert an, als ich es ihnen überreiche. Annehmen will es keiner. Mich überrascht die negative Reaktion, da die Bettler sonst jeden, der an ihnen vorbeikommt, mit weinerlicher Stimme um Almosen anbetteln. Ich überlege, ob sie vielleicht zu stolz sind, oder prinzipiell keine Naturalien annehmen, oder ob es vielleicht Regeln gibt, die mir als Neuankömmling noch nicht bekannt sind. Schließlich erklärt mir der Marktstandbesitzer, dass die Mayas Angst haben, etwas von „Gringos“ anzunehmen, da diese früher die Eingeborenenkinder mit Brot und Getränken „zur Eindämmung des Bevölkerungswachstums“ vergiftet haben. Die USA unterstützten während des Bürgerkriegs die Rechten, das heißt das Regime, um das kapitalistische Wirtschaftssystem und ihre Geschäfte zu stützen. Im Grunde haben die Bettler mir gerade unterstellt, dass ich sie vergiften wollte. Allein die Tatsache, dass mir ein solches Verbrechen zugetraut wird und die Bettler nicht zwischen meiner harmlosen Person und der Gefahr des wirklich Bösen unterscheiden können, trifft mich sehr. Ich schlendere weiter über den Platz und mache mir Gedanken über das, was sich gerade an der Kirche ereignet hat. Wenn ich ganz ehrlich bin, muss ich mir eingestehen, dass auch ich oft nicht auf Anhieb zwischen „gut und böse“ unterscheiden kann. Es kommt schließlich nicht von ungefähr, dass bei uns oft „der Ausländer“ automatisch „der Bösewicht“ ist. Warum sollte es mir im Ausland anders ergehen? In Guatemala ist erst vor sechs Jahren (1996) ein sechsunddreißig Jahre dauernder blutiger Bürgerkrieg zu Ende gegangen, in dem mindestens 250,000 Menschen, fast ausschließlich Mayas, ihr Leben lassen mussten. Der Krieg war zum Großteil von den USA finanziert worden, die angeblich damit verhindern wollten, dass Guatemala von den Russen eingenommen wird. In Wahrheit aber hatte Moskau nur ein äußerst geringes Interesse an Guatemala und Washington fürchtete vielmehr, dass sich Guatemalas Sozialdemokratie auf weitere lateinamerikanische Länder ausbreiten könnte.

Nach wie vor wird wenig darüber gesprochen und die schlimmsten Spuren sind beseitigt; das Misstrauen besteht jedoch weiter – wie ich soeben zu spüren bekam.

BEST

Zum ersten Mal bin ich aufgebrochen, ohne einen festen Job in der Tasche zu haben. Ich habe vollkommen freie Hand bei der Wahl meines Aufenthaltsortes. Es ist ganz neu für mich, mir eine Stadt und eine Schule ansehen zu können, bevor ich mich dann entscheide, dort zu arbeiten. Da mir Xela auf Anhieb richtig gut gefällt und ich, anders als in Managua, auch nachts allein unterwegs sein kann, beschließe ich, mich hier nach einem Sprachlehrerjob umzuschauen.

Die nette einheimische Familie, die das Hostel betreibt, kann mir sagen, welche Sprachschulen für Englisch es in ihrer Stadt gibt. Ich verbringe den Nachmittag damit, sie alle abzuklappern und kurz vorzusprechen. Die letzte Schule, die ich besuche, heißt „BEST English“. Dem jungen Mann hinter dem Schreibtisch erkläre ich mein Anliegen. Er hört mir zuerst mit einem eher gestressten Gesichtsausdruck zu, der sich aber zunehmend erhellt, als er begreift, dass ich tatsächlich Lehrerin bin und ab sofort einen Job suche. „Ab sofort“ ist sein Schlüsselwort, denn „ab sofort“ braucht er ganz dringend jemanden. Sichtlich erleichtert, so unerwartet eine Lösung für sein Problem gefunden zu haben, zieht er schwungvoll einen Zettel aus der Tischschublade. Ich unterschreibe und bin damit Lehrerin bei BEST - für 12,50 Quetzales die Stunde, was gerade mal 1 Euro 50 entspricht.

Joel, wie sich der Mann dann auch gleich mit kräftigem Handschlag vorstellt, führt die Schule gemeinsam mit seiner Mutter. Er bittet mich, ihm in den Unterrichtsraum 201 zu folgen. „Wie nett, ich kriege gleich eine Schulführung“, schießt es mir durch den Kopf, tatsächlich wartet aber in Raum 201 bereits mein erster Schüler auf mich, Alexis. Er ist ein kleines schmächtiges Kerlchen und ein ganzes Stück jünger als ich. In den folgenden Wochen versucht er sein regelmäßiges Zuspätkommen stets mit der Ausrede zu rechtfertigen, er habe noch Autos waschen müssen. Ich verzeihe ihm jedes Mal mit einem wohlwollenden Lächeln, da ich mir denke, dieser arme Kerl steht irgendwo zwischen all den Autos und Bussen auf der Hauptverkehrsstraße in den Abgasen und verdient sich mühsam das Geld für seine Englischstunden. Ich bewundere ihn für seinen Einsatz und sein Durchhaltevermögen. Im Laufe der Zeit höre ich zwischen den Zeilen heraus, dass das alles gar nicht der Wahrheit entspricht: Alexis ist stolzer Besitzer einer gut gehenden Waschanlage und hat selbst noch nie einen Schwamm in der Hand gehabt. Ihm hat nur das Vokabular gefehlt, um mir das auf Englisch genauer zu erläutern. Ich brauche einen Moment, um diese Erkenntnis zu verdauen, denn es passt nicht gut in mein naives Bild vom „armen Einheimischen." So selbstverständlich es ist, dass in einer Stadt wie Xela erfolgreiche junge Geschäftsleute leben, ertappe ich mich dabei, wie ich manchmal Menschen ohne weiter nachzudenken, kategorisiere. Nur weil ich als westliche Frau gerade mal 1 Euro 50 verdiene, müssen deswegen die Einheimischen noch lange nicht genauso viel oder gar weniger verdienen.

Die Schule ist, was die Stundenpläne, das Material und die Organisation angeht, ein Witz. Zumindest macht der junge Chef Joel keinen Hehl daraus und zockt seine Kunden nicht so ab, wie sein Counterpart Roger in Nicaragua das getan hat. Ich komme an sich mit der Situation gut zurecht, würde natürlich gern etwas mehr Geld verdienen, brauche aber zum Leben nur knapp fünfzig Euro pro Woche und kann mich durchs Unterrichten also gerade so über Wasser halten. Ich bin froh, so schnell an einen Lehrerjob gekommen zu sein und weiß wenigstens, woran ich bin. Hauptsächlich erteile ich Einzelunterricht, der oft vier bis fünf Stunden am Stück dauert. Jeder, der das einmal versucht hat, kann sich vorstellen, wie anstrengend es für beide Beteiligten ist, über einen so langen Zeitraum die Konzentration aufrecht zu erhalten.

Zu meinen Schülern gehört auch Sara, eine 29-jährige Guatemaltekin. Gleich in der ersten Unterrichtsstunde unterhalten wir uns über unsere Einstellung zu Männern und Arbeit im Ausland. Sichtlich bewegt erzählt sie mir, dass sie vor einigen Jahren mit falschem Pass und der Hilfe einer Schlepperbandc über die mexikanische Grenze in die USA eingereist ist. Sie hat ihren Mann und ihr dreijähriges Kind zurückgelassen, um Geld für ihre Eltern zu verdienen und ihnen dadurch im Alter ein menschenwürdiges Leben ermöglichen zu können. Tagsüber arbeitete sie als Putzfrau und packte im Supermarkt an der Kasse den Kunden ihre Einkäufe in Tüten ein. Nachts schlief sie in einem Schlafsaal mit acht Männern in ständiger Angst, vergewaltigt zu werden. Besonders groß war die Gefahr, wenn die Männer ihren Lohn erhalten hatten und Trinken gegangen waren. Da sie sich illegal im Land aufhielt, hatte sie zwangsläufig keine Rechte und konnte sich nicht an die Polizei wenden. Das wussten die Männer natürlich auch. Sara hielt es zwei Jahre in den Staaten aus und kehrte dann zu ihrer Familie nach Quetzaltenango zurück. Sie sitzt jetzt bei mir im Kurs, da sie ihre Englischkenntnisse verbessern möchte, um bei ihrer nächsten Flucht in die USA, Aussichten auf einen besser bezahlten Job zu haben. Der Kurs ist quasi eine Investition in ihre illegale Zukunft und die Hoffnung, sich nicht mehr so ausbeuten lassen zu müssen. All die ausgestandenen Ängste halten sie nicht davon ab, noch mal ihr Glück zu versuchen. Verkehrte Welt, denke ich mir, als ich nach unserer langen Sitzung durch meine inzwischen liebgewonnene Wahlheimat nach Hause laufe. Ich bin in Guatemala und arbeite freiwillig für einen Bruchteil von dem, was ich zu Hause verdienen könnte. Sara hat mir mit ihrer Geschichte gezeigt, was man als Frau alles auf sich nehmen kann, um seiner eigenen Familie ein besseres Leben zu ermöglichen. Obwohl es gewisse Parallelen in unseren Leben gibt, könnten unsere Beweggründe zum Reisen nicht verschiedenartiger sein.

Felix

Während ich eines Abends in meinem neuen Zuhause über meine Schüler und ihre Leben nachdenke, höre ich aus dem Zimmer unter mir Gitarrenmusik und wie jemand mit starkem schweizerischem Akzent spanische Lieder singt. Ich gehe runter, um herauszufinden zu welchem holden Jüngling diese schöne Stimme gehört, und lerne so Felix kennen. Felix, ein Schweizer, der einen Tag nach mir in der Casa Argentina Quartier bezogen hat. Felix unterbricht sein Spiel, bietet mir einen Stuhl an und verschwindet für kurze Zeit, um etwas zu trinken zu kaufen. Er kommt mit einer 1-Liter-Flasche Gallo Bier und zwei Plastikbechern zurück, und wir stoßen an. Wir entdecken im Verlauf eines langen Abends viele Gemeinsamkeiten, und es liegt ein Knistern in der Luft, als ich mich schließlich verabschiede. Die nächsten Abende überrascht mich Felix immer wieder mit leckeren Gerichten, die schon auf dem Tisch stehen, wenn ich erschöpft aus der Schule komme.

Wir brauchen nicht lange um festzustellen, dass wir als Alleinreisende sehr ähnliche Erfahrungen gemacht haben. Wir sind uns absolut einig, was die Schwierigkeiten und auch die Vorteile des Alleinreisens betreffen. Das Leben nach seinen eigenen Vorstellungen und seinem eigenem Tempo zu gestalten, ohne Rücksicht nehmen zu müssen, ist oft verlockend, aber ohne jemanden, auf den man sich verlassen kann und der ähnlich empfindet auch nur halb so schön. Hier in Xela sind wir nun beide „angekommen“. Beide bemühen wir uns aktiv um einen tieferen Einblick in die Kultur, indem wir mit Einheimischen arbeiten, beide wollen wir darüber hinaus unser Spanisch verbessern. Felix geht sogar so weit, dass er sich am liebsten mit mir ausschließlich in der Landessprache unterhalten möchte, aber das scheint mir, da wir beide Deutsch sprechen, zu unnatürlich, und ich sträube mich. Wir sind beide froh, für eine Weile die Wanderstiefel an den Nagel gehängt zu haben und an einem Ort, an dem wir uns wohlfühlen, angekommen zu sein. Ich genieße es, von Felix umsorgt zu werden, und es dauert nicht lange bis aus dem anfänglichen Knistern mehr wird.

Im Gegensatz zu „normalen“ Beziehungen fängt unsere nicht erst langsam mit gelegentlichen Treffen an, sondern wir wohnen quasi schon von Anfang an zusammen. Nach meinen Erfahrungen sind „Reisebeziehungen“ anders gestrickt als

„Zuhausebeziehungen". Jeder ist aus seinem vertrauten Umfeld herausgelöst, und man lernt nicht die Freunde oder Familie des Partners kennen. Jeder steht für sich allein als Individuum da und hat eine ganz neue Chance, sich zu präsentieren. Es können keine „Ex" auftauchen und keine Familien oder Freunde sich einmischen. Allerdings machen Felix und ich uns auch keine Illusionen über eine etwaige gemeinsame Zukunft. Bei einem entspannten Waldspaziergang, auf dem wir auf jeden Fremden den Eindruck eines frisch verliebten glücklichen Paares machen, kommen wir auch auf dieses Thema. Für mich ist klar, dass ich in einigen Wochen oder auch Monaten aufbrechen werde, um mehr von Guatemala zu sehen, das mir so gut gefällt. Felix dagegen, der bereits die meisten Teile des Landes kennt, hat schon sein Rückflugticket in die Schweiz in der Tasche, wo er in drei Monaten sein Psychologiestudium fortsetzen will. Keinem von uns kommt es in den Sinn, seine eigenen Pläne über den Haufen zu werfen.

Ein paar Tage später komme ich nach acht Stunden Einzelunterricht spät und total erledigt nach Hause. Ich freue mich auf Felix, der sicherlich in der Casa Argentina wartet und mir ein leckeres Abendessen gekocht hat. Ich suche ihn überall, kann aber weder ihn noch das Essen finden. Enttäuscht, dass er wahrscheinlich mit einem anderen Mitbewohner ausgegangen ist, esse ich ein Stück Brot, das auch schon bessere Zeiten gesehen hat. Gerade als ich mich erschöpft auf mein Bett fallen lasse, klopft es, und Felix steht vor der Tür. „Hast du was zu essen gekocht?", möchte er wissen. Er sei so erledigt von der Arbeit und er könne sich gar nicht mehr rühren. Er erzählt mir, dass heute in der Schule alles drunter und drüber gegangen sei, und er nicht wisse, wie lange er noch die Kraft habe, dort jeden Tag „alles“ zu geben. Erschöpft und ausgelaugt, wie ich mich fühle, bin ich bestimmt nicht der beste Gesprächspartner, aber ich raffe mich auf und höre zu. Felix arbeitet bei EDELAC (Escuela de la Calle), einer Schule für Straßenkinder.

Bei diesem Projekt geht es darum, Kinder von der Straße zu holen und ihnen eine Schulbildung zu ermöglichen, ebenso wie Frauen aus der Umgebung über Gewalt in der Familie aufzuklären. Die meisten Frauen können weder lesen noch schreiben und haben keine Ahnung, welche Rechte sie haben und wo sie ganz klar Grenzen ziehen müssen. Die meisten Männer sind arbeitslos und haben üble Alkoholprobleme, weshalb die Frauen nicht selten geschlagen werden. Felix erzählt, wie ihn, als er gerade nach Hause gehen wollte, eine verwahrloste und völlig verzweifelt aussehende Frau angesprochen hat. Sie erhob sich aus dem Staub und rüttelte ihre Kleinsten wach, die an die Mutter geschmiegt, eingeschlafen waren. Die Frau, deren Alter für ihn nicht einzuschätzen war, erklärte ihm mit weinerlicher Stimme, dass ihr Mann zu sechsundzwanzig Jahren Gefängnis verurteilt worden sei. Sie sitze nun mit vier Kindern allein da und bitte inständig um die Aufnahme ihrer Kinder an die Schule. Geld habe sie leider gar keins, aber sie wäre gern bereit zu putzen oder zu kochen, wenn er ihr doch nur eine Chance geben würde. Als Freiwilliger hat Felix keine Befugnis, solche Entscheidungen zu treffen, und hat die Frau gebeten sich zu gedulden und auf das Eintreffen des Schulleiters am nächsten Morgen zu warten. Sichtlich ans Warten und an Abweisungen gewöhnt, senkte sie den Blick und ist mit ihren Kindern unter einen Baum geschlurft, wo sie sich alle niedersinken ließen. Auch wenn das Projekt, von dem Felix ein Teil geworden ist, viel bewirken kann, so kann es insgesamt doch nur einen Bruchteil der Hilfsbedürftigen erreichen. Dieses Gefühl der Machtlosigkeit gegenüber den Verhältnissen vor Ort ist manchmal schwer auszuhalten. Das Wissen, dass ich selbst nur in den nächsten Flieger steigen muss, um von hier wegzukommen, macht mir klar, dass ich in ärmeren Ländern immer nur eine Randfigur sein werde, da die Einheimischen auch immer damit rechnen, dass man am nächsten Tag plötzlich nicht mehr da ist.

Geburtstag

Der 17. Mai ist mein 25. Geburtstag. Ein Tag, der so schrecklich beginnt, dass ich mich noch gut an ihn erinnern kann. Felix wünscht mir in der Früh nur „Alles Gute“ und verschwindet ohne ein weiteres Wort sofort zur Arbeit. Es regnet und ist kalt, und mir bleibt nichts anderes übrig, als mir selbst eine Kerze anzuzünden und mir zu gratulieren. Ich habe den Vormittag frei und fühle mich gar nicht geburtstaglich, mir ist vielmehr zum Heulen zumute. Wenige aus dem Hostel gratulieren mir, da ich fast niemandem von meinem Geburtstag erzählt habe, und ich will nun nicht herumgehen und um Glückwünsche betteln. Ich beschließe ins Internetcafé zu gehen, da ich mir sicher bin, dass wenigstens die Daheimgebliebenen an meinen Ehrentag denken werden. Aber auch diese Freude bleibt mir verwehrt, da ich aus völlig unerklärlichen Gründen ausgerechnet heute nicht auf mein E-Mail-Konto zugreifen kann.

Am Nachmittag habe ich nur einen Schüler, Jorge, einen kleinen, schüchternen, 12-Jährigen. Ich raffe mich auf und laufe durch den ewigen Regen ins Stadtzentrum zu BEST. Klatschnass komme ich dort an, nur um festzustellen, dass Jorge nicht da ist. Heute scheint wirklich nicht mein Tag zu sein. Ich setze mich in mein Klassenzimmer, in der Hoffnung, der Junge habe sich nur verspätet, denn die Schule bezahlt mich nur für abgehaltene Unterrichtsstunden. Das Warten könnte sich also noch auszahlen. Die Guatemalteken sind nicht gerade für ihre Pünktlichkeit berühmt, allerdings fehlt mir heute ein wenig die Geduld, um für dieses Nationalcharakteristikum Verständnis aufzubringen.

Gerade als ich wirklich genug habe, höre ich ein zaghaftes Klopfen an der Tür. Auf mein „Herein“ erscheint Jorge, ebenfalls vollkommen durchnässt, die eine Hand an der Türklinke, die andere hinter dem Rücken versteckt. Er streckt sie mir schließlich entgegen und überreicht mir fünf wunderschöne, zu einem kleinen Strauß zusammengebundene, rote Rosen. Wir haben vor nicht allzu langer Zeit Zahlen und den Kalender durchgenommen, und Jorge hat sich tatsächlich meinen Geburtstag gemerkt, den ich ihm in diesem Zusammenhang genannt hatte. Der Rosenkauf erklärt auch sein Zuspätkommen. Dieser stille Junge, mit seinen großen, fast schwarzen Kulleraugen hat keine Ahnung, was für eine große

Freude er mir gerade gemacht hat. Mir ist schon zum zweiten Mal an diesem Tag sehr zum Heulen zumute, diesmal allerdings weniger vor Enttäuschung als vor absoluter Rührung.

Nach unserer Stunde gehe ich stolz mit meinen Rosen zurück nach Hause und denke an meine Freunde und an Felix und dass sie mir eigentlich alle gestohlen bleiben können. In der Casa Argentina wartet dann aber die nächste Überraschung auf mich. Bevor ich mich auch nur meinem Zimmer nähern kann, werde ich mit einem riesigen Blumenstrauß von Felix empfangen, und er führt mich zu einem liebevoll gedeckten Tisch auf die Terrasse. Für meinen Strauß steht bereits eine selbstgebastelte Vase bereit, auf der alle Mitbewohner unterschrieben haben, an meinem Stuhl hängt ein Gasluftballon mit der Aufschrift „Happy Birthday", und ich bekomme sogar den einzigen Stuhl, der nicht wackelt. Ein paar meiner Freunde haben zusammen mit Felix ein unvergleichliches Dreigängemenü gezaubert und runden das leckere Mahl noch mit einem selbstgebackenen und mit Wunderkerzen gespickten Kuchen ab. Benedikt hat extra große Lautsprecherboxen und CDs organisiert, und nach einigen Flaschen Wein, der bei uns allen ebenfalls nur ganz selten auf den Tisch kommt, wird die Terrasse zur Tanzfläche. Selten bin ich an meinem Geburtstag so verwöhnt worden, und für kurze Zeit fühle ich mich als der glücklichste Mensch, der von so vielen doch eigentlich so fremden Leuten so fern von zu Hause geliebt wird. Nur Felix kann es sich später nicht verkneifen, mich zu fragen, von wem eigentlich die roten Rosen stammen. Wahrheitsgemäß antworte ich „von meinem Freund Jorge".

Reisemüdigkeit

Einige Tage nach diesem wunderschönen Geburtstag ist es wieder Zeit zum Abschied. Allgemein liegt Aufbruchsstimmung in der Luft, die meisten meiner Freunde haben ihre Projekte beendet und sind dabei, ihre Sachen zu packen. Die letzten Wochen sind beschwerlicher geworden, denn die Regenzeit hat eingesetzt, es ist kalt und nass. Auf zwei Wänden in meinem Zimmer haben sich feuchte Stellen gebildet, und das Dach ist an manchen Stellen undicht. Mein ganzer Körper ist übersät mit Stichen, die nur von Flöhen kommen können, und der Juckreiz will einfach nicht aufhören, wochenlang. Ein ständiger Reizmagen und übelste Magenkrämpfe, die mich fast jeden Tag heimsuchen, tragen nicht gerade zu meinem Wohlbefinden bei. Es fängt an, mich zu nerven, dass ich finanziell ständig am Existenzminimum lebe, obwohl ich Vollzeit arbeite. Bei jeder Flasche Bier und jedem Essen außerhalb muss ich mir drei Mal überlegen, ob sowas noch im Wochenbudget drin ist. Felix geht es diesbezüglich nicht anders, und auch der Faktor Geld führt gelegentlich zu Spannungen zwischen uns, da ich manchmal nicht auf Vorschläge von ihm eingehen kann, oder umgekehrt, und wir dann beide etwas schmollend die Zeit zusammen in einem unserer feuchtkalten Zimmer verbringen.

Bei mir schlägt sich gelegentlich die Unsicherheit, wie, wann und wo es weitergehen soll, und wie lange mir noch Zeit und Geld bleiben zu reisen, auf meine Laune nieder. Immer öfter stelle ich mir vor, wie es wohl wäre, mal länger in Deutschland zu bleiben, mehr Zeit mit Freunden und Familie zu verbringen und eine gewisse Sesshaftigkeit in mein Leben zu bringen: Einen festen Partner an meiner Seite, eine eigene Wohnung und einen festen Job oder besser noch meine eigene kleine Sprachschule. Aber wie lange würde es dauern, bis sich das Fernweh erneut meldet? Gibt es dagegen ein Heilmittel? Ich erhoffe mir von Felix, der sechs Jahre älter ist als ich, und zudem immer viel auf Reisen war, eine Antwort auf meine Gedanken und Fragen: „Auf meinem letzten Klassentreffen in Icking ist mir aufgefallen, dass viele meiner guten Freunde erfolgreich ihren Karrieren nachgehen, die ihnen auch finanziell größere Sprünge erlauben. Die ersten schmieden bereits Heiratspläne und schließen Bausparverträge ab. Und ich? Muss ich auf dem Niveau mithalten können oder kann ich auch weiterhin nur mit dem Wenigen, was ich besitze, glücklich bleiben? Und meine Eltern? Ich habe solche Angst, dass einer von ihnen ernsthaft krank werden könnte oder ihnen etwas zustößt, und ich nicht sofort zur Stelle sein kann.“ Felix hört mir geduldig zu, nimmt mich in den Arm und flüstert: „Lass den Kopf nicht hängen, Nina, ich kenne jede deiner Sorgen. Du wirst durch Nachdenken allein keine Lösung finden. Gib dir etwas Zeit, halte die Augen offen und du wirst den richtigen Weg für dich einschlagen. Heute bist du einfach reisemüde.“ Felix hat Recht. Ich bin erschöpft und ausgelaugt, sowohl gesundheitlich als auch von der Arbeit. Die Trennung steht bevor und sehr bald bin ich wieder auf mich allein gestellt und unterwegs. Ich bin trotzdem dankbar für die Zeit, die ich hier in Xela hatte und dafür, dass Felix mir gezeigt, hat, dass Liebe unter Reisenden möglich ist und schön sein kann, aber dass viel dazugehört, danach einen gemeinsamen Weg einzuschlagen. In unserem Fall hat das nicht geklappt, aber deswegen habe ich die Hoffnung noch nicht aufgegeben.

Wir wissen beide, dass wir das Beste aus dieser kurzen gemeinsamen Zeit gemacht haben, und Quetzaltenango zu unserer gemeinsamen Interims-Heimat geworden ist. Wir frühstücken ein letztes Mal auf der Terrasse vom Hostel und dann begleitet mich Felix zum Bus. Eine letzte feste Umarmung, ein letzter leidenschaftlicher Kuss und die Hupe des Busses ermahnt mich einzusteigen. Felix winkt mir zu. Dann dreht er sich um und geht.

Alles Heilige?

Ich fahre nach Nordwesten, nach Todos Santos. Wer denkt, der Weg ist das Ziel, saß noch keine vierzehn Stunden mit achtzig Leuten in einem Bus, der maximal Platz für zweiunddreißig bietet. Zu den weiteren Mitfahrern zählen allerlei Tiere, beispielsweise fiepende Küken in Kisten, an den Beinen zusammengebundenes Federvieh und Frösche oder Kröten in Plastiktüten. Auf dem Dach befinden sich Schweine in geflochtenen Weidenkörben, die vor Angst quieken und pinkeln. Je nachdem aus welcher Richtung der Wind bläst, werden die Passagiere an den offenen Fenstern und Türen unterschiedlich stark von den Ausscheidungen der Schweine getroffen. Die

Strecke ist zum Teil so holprig, dass wir alle aus unseren Sitzen gehoben werden und nur darum beten, dass wir auch an gleicher Stelle wieder landen. Nach einigen Stunden bekomme ich Rückenschmerzen. Ich stelle fest, dass ich aussehe wie Fallobst, weil ich mir in dem engen Bus überall Knie und Ellbogen angehauen habe. Die Fahrt geht durch Nebel, Matsch und Regen und will kein Ende nehmen. In Todos Santos ist es eiskalt, es gibt nirgends einen warmen Ort, an dem ich mich aufwärmen kann. Nach diesem kurzen Ausflug zurück in die Reisewelt will ich eigentlich nur wieder weg.

Die Gegend liegt in den Chulumatan Bergen und wirkt vollkommen abgeschieden von der übrigen Welt. Die Einheimischen leben hier noch nach dem Mayakalender. Die Besonderheit an diesem Ort, der so viel wie „alle Heilige" bedeutet, ist, dass alle das Gleiche anhaben.

So laufen schon die Zweijährigen in den gleichen rot-weiß gestreiften Hosen herum, die dann auch der Großvater trägt.

Ich schlafe in einer einfachen Pension und kann die ganze Nacht vor Kälte und Feuchtigkeit kein Auge zu tun. Am nächsten Morgen fühle ich mich steif und schlecht gelaunt und wenig entdeckerfreudig. Allerdings hebt die Aussicht auf ein Bad in heißen Thermalquellen meine Laune. Gemeinsam mit Gary, einem Engländer, den ich beim Frühstück kennenlerne und der ähnlich durchgefroren aussieht wie ich, organisieren wir uns mit Hilfe eines Einheimischen einen Pick-up für die Fahrt zu den „Fuentes".

Die Schwefelquellen liegen in der Nähe eines Bergdorfs, in das wir zuerst fahren. Es wurde in einen steilen Hang hineingebaut. Zwischen dem Tal und den Bergen wurden im Patchworkstil kleine Gärten und Farmen angelegt. Das Dorf selbst ist ein Labyrinth aus steilen, staubigen Kopfsteinplasterstraßen und breiteren Feldwegen, die als Nebenstraßen dienen. Von überall hat man einen freien Blick auf die bunt zusammengewürfelte Landschaft. Alle Häuser und Läden sehen gleich aus, alle sind einstöckig, eckig und flach, nur die Kirche und die Markthalle bilden hier eine Ausnahme, wobei letztere wegen ihres halbverrosteten Wellblechdachs und der fehlenden Wände nicht gerade durch Schönheit besticht. Die Menschen gehören zur ethnischen Gruppe der Quiché-Maya und zählen damit zu den Ärmsten der Bevölkerung. Barfuss und mit schweren, auf den Rücken geschnürten Bündeln kämpfen sie sich durch die unwegsamen Gassen. Auch die Kleinsten sind von der Arbeit nicht ausgenommen, sie sind für das Beschaffen von Brennholz verantwortlich und bücken sich nach jedem noch so kleinen Stöckchen. Strom gibt es keinen.

Die Fuentes erfreuen sich größter Beliebtheit, da das Gestein, das die Becken umgibt, einen besonderen Kalk enthält, der schöne und weiche Haut machen soll, wenn man sich damit einreibt. Vollgekleistert mit dem weißen Schlamm sehen die Einheimischen aus, als wären sie ausnahmslos von der positiven Wirkung überzeugt. Wir steigen als einzige Ausländer ins Becken und entspannen uns im warmen Wasser. Schon bald nähern sich mir die ersten neugierigen Frauen und fordern mich dazu auf, mir ebenfalls den weißen Kalkschlamm auf die Haut zu schmieren. Sie lotsen mich unter viel Gekicher von meinem männlichen Begleiter weg und erklären sich sofort bereit, mir beim Auftragen behilflich zu sein. Ehe ich mich versehe, habe ich unzählige Hände auf meinem Körper, die mich mit Kalk einbalsamieren, und ich muss sagen, es macht mir großen Spaß. Die Frauen sind weniger daran interessiert, dass ich „noch schöner" werde, sondern nutzen viel mehr die Gelegenheit, einmal die Haut einer Weißen anzufassen. Vollkommen von ihnen in Beschlag genommen, kann ich gerade noch aus dem Augenwinkel die neidischen Blicke von Gary erhaschen, der wohl nichts dagegen hätte, von so vielen halbnackten Damen eingerieben zu werden.

Der nächste Tag ist etwas wärmer und wunderschön, die Berge leuchten hinter dem Nebelvorhang sanft grün. Weit entfernt von hektischem Stadttreiben, lasse ich mich ganz auf das langsame Lebenstempo von Todos Santos ein. Ich gebe mir ein paar Tage Zeit, mich von allen körperlichen und emotionalen Strapazen zu erholen. Wenn mich der Kalk auf den ersten Blick nicht gleich schöner gemacht hat, so hat er doch bewirkt, dass die Flohbisse aufgehört haben zu jucken und auch mein Magen beruhigt sich langsam wieder. Ich laufe bergauf durchs Dorf, lasse den Nebel dicht an mir vorbeiziehen und genieße die Ruhe. Ein Ehepaar bittet mich, für sie ein Schild auf Englisch zu entwerfen, auf dem steht, dass sie die Benutzung ihrer Waschmaschine für Reisende anbieten. Ich verbringe den Vormittag in der Sonne auf ihrem Hof und nach meinen Vorgaben nagelt der Bauer das Plakat an die Hauswand. Sie strahlen beide übers ganze Gesicht und sind mir so unwahrscheinlich dankbar für die Hilfe, und ich merke, dass ich wieder in meiner Reisewelt angekommen bin. In diesem Bergdorf habe ich das Gefühl, mich findet hier nie im Leben jemand, so fern fühle ich mich von allem, auch bereits von Felix.

Jesús und seine Anhänger

Meine Eltern hatten mir als Kind immer wieder gepredigt, dass ich nie mit einem Fremden mitgehen solle, vor allem dann nicht, wenn er versucht, mich mit Süßigkeiten zu locken. Damals bin ich nie in eine entsprechende Situation geraten, aber jetzt im Alter von fünfundzwanzig Jahren passiert es mir dann doch.

Zunächst fängt der Tag an, wie viele andere Reisetage auch. Von Lanquín fahre ich mit dem Bus nach El Cruce, wo ich in einen weiteren Bus umsteigen muss, um nach El Estor zu gelangen. Bei El Cruce handelt es sich lediglich um eine Feldwegkreuzung mitten im Dschungel. Nachdem ich stundenlang in Staub und Hitze auf meinem Rucksack gehockt und gewartet habe, muss ich wohl oder übel einsehen, dass der Bus nach El Estor heute nicht mehr kommen wird.

Einige Lastwagenfahrer haben ihre LKWs angehalten und mir mit schmierigem Grinsen angeboten, mich zumindest ein Stück weit mitzunehmen. Aus Angst habe ich die Angebote jedes Mal abgelehnt. Allerdings wird mir nach einigen Stunden klar, dass ich wohl nicht umhin kommen werde, bei jemandem ins Fahrzeug zu steigen, da der Gedanke die Nacht allein im Dschungel in El Cruce zu verbringen noch unattraktiver ist. Hier gibt es außer Wildnis, Staub und Dreck rein gar nichts.

Schließlich stehe ich vor der Entscheidung, entweder bei Jesús in seinen Lieferwagen einzusteigen oder bei Juan auf seinen LKW aufzuspringen. Beide Fahrer versuchen mich zu überzeugen, dass sie die bessere Wahl seien und machen sich gegenseitig schlecht, was mir nicht unbedingt die Entscheidung erleichtert. Jesús ist Süßigkeitenlieferant für die umliegenden Urwalddörfer, und gegen mein Bauchgefühl und obwohl ich die warnende Stimme meiner Mutter noch im Ohr habe, steige ich schließlich zu ihm auf den Beifahrersitz.

Kaum sind wir losgefahren, zeigt er mir seine geladene Pistole im Handschuhfach. Er will mir erklären, dass wir in Sicherheit sind und uns niemand etwas anhaben kann. Bei mir löst der Anblick der Waffe allerdings ganz andere Gefühle aus, die mit Wohlbefinden nichts mehr gemein haben.

Zum Glück verläuft die Fahrt ohne unangenehme Annäherungsversuche von seiner Seite, und ich entspanne mich allmählich und genieße die Aussicht. Wir fahren abgeschieden von jeglicher Touristenroute auf einer ungeteerten Bergstraße durch den tropischen Regenwald. Das ist normalerweise genau die Art von Abenteuer, die ich suche und die mich erfüllt, da sie mir authentischer vorkommt, als auf einer organisierten Reise einem Guide mit Hut und Regenschirm hinterherzulaufen. Die wenigen Menschen, die uns auf den

Dschungelpfaden begegnen, sind alle mit Macheten ausstaffiert und bahnen sich ihren Weg durch das dichte Gestrüpp. Weitere Fahrzeuge kommen uns nicht entgegen. Gelegentlich halten wir in kleineren Dörfern, und Jesús widmet sich seinen Geschäften. Je weiter wir uns von El Cruce entfernen, desto ursprünglicher werden die Menschen. Schon ziemlich bald wird die spanische Sprache vollkommen durch örtliche Mayadialekte ersetzt, und ich verstehe kein Wort mehr. Anfänglich waren die Menschen nicht sonderlich erstaunt über mein Auftauchen, aber das ändert sich zunehmend. Die Aufregung gipfelt schließlich darin, dass wir in einem Dorf ankommen, in dem ich für fast alle Bewohner die erste blonde und weiße Frau bin, die sie je zu Gesicht bekommen. Die Kinder rennen zu meiner großen Überraschung schreiend davon, als ich aus dem Auto steige, und die Frauen, die gerade auf dem Weg zur Mühle sind, um ihr Korn zu mahlen, blicken sich erschrocken an und machen auf dem Absatz kehrt. Mir ist die Situation äußerst unangenehm, da sie vollkommen neu ist und ich noch nie eine derart negative Reaktion auf meine Person erfahren habe. Ich kann noch nicht einmal erklären, wer ich bin, da hier mein Spanisch von niemandem verstanden wird. Also besinne ich mich der Allerweltssprache und lächele unaufhörlich alle an und bemühe mich, so wenig bedrohlich wie möglich zu wirken. Schließlich siegt, wie so oft, die Neugier der Kinder. Sie lugen hinter den ausladenden Röcken ihrer Mütter hervor und bringen schließlich die erwachsenen Frauen dazu, ihre Scheu zu verlieren. Wir verbringen Stunden in diesem Dorf, das für mich wie eine andere Welt ist.

Es gibt keinen Strom, keine Fernseher, keine Radios, und die Menschen leben sehr rückständig in schlichten, notdürftig zusammengezimmerten, runden Holzhütten. Ich habe die Gelegenheit, mich mit dem Lehrer zu unterhalten, einem der wenigen, der Spanisch spricht. Er erklärt mir, dass er hier allein für die Ausbildung von hundertneunzig Kindern zuständig ist und die Schule nach der sechsten Klasse zu Ende ist, für viele auch schon früher, da es keine Möglichkeiten gibt, die Schwächeren individuell zu fördern. Ebenso wenig gibt es die Chance, auf eine weiterführende Schule zu wechseln. Die Familien sind bei der Arbeit im Regenwald auf jede Hand angewiesen und können es sich nicht leisten, in die Bildung ihrer Kinder zu investieren.

Sehr bewegt fahre ich von dort weg. Mir ist klar, dass eine Begegnung mit solchen Menschen nicht zu den alltäglichen Erlebnissen eines Backpackers gehört. Jesús ist guter Dinge, da er wegen mir, wie er meint, so viel wie noch nie hier oben verkauft hat. Das freut mich natürlich, nur macht es mir Sorgen, da wir erst einen Bruchteil der Strecke nach El Estor zurückgelegt haben und es bereits dunkel wird. Kurze Zeit später können wir außerhalb unseres Scheinwerferlichts nichts mehr sehen, und es ist klar, dass wir irgendwo für die Nacht stoppen müssen. Mir ist die Situation gar nicht mehr geheuer. Ich weiß nicht, wo wir sind, und es gibt niemanden, den ich um Hilfe bitten könnte. Ich kann nur darauf hoffen, dass dieser Mann anständig genug ist, die Situation nicht auszunutzen.

Wir fahren schließlich zu Freunden von ihm, die in einem kleinen Häuschen am Rande der „Straße" wohnen. Ihre Hütte besteht lediglich aus ein paar aneinandergenagelten Holzlatten, einem Dach aus Palmwedeln und einem Boden aus festgestampftem, rotem Lehm. Im Inneren gibt es eine Feuerstelle und ein paar Pritschen, zwischen denen Enten und Gänse umherlaufen. Eine Frau kocht uns über dem offenen Feuer etwas Reis mit Bohnen, spricht aber die ganze Zeit über kein Wort. Ihr Mann setzt sich mit uns an einen einfachen Tisch und veranlasst, dass seine Frau ein schmales Feldbett aufstellt, das wir uns zu meinem Entsetzen teilen sollen.

Die beiden Männer unterhalten sich noch eine Weile. Todmüde von den Ereignissen und Anspannungen des Tages lege ich mich ins Bett und krieche in meinen Schlafsack, den mitzuschleppen sich allein für diese Nacht gelohnt hat. Jesús legt sich bald dazu. Trotz Hitze bin ich komplett angezogen tief in meinen Schlafsack gekrochen und liege mit dem Gesicht zur Wand „schlafend" auf der Pritsche. Es dauert keine fünf Minuten, und ich spüre, wie er seinen Arm und sein Bein auf mich legt. Ich rücke noch ein Stück näher an die Bettkante und versuche seine Extremitäten abzuschütteln. Aber so leicht gibt er nicht auf. Der Süßigkeitenlieferant ist deutlich stärker als ich, und ich habe noch nicht vergessen, wie er mir vorhin voller Stolz seine geladene Pistole gezeigt hat. In dem Raum befinden sich noch sechs weitere Männer, die alle schon geschlafen haben, als wir ankamen, und die mir zunächst gar nicht aufgefallen sind, da es in der Hütte keinen Strom und damit auch kein Licht gibt. Ich bin mir nun nicht sicher, ob diese Männer mehr „Freund oder Feind“ sind. Da Jesús nicht begreifen will, dass ich seine Annäherungen nicht erwidern werde, ist mir längst klar, dass ich mich auf eine schlaflose Nacht einstellen muss. Ich sehne den Morgen und vor allem das Tageslicht herbei. Bevor es jedoch hell wird, wird Jesús immer fordernder und aufdringlicher, und mir bleibt nichts anderes übrig, als mich aus meinem Schlafsack zu schälen und mich nach draußen zu flüchten, unter dem Vorwand, dass ich dringend aufs Klo müsste. Ohne Licht gestaltet sich das schwieriger als erwartet, da ich zunächst keinen Ausgang aus dem Haus finde und niemanden durch mein Gepolter wecken will. Schließlich gelingt es mir nach draußen zu kommen, ich sehe aber nicht, dass vor der Tür ein paar Schweine liegen, über die ich in der Dunkelheit stolpere und die alle wie auf Knopfdruck zu grunzen anfangen. Daraufhin setzt auch der Hahn zum Krähen an und der Hund der Nachbarn bellt, worauf dann alle Hunde der Nachbarschaft lautstark einstimmen. Die Nachtruhe ist eindeutig gestört. Es ist noch so stockfinster, dass ich gar nichts erkennen kann. Ich rutsche im roten Erdschlamm aus und falle einen kurzen Abhang runter. Alles nicht weiter schlimm nur, dass ich nun überall den schweren roten Lehm kleben habe und mich so nicht mehr in meinen Schlafsack legen möchte. Ich zähle Stunden, bis es endlich hell wird, und habe für mich bereits den festen Entschluss gefasst, auf gar keinen Fall wieder zu Jesús in den Wagen zu steigen. Nur mein Rucksack befindet sich noch im Wageninneren, und den muss ich auf jeden Fall retten.

Am nächsten Morgen um fünf sind schon alle aktiv, und auch Jesús sperrt sein Auto auf und macht sich bereit zur Weiterfahrt. Ohne auch nur ein Wort mit ihm zu wechseln, öffne ich die Wagentür, zerre meinen großen Rucksack heraus und sage ihm auf seinen fragenden Blick hin, dass die Fahrt für mich hier zu Ende ist. Die umstehenden Leute reagieren überrascht, sagen aber nichts. Ich warte, bis Jesús abgefahren ist und organisiere mir dann selbst eine Weiterfahrt. Das ist um diese Uhrzeit nicht weiter schwierig, da viele Pickups vorbeikommen, die für ein paar Quetzales die Männer aus den Dörfern zu ihren Arbeitsstätten im Wald mitnehmen. Ich springe beim nächstbesten Wagen hinten auf die Ladefläche und erfreue mich meiner wiedergewonnenen Freiheit. Dass mich all die Männer stumm und mit verwunderten Gesichtern anschauen und sich vermutlich fragen, wo um diese Uhrzeit eine alleinreisende ausländische Frau herkommt, macht mir nichts aus, auch ihre Macheten flößen mir keine Angst ein. Es ist ein unglaubliches Gefühl, die noch angenehm kühle und frische Morgenluft im Gesicht zu spüren und in den Sonnenaufgang hineinzufahren.

Meine Freude währt allerdings nur so lange, bis ich hinter der nächsten großen Biegung, den Lieferwagen von Jesús stehen sehe, mit ihm auf dem Fahrersitz, der offensichtlich auf etwas oder jemanden wartet. Sofort ducke ich mich, um nicht auf der Ladefläche bemerkt zu werden, denn ich bin mindestens einen Kopf größer als alle anderen und mit meinem Riesenrucksack und den wehenden blonden Haaren unschwer zu übersehen. Die Männer wundern sich noch mehr, rücken aber zusammen, um mir mehr Platz zu lassen. Ich bin mir unsicher, ob es mir gelungen ist, ungesehen an Jesús vorbeizufahren. Im nächstgrößeren Ort klettere ich von der Ladefläche, denn angeblich kann ich von hier aus mit dem Bus weiterkommen. Dem ist auch so, nur muss ich auch auf diesen Bus einige Stunden warten, immer in der Angst, dass Jesús mich aufstöbert. Da kein Fahrplan existiert, bleibt mir auch gar nichts anderes übrig, als an der Hauptstraße zu warten. Gegen zehn Uhr ist es soweit, der Bus kommt angefahren, ich steige erleichtert ein und sehe Jesús zum Glück nie wieder.

In El Estor angekommen, setze ich mich mit meinem Gepäck zum wohlverdienten Frühstück in ein kleines Straßenrestaurant. Ich habe gerade die ersten Bissen runtergeschluckt, als sich ein Mann mit seiner süßen 3-jährigen Tochter zu mir an den Tisch setzt und sich auf Englisch als Hugo vorstellt. Er erzählt mir, dass er lange in Kanada als Rodeoreiter gelebt habe, ursprünglich aber aus dieser Gegend stamme. Er macht einen sympathischen Eindruck, und ich erzähle ihm von meinen soeben durchgestandenen Strapazen und bin froh, diese Geschichte gleich mit jemandem teilen zu können, der dann auch noch Verständnis zeigt. Hugo bietet mir an, mich in seinem Auto mit nach Puerto Barrios zu nehmen, von wo aus ich dann weiter auf dem Rio Dulce nach Livingston an die Karibikseite reisen will. Nach all dem, was ich gerade durchgemacht habe, bin ich zwar etwas zögerlich, sein Angebot anzunehmen, tue es aber dennoch. So muss ich weder eine Nacht in El Estor bezahlen, in dem es nicht viel zu sehen gibt und ich spare mir das Geld für die Busfahrkarte. Rückblickend wäre es gut investiert gewesen.

Das Straßenrestaurant gehört zu einem kleinen Hotel, und der Besitzer ist so nett und lässt mich duschen und bei ihm im Schatten in der Hängematte ausruhen. Hugo will mich dann in ein paar Stunden abholen. Wie verabredet steht er vor der Tür, diesmal ohne Claudia, seine kleine Tochter. Kaum sind wir losgefahren, erklärt er mir, dass es jetzt schon zu spät sei, um noch so weit zu fahren, aber er würde mir gern die Gegend zeigen, auf die er so stolz ist, und wenn ich doch schon mal da bin, wäre das doch bestimmt für mich auch sehr schön, oder? Nicht dass ich wirklich eine Alternative hätte. Hugo erweist sich als Gentleman und perfekter Tourguide, der wirklich die schönsten Stellen in der Umgebung kennt, und ich bin froh, mich auf die Sache eingelassen zu haben, allein hätte ich von diesen Schönheiten nichts mitbekommen. Wir fahren an einen Fluss, mieten ein Kanu, rudern durch einen Canyon, erkunden Höhlen und schwimmen im kristallklaren Wasser. Auf der Rückfahrt ist es bereits dunkel, und er fährt mit mir noch zum Aussichtspunkt auf einen Berg. Wunderschön, keine Frage, aber ich habe jetzt langsam genug gesehen und geredet und würde gern zurück, denn schließlich habe ich noch kein Bett für die Nacht. Hugo bringt mich zu dem Guesthouse zurück und verspricht, mich am nächsten Morgen um sechs abzuholen, und ob er jetzt noch einen Gutenachtkuss haben könnte? Spätestens bei dieser Frage hätten alle Alarmglocken klingeln müssen.

Ich tue das Ganze als Scherz ab und steige aus. Der Hotelbesitzer scheint nicht sonderlich erstaunt, mich wieder zu sehen, und gibt mir ein kleines, einfaches Zimmer für drei Dollar.

Am nächsten Morgen steige ich zu Hugo ins Auto. Die Fahrt verläuft ereignislos, bis Hugo plötzlich rechts ran fährt, aussteigt und die Motorhaube öffnet. Auf mein Fragen was los sei, meint er, die Bremsen hätten sich überhitzt und müssten abkühlen. Er lässt die Haube offenstehen und setzt sich wieder auf den Fahrersitz, wendet mir sein Gesicht zu und fängt erneut an, um einen Kuss zu betteln. Ich verweigere ihm den Gefallen, und als er nicht locker lässt, versagen mir die Kräfte und ich kann nur noch heulen. So habe ich mich noch nie gefühlt, ich bin vollkommen am Ende, habe keine Lust mehr zu kämpfen und gebe einfach auf. Ich verliere richtig meine Fassung und habe mich selbst nicht mehr unter Kontrolle. Das scheint jedoch das einzig Richtige zu sein, denn Hugo entschuldigt sich, schließt die Motorhaube und fährt ohne ein weiteres Wort los. Ich bestehe darauf, am nächsten Busbahnhof auszusteigen, und er lässt mich anstandslos gehen. Diesmal ist das Glück auf meiner Seite, und ich kann in einen bereits zur Abfahrt bereitstehenden Bus einsteigen und ohne Zwischenfälle nach Puerto Barrios fahren, wo ich auch sofort auf ein Boot nach Livingston steigen kann. Dieses Städtchen an der Karibikseite von Guatemala ist ganz anders als der Rest des Landes. Die Hitze schlägt einem unmittelbar ins Gesicht, und anstelle von Mayas leben hier Garifunas, ehemalige Sklaven aus Westafrika, die sich mit Kariben vermischt haben.

Zu meiner großen Freude treffe ich auf Alexis, den Waschanlagenbesitzer und ehemaligen Schüler von mir aus Xela. Er ist beruflich unterwegs und wohnt sogar im selben Hostel wie ich. Die Freude, ausgerechnet hier auf ein mir bekanntes Gesicht zu stoßen, ist groß. Wir verbringen den Abend gemeinsam auf der wunderschönen Holzveranda des Hostels, trinken einige Flaschen Bier zusammen, und er erzählt mir, was sich seit meiner Abreise aus Xela und meiner Kündigung bei BEST alles ereignet hat. Ich sauge die Neuigkeiten auf und freue mich sehr zu hören, wie es meinen Schülern geht. In dieser vertrauten Gesellschaft kann ich mich endlich entspannen, und ich genieße den Abend. Auf die Frage nach meinem Befinden und meinen bisherigen Erlebnissen auf der Reise durch sein Land, kann ich nicht umhin, ihm mein Herz auszuschütten, und all die Enttäuschung und Wut, auch über mich selbst, kommt hoch. Alexis gibt sich Mühe, er ist verständnisvoll, hört mir aufmerksam zu, fragt nach und sagt genau die Dinge, die ich in diesem Moment gerne hören will. Bis auf seinen letzten Satz: „Na, dann schläfst du heute Abend doch am Besten mit mir im Bett, denn das wollte ich dir schon immer mal sagen, ich finde, du bist eine überaus attraktive und tolle Frau, und ich kann dir sicherlich dabei helfen, wieder Spass mit einem Mann zu haben!“ An diesem Abend stirbt vorläufig mein Glaube an das Gute im Mann.

Kapitel 7

Australien 2003

Die Herausforderung

„Dann sind wir uns ja einig. Sie übernehmen die Kurse „Akademisches Schreiben“, „Prüfungsvorbereitung“ und „Australische Kultur und Landeskunde“, jeweils Montag bis Freitag von 8 bis 14 Uhr.“ Bis zu dieser Verkündung, habe ich meiner neuen Chefin Ann von „Embassy CES“ voller Energie und Tatendrang zugehört. Frisch aus Aotearoa, wie die Maoris Neuseeland nennen, bin ich mit neu erwachtem Kampfgeist und einem einjährigen Working Holiday Visum im Pass, in Sydney angekommen. Meine Jobsuche in Neuseeland war aufgrund einer fehlenden Arbeitsgenehmigung leider erfolglos verlaufen. Ich konnte zwar ein paar Monate lang die faszinierende Nord- und Südinsel erkunden, mir dieses Abenteuer aber ohne zu arbeiten nicht länger finanzieren. Ich war gezwungen, die Insel früher als erhofft wieder zu verlassen, was sich auf meine Stimmung niederschlug. Ich bemühte mich, nicht noch einmal an Reisemüdigkeit zu erkranken, nachdem ich mich nach Guatemala so gut davon erholt hatte.

Die Jobsuche in Sydney ist um einiges erfolgreicher verlaufen. Es gibt zahlreiche Sprachschulen, die in der Millionenstadt um die Gunst der vielen europäischen und asiatischen Studenten konkurrieren. Für die Asiaten ist es deutlich billiger hier als in den USA zu studieren, dazu kommt, dass die Visabestimmungen in Australien deutlich weniger streng sind. Viele Europäer nutzen die Gelegenheit, am anderen Ende der Welt ihre Sprachkenntnisse zu vertiefen und genießen den entspannten „Australian Way of Life“.

Ich fühle mich von Anfang an wohl in Sydney und hoffe nach meiner letzten Arbeitsstätte in Guatemala auf einen gut bezahlten Job - zumindest einen, der mehr als einen Dollar die Stunde einbringt - und auf eine richtige Herausforderung.

Und die lässt dann auch nicht lange auf sich warten. Als ich höre, welche Kurse meine neue Chefin mir anbietet, fällt mir die Kinnlade herunter. Ich versuche mir nichts anmerken zu lassen, da wir eben erst das Bewerbungsgespräch beendet haben und ich wirklich gerne für diese Schule, die einen exzellenten Ruf genießt, arbeiten würde. Jedoch lassen mich die akademischen Kurse einen ungeheueren Vorbereitungsaufwand erahnen, und da ich seit genau zweiundachtzig Stunden auf dem Kontinent bin, kann ich noch nicht behaupten, dass Kultur und Landeskunde zu meinen Spezialgebieten gehören.

Ich erkundige mich vorsichtig bei Ann, ob es nicht vielleicht im Interesse der Schule sei, einem „native“ den Landeskundekurs zu übertragen. Ich atme auf, als sie sich für den Hinweis bedankt und mir zustimmt. Meine Erleichterung währt nur leider nicht lange, denn stattdessen bietet sie mir den Kurs „Business English für Fortgeschrittene“ an - und diesmal wage ich nicht, zu widersprechen. Jetzt habe ich zwar einen Vertrag in der Tasche, aber ich kann nur ansatzweise abschätzen, wie viel Aufwand die Kurse wirklich für mich bedeuten werden. In Anns Begleitung betrete ich das Lehrerzimmer, wo sie mir einen kleinen Arbeitsplatz zuweist und mich den Kollegen vorstellt. Die meisten sind Australier und einige Jahre älter als ich. Sie machen fast ausnahmslos einen sympathischen Eindruck, als sie mich freundlich im Team willkommen heißen und mir sofort bei Fragen und Unklarheiten ihre Hilfe anbieten. Nach einem kurzen Gespräch mit meinen Kollegen, verschaffe ich mir einen Überblick über die vorhandenen Bücher und Materialien und stelle dabei entsetzt fest, dass mir kein einziges Werk vertraut ist. In lateinamerikanischen Ländern konnte ich froh sein, wenn ich überhaupt Material vorgefunden habe. Hier im Regal steht nun alles was das Lehrerherz begehrt, die Bücher sind auf dem neuesten Stand und das bedeutet für mich nun erstmal zusätzliche Arbeit. Gleich morgen Früh um acht soll ich meine erste Stunde halten. Mich beschleicht die ungute Vorahnung, dass ich mich mehr als meine Kollegen vor den Schülern werde beweisen müssen. Nicht nur zahlen die Studenten eine Stange Geld für die Kurse, sondern sie glauben auch einfach nicht, dass eine 25-jährige Deutsche, die aussieht als hätte sie gerade Abitur gemacht, vor ihnen steht und Kurse auf höchstem Sprachniveau unterrichtet.

Habe ich eben noch in der sorglosen Backpackerwelt gelebt, so bin ich plötzlich im seriösen Arbeitsleben angekommen, einem Leben, in dem ich mich nicht einfach nur hinter einem Computer verstecken kann, sondern viel mehr mein Können vor Kollegen, Chefs und Studenten und nicht zuletzt vor mir selbst „live“ unter Beweis stellen muss.

Ich lese in den Unterrichtsprotokollen nach, welche Themen mein Vorgänger durchgenommen hat, und beschließe nach einer Aufwärm- und gegenseitigen Kennlernrunde mit dem Stoff dort anzuknüpfen, wo er aufgehört hat. Das Thema ist diesmal „Verben und Präpositionen“. Am folgenden Morgen stehe ich einer Gruppe von etwa zwanzig Sprachstudenten gegenüber, die alle ungefähr mein Alter haben. Sie kommen aus Japan, China und Korea, aus Deutschland und der Schweiz, und nicht wenige sogar aus Brasilien. Nachdem die Ersten mich für eine neue Mitstudentin gehalten haben, gelingt es mir, das Interesse der Leute zu wecken, indem ich ihnen ein bisschen meinen Werdegang schildere und von meinen Erfahrungen berichte. Dabei spreche ich genau so viel zu schnell, dass sie mir zwar folgen können, aber von Anfang an merken, dass ich ihnen sprachlich deutlich überlegen bin. Obwohl ich zugeben muss, ein wenig nervös zu sein, stelle ich zufrieden fest, dass es mir gelungen ist, das Misstrauen gegenüber meiner Person zu beseitigen. Ich werde anerkannt. Ich bin froh über die Brasilianer im Kurs, die durch ihre extrovertierte Art und ihrem Drang, sich unter Einsatz aller Körperteile verständlich zu machen, die Unterrichtsatmosphäre angenehm auflockern. Die anderen passen sich dem Tempo an und arbeiten gut zusammen. Nur einer scheint ein bisschen aus der Rolle zu fallen: ein etwa 18-jähriger Koreaner, der mit seiner aufrechten Haltung und dem Borstenhaarschnitt aussieht, als wäre er direkt von der Militärschule in den Kurs gekommen. Sein Gesichtsausdruck bleibt für die Dauer des Unterrichts starr und unbeweglich, und er blättert unablässig in einem Wörterbuch, das es vom Umfang her mit jeder Enzyklopädie aufnehmen könnte. Kontinuierlich höre ich zu meiner Linken das Rascheln von Papier, gefolgt vom Kratzen eines Kugelschreibers auf dem Blatt. In Abständen von etwa fünf Minuten schießt Kims Hand in die Höhe und der Koreaner stellt mir herausfordernd eine Frage nach der anderen. Ich bin bemüht, nach bestem Wissen und Gewissen alles zu beantworten, merke aber an der Reaktion der Mitschüler, dass die ständigen Fragen nicht bei allen auf gleiches Interesse stoßen, und die Unterbrechungen ihnen auf die Nerven gehen. Schnell ist mir klar, dass Kim so lange dieses Spiel mit mir treiben wird, bis ich etwas nicht zu seiner vollsten Zufriedenheit werde beantworten können. Und kurz vor der Pause ist es dann soweit. Kim bittet mich darum, alle Wörterbuchrelevanten Bedeutungen des Verbums „come + Präposition“ zu erklären, und ich vergesse eine. Er zeigt mit seinem langen dünnen Zeigefinger auf den spaltenlangen Eintrag, murmelt etwas Unverständliches auf koreanisch, was sich für mich anhört wie „hab ich’s mir doch gleich gedacht“, schnaubt herablassend durch seine breiten Nasenflügel, packt alle seine Sachen zusammen und verlässt den Raum. Mit der Hand an der Türklinke verabschiedet er sich mit den Worten: „Bei so viel Schulgeld erwarte ich zumindest, dass mein Lehrer den Stoff beherrscht. Ich werde mich unverzüglich bei der Direktion über Sie beschweren.“ Mir fehlen die Worte. Ein Teil von mir ist heilfroh, dass dieser unangenehme Typ endlich gegangen ist, der andere

Teil macht sich natürlich sofort Sorgen, welche Konsequenzen der Vorfall für mich und meine frisch gestartete Karriere an der Schule haben wird. Ein Blick auf die Uhr sagt mir, dass es Zeit für eine Pause ist, und ich verlasse niedergeschlagen den Raum. Vorbei an den Schülern gehe ich direkt in das Lehrerzimmer, um mir von den Kollegen Rat zu holen. Sie sehen mir gleich an, dass mein erster Einsatz wohl nicht so gut verlaufen ist, können mich aber sofort beruhigen, als ich Kim als Ursache für mein Scheitern anführe. Besagter Schüler kommt aus einer autoritären Militärfamilie, in der Frauen normalerweise nur reden dürfen, wenn sie gefragt werden. Dass ihm der Unterricht von einer westlichen Frau erteilt wird, die auch noch die Frechheit besitzt, ihn vor anderen auf Fehler aufmerksam zu machen, das passt einfach nicht in sein Weltbild. Seit über einem halben Jahr ist er an der Schule bestens bekannt. Da mein Vorgänger ein Mann war, hat es in seinem Kurs keine größeren Probleme gegeben, aber alle weiblichen Kolleginnen haben die gleichen negativen Erfahrungen mit ihm gemacht wie ich. Auch wenn mir der ganze Vorfall immer noch furchtbar peinlich ist, fühle ich mich besser und bin eigentlich ganz froh, Kim so schnell losgeworden zu sein: Es wäre nur eine Frage der Zeit gewesen, bis mich seine ständigen Fragen in den Wahnsinn getrieben hätten.

Als ich nach der Pause zurück ins Klassenzimmer komme, erlebe ich die nächste Überraschung: Eric, ein weiterer Koreaner, wartet bis alle ihre Plätze eingenommen haben und Ruhe herrscht. Dann erhebt er sich von seinem Stuhl, räuspert sich verlegen und entschuldigt sich vor der ganzen Klasse und mir ausdrücklich für das unangebrachte Verhalten seines Landsmannes. Er versichert mir, dass die ganze Klasse geschlossen hinter mir stehe und ihnen allen mein Unterricht großen Spaß mache.

Ich bin richtig gerührt. So etwas wie den heutigen Tag habe ich in meiner bisherigen Lehrerinnenkarriere noch nicht erlebt. Mit dem guten Gefühl, dass mich nun nicht mehr viel erschüttern kann, setzen die Gruppe und ich den Unterricht fort.

Um 14.00 Uhr, als mein langer und ereignisreicher Tag endlich zu Ende ist und ich gar nicht daran denken will, wie viel ich für meinen Business Kurs am folgenden Tag noch vorbereiten muss, nehmen mich die Kollegen in ihre Mitte und laden mich ein, meinen überstandenen ersten Tag mit einem ordentlichen kühlen Pint im Brighton, ihrer Stammkneipe, zu feiern. Der australische Ansatz, Stress am besten mit einem kühlen Bier zu bekämpfen, gefällt mir. Ich merke, dass die vielgerühmte Freundlichkeit und Lässigkeit der „Ozzies" kein Gerücht sind und schätze meine Kollegen mit jedem Schluck mehr. Sie nehmen ernsthaft Anteil und geben mir zu verstehen, dass ich mich jederzeit an sie wenden kann, auch wenn es mal nicht so perfekt läuft. Nach einigen Bieren bin ich mir außerdem sicher, dass der Schwierigkeitsgrad des Business Kurses überbewertet ist und sowieso alles gut wird. Ganz nach dem Motto: „No worries, mate."

Mummy of the Dorm

Zu Beginn meiner Reisezeit in Irland habe ich mich noch etwas naiv darüber gefreut, mit meiner Ausbildung an der TEFL-Schule gewissermaßen eine Freikarte für ein Leben als Lehrerin auf der ganzen Welt gleich dazu erworben zu haben. Jetzt in Australien bin ich kritischer. Ich bin nicht mehr bereit, für einen Dollar die Stunde in irgendeiner Firma zu arbeiten, nur weil auf ihrem Klingelschild „Schule" steht. Erfreulicherweise habe ich diesbezüglich hier mehr Glück. Nur leider ist die Dauerhaftigkeit meines Jobs ungewiss, und das wirkt sich direkt auf meine Wohnsituation aus, da ich nicht weiß, wie lange ich mit einem fixen Einkommen rechnen kann. Ich beschließe daher, in einem Hostel zu wohnen, da ich dort Anschluss habe, aber mich mit keinen Kündigungsfristen, Kautionen oder Provisionen auseinandersetzen muss. Nachdem ich mir eine ganze Reihe angeschaut habe, lande ich schließlich in „The Castle" in Clovelly, einem kleinen Vorort von Sydney, direkt am Strand. Wochenweise miete ich hier ein Bett in einem Schlafsaal, in dem vierzehn Leute untergebracht sind. Das Zimmer ist mit einem blauen fusseligen Teppich ausgelegt, auf dem sieben Stockbetten im Raum verteilt stehen. Eine lange Fensterfront lässt ausreichend Licht herein, und man kann schnell und einfach lüften. In dem Zimmer befindet sich noch ein kleines fensterloses Bad mit Klo und Dusche, und hinter der Tür steht ein stinkender Kühlschrank, der einmal die Woche entrümpelt wird. Meine Unterkunft kostet mich in der Nachsaison wöchentlich neunzig australische

Dollar, und die Preise steigen bis Weihnachten auf knapp das Doppelte.

Etwa Dreiviertel meiner Zimmergenossen ziehen zur gleichen Zeit wie ich ein, und alle bleiben mindestens drei Monate. Die meisten Jungs arbeiten auf dem Bau, und die wenigen Mädchen, die hier schlafen, sind meist als Kreditkartenverkäuferinnen in der Innenstadt, bei Telefonhotlines oder in der Gastronomie tätig. Über die Zeit wachsen wir in unserem Schlafsaal zu einer richtigen Gemeinschaft zusammen, aus der sich ein fester Kern von etwa zehn Leuten herausbildet. Die übrigen drei bis vier sind meist nur für ein paar Tage auf der Durchreise in der Stadt.

Es dauert nicht lange, und ich habe als einzig konstante Frauenbesetzung den Spitznamen „mummy of the dorm". Bald habe ich wirklich das Gefühl, für meine Kinder im Schlafsaal verantwortlich zu sein: Nicht nur erinnere ich sie daran, ihre Miete pünktlich zu bezahlen, damit sie nicht am Abend nach Hause kommen und einen Fremden in ihrem Bett finden, sondern sorge auch dafür, dass sie ihre Sachen vom Boden und unter ihrem Bett entfernen, da die Putzfrau, die immer freitags kommt, beim Aufräumen keine Gnade kennt. Das ist an sich auch gut so, denn sonst wäre es unmöglich, bei so vielen Leuten auf so engem Raum ein Minimum an Ordnung zu halten. Alle passen so gut es geht aufeinander auf und strecken sich gegenseitig auch mal eine Pizza vor, wenn der andere gerade auf seinen nächsten Gehaltsscheck warten muss. Natürlich gibt's bei den vielen Kindern auch noch einen Daddy. Derek, ein Ire, der wohl der vernünftigste unter all den Männern ist, da er nicht jeden verdienten Cent gleich wieder gegen Flüssiges eintauscht. Der Älteste ist Adam aus England und somit automatisch der Grandpa. Zu den Kindern gehören der Schotte Glen mit seinem ansteckenden Weihnachtsmann-Lachen, Ben der Engländer, der im Hostel arbeitet und die beste Bezugsquelle für Klopapier oder dem Waschmaschinenschlüssel ist, der schnarchende Paul im Stockbett über mir, der mir netterweise gelegentlich sonntags am Strand bei der Korrektur von Aufsätzen behilflich ist, der eitle Danny und der wirklich nicht auf den Mund gefallene Pete. Der kleine Junior aus Neuseeland und die schüchterne und hübsche Sarah aus Wales machen unsere Schlafsaalfamilie komplett.

Mein schmales Stockbett, das in einer Ecke des Raumes steht und das ich mit einem Sarong abgehängt habe, ist zu meinem einzigen Rückzugsraum geworden. Dieses letzte Refugium ist mir inzwischen heilig, da ich nicht immer am Familienleben teilnehmen will.

Besonders am Wochenende, wenn alle abends feiern gehen, sind gute Nerven gefragt. Wenn ich nicht vor allen anderen nach Hause komme und bereits in den Tiefschlaf gefallen bin, bekomme ich neben den schnarchenden Horden kein Auge zu. Gelegentlich passiert es auch, dass sich der ein oder andere im Bett irrt, so wie gestern, als sich aus Versehen ein splitternackter James zu mir legen wollte, der kaum sein Glück fassen konnte, dass in „seiner“ Lagerstätte schon eine Frau wartete. Heute Morgen konnte er sich an nichts erinnern, aber der Vorfall war ihm schrecklich peinlich, als er von allen Seiten darauf angesprochen wurde. Irgendwer ist eben immer auf und kriegt alles mit.

Obwohl ich kein Morgenmensch bin, mache ich mich meist in aller Frühe auf den Weg. Denn wenn zehn Jungs sich gleichzeitig für die Arbeit auf dem Bau fertig machen, sich ihre nach Schweiß stinkenden Arbeitsklamotten anziehen und unisono ihre Sprühdeodorants auspacken, und sich einen Wettbewerb liefern, wessen Duftnote sich am längsten in der abgestandenen und nach Alkohol und Rauch stinkenden Zimmerluft halten kann, dann wird es für mich höchste Zeit, um aufzustehen und an die frische Morgenluft zu stürzen.

30,000 Kilometer

Der Job macht mir Spaß, ist aber auch unglaublich anstrengend. Meine persönliche Freude an der Arbeit steht und fällt damit, welche Studenten da sind und wie meine Kollegen gelaunt sind. Nicht wenigen macht der konstante Erwartungsdruck, vor allem seitens der asiatischen Studenten, ziemlich zu schaffen. Gerade in Ostasien sind die Studierenden dazu erzogen worden, niemals direkt Kritik zu äußern, sondern sich besser gleich schriftlich an höherer Instanz zu beschweren. Die Direktion von Embassy CES handelt nach dem ungeschriebenen Gesetz, dass jede Lehrkraft nach der dritten Beschwerde ihren Arbeitsplatz zu räumen hat.

Mit meinem Visum darf ich ein Jahr in Australien bleiben, aber nicht länger als drei Monate für einen Arbeitgeber tätig sein. Meine Chefin, die weiß, dass ich weiter für sie arbeiten möchte, und deshalb gegen diese Bestimmungen schon längst verstoße, zeigt sich kein bisschen entgegenkommend und nutzt meine Situation voll und ganz aus. Aus Angst, das Land verlassen zu müssen, bevor ich außer Sydney überhaupt etwas davon gesehen habe, beschließe ich Abschied von der Schule und meinen Kollegen zu nehmen. Das nette Team und meine Studenten, die mir auch hier wieder ans Herz gewachsen sind, zu verlassen, tut mir richtig leid. Besonders angefreundet habe ich mich mit den vielen Japanern, die mir immer wieder versichert haben, dass mich die besten Berufschancen in ihrem Land erwarten würden. Zum ersten Mal ziehe ich ernsthaft eine Reise in diesen Teil der Welt in Betracht.

Aber bevor ich das nächste Projekt plane, erwartet mich noch ein ganzer Kontinent, und ich bin gespannt auf Aborigines, Outback, Regenwald und Abenteuer.

Über eine Anzeige am schwarzen Brett in einem Hostel gerate ich an Scott, einen 27-jährigen Engländer, der Mitfahrer nach Tasmanien sucht. Ich bin froh über die Möglichkeit, in einem privaten Auto zu reisen, denn so viel ich weiß, sind öffentliche Verkehrsmittel Mangelware auf der Insel. Ein weiterer positiver Nebeneffekt sind die geringen Reisekosten: Wenn wir uns zu mehreren die Benzinkosten teilen, wird die Fahrt für alle erheblich günstiger.

Scott holt mich mit seinem sechzehn Jahre alten dunkelblauen Ford Falcon ab, der schon zweimal von diversen Backpackern um den Kontinent gejagt wurde. Der Kombi ist randvoll beladen, mit allem, was wir fürs unabhängige Reisen brauchen, einschließlich einer kompletten

Campingausrüstung mit Kocher und Geschirr. Der Wagen ist in einem verhältnismäßig guten Zustand, allerdings lässt sich nur noch eine Tür richtig öffnen und die Servolenkung ist ebenfalls kaputt, wodurch sich das Auto etwa so leicht lenken lässt wie ein Überseetanker.

Dritter im Bunde unserer kleinen Reisetruppe ist Dave, ebenfalls Engländer und von Beruf Fotograf. Alle drei sind wir ohne genaue Pläne oder Zeitvorgaben unterwegs, was die idealen Vorraussetzungen sind für eine entspannte und spontane Reise. Auch musikalisch liegen wir auf einer Wellenlänge, und ich freue mich richtig, als mir beim Einsteigen aus den etwas knatternden Lautsprechern „Violent Femmes" entgegendröhnen. Nur beim Essen wird es etwas komplizierter, da Scott kein Gemüse mag, und Dave erstaunlicherweise keine Nudeln.

Tasmanien zieht uns sofort in seinen Bann. Die Insel, die südöstlich vor Australien liegt, wirkt beinah unberührt: die Luft ist so klar und frisch, dass man sogar in der Hauptstadt Hobart nachts die Milchstraße erkennen kann. Fast die Hälfte der Insel, die etwa so groß ist wie Irland, aber weniger als eine halbe Million Einwohner hat, besteht aus Naturparks, von denen einige zum UNESCO Weltnaturerbe gehören. Selbst das Klima ähnelt dem von Irland: kühl, regnerisch, stürmisch und unbeständig.

Abwechselnd fahren oder wandern wir durch Regenwald, Hochebenen, Dünen- und Moorlandschaften. Wir baden in kristallklaren Seen und beobachten Kängurus und andere Beuteltiere. Der berühmte tasmanische Teufel ist vom Aussterben bedroht und leider dermaßen scheu, dass wir ihn nur in Gefangenschaft sehen können.

Nach zweieinhalb Wochen in Tasmanien, setzen wir mit der Fähre wieder aufs Festland über und fahren die Great Ocean Road entlang Richtung Adelaide. Unterwegs machen wir noch einen Abstecher nach Port Albert, einem der wenigen noch operierenden Fischerdörfer an der Küste von Victoria, etwa zweihundertdreißig Kilometer östlich von Melbourne. Wir besuchen Daves ehemaligen Mitbewohner, Jason, der mit seinen Eltern in diesem 150-Einwohner-Dorf lebt. In Port Albert stehen noch liebevoll restaurierte Gebäude aus dem vorigen Jahrhundert. Wir klettern alle an Bord von Jasons Aluminiumboot und fahren in die Bucht hinaus, um nach Weißling und Flunder zu fischen. Mit dabei haben wir allerlei Proviant, zwei Zelte, Schlafsäcke und einen Grill Wir haben vor, auf einer der kleinen unbewohnten Inseln zu übernachten. Jasons Vater verspricht netterweise in der Zwischenzeit unser undicht gewordenes Auto und die Türen zu reparieren.

Fangen tun wir reichlich wenig, obwohl Jason ein wahrer Experte auf diesem Gebiet ist. Das Angeln gehört weder zu meiner größten Leidenschaft noch zu der von Scott oder Dave, und so haben wir nichts dagegen einzuwenden, als Jason vorschlägt, auf die Insel zu fahren. So lange es noch hell ist, bauen wir die beiden Zelte auf und machen es uns an der selbst errichteten Feuerstelle bequem. Die paar Fische, die wir gefangen haben, kommen gleich auf den Grill und ein herrlicher Geruch nach frisch zubereitetem Essen verbreitet sich in der Luft. Die Gegend ist einmalig, ich komme mir ein bisschen vor wie Robinson Crusoes Frau oder wie in einem Dschungelcamp, nur dass ich gar nicht will, dass mich hier jemand rausholt. Ich fühle mich gerade so richtig wohl.

Outback

In Adelaide trennen sich unsere Wege, da Scott zurück nach Sydney muss. Ich habe mir vorgenommen, die 4300 Kilometer bis nach Darwin ganz im Norden zu reisen: durch vier Klimazonen und über zweiundzwanzig Breitengrade, über Niemandsland, Steinwüste, Steppe und Savanne. Am Dingozaun entlang, der sich durch die ganze Mitte des Kontinents bis Queensland zieht und mit einer Länge von 5400 Kilometern doppelt so lang ist, wie der Hauptteil der chinesischen Mauer.

Seit gestern bin ich mit Bill unterwegs, einem etwas älteren Australier, der sich eine Auszeit von seinem Job genommen hat, um sein Land etwas besser kennen zu lernen. Ich habe ihn in Adelaide im Hostel getroffen und freue mich, die Tour durchs Outback mit einem Einheimischen zu machen. Durch Bill bekomme ich noch mal einen ganz anderen Einblick. Er kann mir viel erzählen, zum Beispiel dass die Aborigines gar kein einheitliches Volk sind, sondern aus einzelnen Stämmen und Clans bestehen, die zum Teil völlig verschiedene Sprachen sprechen oder Rituale haben. Gemein ist ihnen nur, dass sie keine Häuptlinge oder Stammesführer haben, sondern ihre Gesellschaftsstruktur hauptsächlich nach ihren Verwandtschaftsbeziehungen ausrichten und sich als Teil ihrer natürlichen Umgebung sehen. Für sie ist das gesamte Land eine Art Tempel, in dem jeder gleichberechtigter Erbe des religiösen Wissens ist. Heute leben nur noch ein Viertel der Aborigines frei, das heißt der Rest wohnt in meist städtischen Siedlungen und tut sich schwer, sich an die westlichen Lebensweisen anzupassen. Ihre Lebenserwartung liegt zwanzig Jahre unter der der weißen Bevölkerung, da die Ureinwohner anfälliger für Zivilisationskrankheiten sind.

In Coober Pedy, der Opalhauptstadt der Welt, mache ich meine erste Begegnung mit echten Aborigines. In Sydney hatte ich zwar vor den Hauptsehenswürdigkeiten auch schon einige Ureinwohner gesehen, die bunt bemalt für die Touristen Didgeridoo spielen, aber sie kamen mir dort verkleidet und fehl am Platz vor.

Der Anblick der Eingeborenen, denen ich hier begegne, ist abstoßend und herzerweichend zugleich. Zerzaust, dreckig, barfuss und um Alkohol bettelnd, laufen sie mir hinterher. Die Kinder und älteren Menschen, die in dem schmalen Schattenstreifen vor dem Eingang zum Supermarkt sitzen, sind zu schwach, um die Fliegen aus ihrem Gesicht zu verscheuchen. Allesamt sind sie traurige Erscheinungen und haben für mich wenig mit dem stolzen Volk zu tun, über das ich so viel gelesen habe: Menschen, die mit einem Schatz an Traumgeschichten, Liedern und Wissen um die Kräfte der Natur, mit der sie stets in Einklang gelebt haben, durch die Weiten ihres Landes ziehen. Heute haben die meisten von ihnen kaum eine Perspektive. Fehlende Bildung, Alkoholismus, Gewalt, Schulden und Krankheit führen dazu, dass viele sich aus eigener Kraft nicht aus dem Teufelskreis befreien können. In Coober Pedy leben die meisten in sogenannten dugouts unter der Erde. Diese Wohnhöhlen sind für die Bewohner die einzige Möglichkeit, um den hohen Temperaturen und der Sonne zu entkommen, die hier gnadenlos auf alle und alles niederbrennt. Ursprünglich hieß die kleine Stadt „kupa piti“, was so viel bedeutet wie „weißer Mann im Loch“.

Wir verlassen die Ortschaft auf den Spuren des Briefträgers, von dem man uns sagt, dass er zwei Mal pro Woche sechshundert Kilometer fährt, nur um die Post zu verteilen. Auch auf den Straßenschildern sind die Kilometerangaben bis zum nächsten Ort bereits vierstellig, und ich fange an zu begreifen, dass es hier um ganz andere Dimensionen und Distanzen geht, als bei uns in Europa.

Bill und ich sind in einem „Ute“ unterwegs, was der australische Begriff für einen Pick-up ist. Bill hat den Wagen so umgerüstet, dass die Ladefläche komplett verschließbar ist und somit zwei Leute bequem Platz haben, um nebeneinander zu schlafen.

Durch das offene Fenster des Wagens weht Wind herein, der sich auf meiner Haut anfühlt, als würde mir jemand einen Heißluftfön ins Gesicht halten. Noch dazu ist die Luft so trocken, dass meine Haare und Haut sich innerhalb kürzester Zeit in Stroh und Leder verwandelt zu haben scheinen.

Das Fahren durch das unendliche und monotone Rot der Wüste, das sich dennoch ständig leicht verändert, fasziniert mich. In dieser, auf den ersten Blick völlig toten Region, gibt es bei genauerem Hinsehen eine ganze Menge Leben:

Iguanas, Kamele, Kängurus, Wildschweine, Dingos, Wallabies, Wombats, Krokodile, Schlangen, Wildpferde, Kriechtiere, Spinnen, Abermilliarden von Buschfliegen und Moskitos. Sogar Schafe laufen uns im Süden über den Weg, als wir mit dem Ute im Outback wild campen. Allerdings sehen wir auch mindestens so viele Tierskelette wie lebende Exemplare.

Bei einer kurzen Rast an einer Tankstelle im Niemandsland, an deren Zapfsäule lediglich ein Schild hängt, wer Benzin braucht, solle im Pub nachfragen, kommen wir mit einem einheimischen Ehepaar ins Gespräch. Der Mann erzählt mir aus einer Pfeife kiffend, dass er bereits sieben Mal seinen Führerschein wegen Trunkenheit am Steuer verloren hat, und seine Frau, die als Aufseherin in einem Internierungslager für illegale Einwanderer mitten im Nirgendwo arbeitet, musste zusätzliche Schichten übernehmen, um die Kaution für ihn aufzubringen. Die beiden haben einen primitiven Humor, den ich nicht ganz teilen kann, und da sie mir nicht sonderlich sympathisch sind, bin ich erleichtert, als er seine fettigen Finger an seiner Jeans abwischt, laut rülpsend seiner Frau in den Hintern kneift und sie gemeinsam abziehen.

Bill entschuldigt sich kurz, um aufs Klo zu gehen, und während ich auf ihn warte, werde ich derbe von den tätowierten bärtigen Truckern angemacht, die scheinbar nur darauf gelauert haben, dass das Feld für sie frei wird. Ein besonders korpulenter und unattraktiver Typ löst sich aus der Menge und fragt mich mit lauter Stimme, sodass es alle Anwesenden hören können, ob Bill mein „daddy“ sei, und ob er es mir ordentlich besorge.

Angewidert wende ich mich ab. Manche von ihnen sind so betrunken, dass sie kaum noch stehen können, steigen aber trotzdem wieder in ihren Truck ein und fahren weiter. Ich frage mich, wie eine weibliche Bedienung in der Kneipe unangetastet durch ihre Schicht kommt. Hier im Outback, wo sich durchschnittlich um eine Frau circa zwanzig Männer streiten.

Ich bin aufgeregt wie schon lange nicht mehr. Ich kann nicht genau sagen, wie weit wir noch von Ayers Rock entfernt sind, aber es kann sich nur noch um ein paar hundert Kilometer handeln. „Da, da ist er“, rufe ich begeistert und versuche ein paar erste verwackelte Schnappschüsse aus dem fahrenden Auto zu schießen. Bill fährt unbeirrt mit der zulässigen Höchstgeschwindigkeit von hundertzehn Stundenkilometern weiter. Er kann sich ein Schmunzeln nicht verkneifen, als er in meinem Gesicht die Enttäuschung sieht, weil er nicht anhält und die Freude mit mir teilt. Er klärt mich auf, dass es sich bei dem Felsen nicht um Uluru oder Ayers Rock handelt, sondern um Mount Conner. Ich bin gar nicht auf die Idee gekommen, dass hier noch ähnliche Gebilde herumstehen könnten. Etwas beschämt, dass ich das Wahrzeichen von Australien, auf das ich mich so gefreut habe, noch nicht einmal erkannt habe, setzen wir die Fahrt fort. Zum Glück dauert es nicht mehr lange, dann stehe ich vor dem echten drei Kilometer langen und zwei Kilometer breiten Heiligtum der Aborigines. Obwohl außer uns viele andere Touristen den Weg hierher gefunden und sich mit ihren Fahrzeugen an der einzigen befahrbaren Straße in Reih und Glied aufgestellt haben, stören sie mich nicht. Sie sitzen auf den Dächern ihrer VW-Busse oder Kombis und halten ihre Kameras und Stative bereit. Jeder wartet ganz gespannt auf etwas, von dem er nicht genau weiß, was es ist. Die Sonne sinkt immer tiefer und wie auf Knopfdruck fängt der Stein an, sich langsam in allen Rotschattierungen zu verfärben. Ich kann mich gar nicht entscheiden, ob ich im Sekundentakt Fotos schießen oder mir lieber dieses Naturschauspiel „live“ ansehen soll. Ich bemühe mich um beides, und genauso plötzlich wie alles angefangen hat, ist es plötzlich dunkel. Erst dann begreife ich, dass ich gerade Zeugin geworden bin, wie, laut mündlicher Überlieferung, die Regenbogenschlange, die zusammen mit den Ahnen die Welt erschuf, sich nach getaner Arbeit zusammenrollt und in den Uluru, den heiligen Berg der Anangu-Aborigines verwandelt. Ich bin so gerührt, wie schon lange nicht mehr und habe das dringende Bedürfnis, meine Eltern anzurufen und sie an meinen Gefühlen teilhaben zu lassen. Mir ist auch klar, dass wir morgen zum Sonnenaufgang wieder an gleicher Stelle stehen werden und sich die gleiche Prozedur noch einmal wiederholen wird. Der Ort und seine Umgebung fühlen sich irgendwie magisch an, und ich kann ansatzweise nachempfinden, warum er den Aborigines so heilig ist und sie nicht wollen, dass Touristen pietätlos auf ihm herumklettern.

Bevor wir unser Ziel Darwin ganz im Norden erreichen, machen wir einen Abstecher in den Kakadu National Park, wo ich der schlimmsten Mückenplage meines Lebens ausgesetzt bin. Trotz backofenartiger Temperaturen sind wir dick eingemummelt, da wir lieber schwitzen als diese

Stechviecher zu ertragen. Ich traue mich kaum zu duschen, die zentimetergroßen Tiere lauern auch in den Nasszellen, und dort bin ich ihnen dann schutzlos ausgeliefert. Sie sorgen dafür, dass wir früh ins Bett gehen und halten uns dann die ganze Nacht mit ihrem ohrenbetäubenden Gesumme wach. Obwohl wir von Kopf bis Fuß eingekleidet sind, gibt es kein Entkommen, die Plagegeister stechen sogar durch den festen Stoff meiner Jeans. Damit ich am nächsten Morgen im Gesicht nicht aussehe, als hätte ich Röteln, schlafe ich mit einem Fliegenhut. Es ist mir unerklärlich, wie Menschen hier leben können. Sie müssen im Laufe der Zeit gegen diese Plagegeister resistent geworden sein. Nach ein paar Tagen bin ich vollkommen erschöpft vom Schlechtschlafen und dem ständigem Kampf gegen die Tiere. Ich habe es dermaßen satt, mich ständig unwohl zu fühlen, dass ich trotz der Traumkulisse bereit bin, wieder in gemäßigtere Zonen zu fahren.

Nach so viel Wildnis bin ich nicht ganz traurig darüber, als wir in Darwin in der Zivilisation ankommen, wenn das auch bedeutet, dass die überaus nette und abenteuerliche Zeit mit Bill zu Ende ist. Um uns richtig zu erholen, gönnen wir uns eine Nacht im Hotel, bevor es für ihn wieder zurück nach Hause geht.

Mir bleiben noch fünf Wochen für den Rest der Reise durch Australien, und das ist nicht viel, gemessen daran, dass ich noch die gesamte Westküste entlang reisen möchte, bevor ich dann irgendwie zurück nach Sydney und zum Flieger muss. Ich freue mich auf Zuhause, aber fühle mich im selben Moment durch ein fixes Abreisedatum in meiner Freiheit eingeschränkt. Wenigstens habe ich schon ein Ziel für danach – Japan – allerdings noch keinen Job oder irgendwelche konkreten Pläne. Allein bei dem Gedanken, alles wieder neu organisieren zu müssen und in einem völlig fremden Land, ohne die geringsten Sprachkenntnisse von vorn anzufangen, fühle ich mich kurzzeitig wie ein halbleerer Gasluftballon, der seine besten Zeiten schon hinter sich hat.

Straßenkönig

Nach einem herzlichen Abschied von Bill frequentiere ich wieder die schwarzen Bretter in diversen Hostels in Darwin, auf der Suche nach einer Mitfahrgelegenheit gen Westen. Als ich versuche, die krakeligen Handschriften und Nachrichten zu entziffern, tritt ein schlanker, schwarzhaariger Mann neben mich, lächelt mich nett an und hängt einen Zettel mit genau meinem Gesuch auf. Ich stelle mich gleich vor, und der nette Franzose Romain und ich gehen einen Kaffee trinken und besprechen die mögliche gemeinsame Route. Zu meiner großen Freude besitzt der 26-Jährige einen alten VW-Bus, und ich bin sofort überredet, bei ihm mitzufahren, da ich schon immer davon geträumt habe, mit einem solchen Auto in der Welt unterwegs zu sein. Gleich am nächsten Morgen geht es los. Romain holt mich ab, und der Tag könnte nicht besser beginnen: Gute Musik, strahlendblauer Himmel und ein richtig netter Typ an meiner Seite. Mein neuer Begleiter erzählt mir, dass er seine Reise mit dem Verkauf von Gemälden verdient. Genauer gesagt hat er in einem Lager in

Sydney einen ganzen Stapel Aborigine-Gemälde für wenig Geld gekauft, die er nun unterwegs, manchmal auch von Tür zu Tür, für den fünffachen Preis verkauft. Die Bilder wurden meist wie am Fließband von australischen Studenten angefertigt, die sich auf diese Weise einen Zuschuss zu ihrem Studium verdienen. Romain hat eine so charmante Art und ist ein wahres Verkaufstalent, dass ich mir sofort vorstellen kann, dass er damit ausreichend verdient; mein Job wäre es sicherlich nicht.

Wir verbringen ein paar richtig schöne Tage in den Bungle Bungles, wir wandern und erkunden die Gegend um diese bienenkorbartigen Felsformationen herum. Auch Romain hat in seinem Bus alles dabei, was man zum Überleben in der Wüste braucht, und das Bett, welches hinten eingebaut ist, bietet Platz genug für zwei. Nach einem langen Tag schlagen wir mitten in der Wüste unser Nachtlager auf. Weit und breit kein Ort, keine künstlichen Lichter. Über uns funkelt ein Sternenhimmel wie aus dem Bilderbuch. Mangels fehlender Campingstühle und Decken, setzen wir uns mit Baguette, Käse und Wein auf das Dach des Busses, das er extra zu diesem Zweck von innen verstärkt hat. Ein romantischeres Fleckchen kann ich mir kaum vorstellen, und ich fühle mich wie Göttin in Frankreich, nur noch besser. Wir verbringen gemeinsam die laue Nacht auf dem Dach des Wagens, und ich lausche Romain, wie er mir in seinem verführerischen französischen Akzent die Sterne erklärt.

Am nächsten Tag machen wir uns auf den Weg nach Broome. Ich sitze am Steuer, und obwohl die Straße wie immer schnurgerade vor mir liegt, wird der Bus immer langsamer, bis er plötzlich ganz stehenbleibt und sich nicht mehr starten lässt. Romain springt heraus und öffnet die Haube, damit der Motor sich abkühlt. Wir legen uns beide auf das Bett im Innenraum, wo es am kühlsten ist und warten. Es ist ein komisches, etwas beklemmendes Gefühl, mitten in der Wüste in einem Bus zu liegen und zu wissen, dass es manchmal Stunden dauern kann, bis ein Auto vorbeikommt. Die Australier sind an sich ein sehr hilfsbereites Volk, und wenn sie sehen, dass man eine Panne hat, bieten sie meist unaufgefordert ihre Hilfe an, vor allem im Outback. Aber nicht selten kam es in der Vergangenheit zu Überfällen, und die Leute sind vorsichtiger geworden. Nach einigen kläglichen Versuchen, den Motor wieder flott zu kriegen, sind wir heilfroh, als ein Wagen mit Mitarbeitern der Telstra, der australischen Telekom, anhält, und die Techniker uns ihre Hilfe anbieten. Sie wissen, dass der nächste Ort sechzig Kilometer entfernt liegt und schlagen vor, dass sie mich dorthin mitnehmen, und Romain so lange bei dem Bus bleiben soll, da sonst die Gefahr groß sei, dass alles geklaut wird. Nachdem wir seit Stunden keine Menschenseele gesehen haben, tue ich mich schwer, das zu glauben, möchte aber auch nicht meine Hand dafür ins Feuer legen. Die Männer, die mit ihren abfälligen Aussagen über die Ureinwohner sich als Rassisten zu erkennen geben, nehmen mich mit in die Goldgräberstadt, Halls Creek, und liefern mich bei einer RAA (Road Assistance Australia) autorisierten Werkstatt ab. Für sie ist es selbstverständlich, dass sie kein Geld von mir verlangen, obwohl ich diesen Typen lieber nichts schuldig bleiben würde.

Joe, der Mechaniker, der mich mit einem Abschleppwagen zurückbringt, erzählt mir, dass er früher in Bolivien auf der „Straße des Todes", auf der ich selbst mit Johanna auch schon um unser Leben gebangt habe, illegale Autorennen gefahren ist. Ich führe es auf dieses alte Hobby zurück, dass die Rückfahrt zu der Stelle, wo der Bus am Straßenrand steht, nur halb so lang dauert wie die Hinfahrt mit den Herren von Telstra. Nach einem routinierten Blick unter die Motorhaube, diagnostiziert er Motorschaden und rät Romain, sich mit dem Gedanken an eine Trennung anzufreunden.

Netterweise schleppt er uns direkt auf den Campingplatz von Halls Creek, denn so können wir den Bus wenigstens noch als kostenlose Unterkunft nutzen und müssen nicht ins Hotel. Joe bietet Romain zweihundert australische Dollar für den Van und will ihn ausschlachten. Der Franzose stimmt schweren Herzens zu und trägt den plötzlichen Verlust seines mobilen Heims mit Fassung.

Ich selbst habe nur so viele Sachen dabei, wie ich auch tragen kann. Bei meinem Begleiter sieht es anders aus. Sein Bus ist bis unters Dach mit allerlei Sachen vollgestopft, einschließlich zehn Gemälden, die er noch zu verkaufen hofft. Sowohl aus praktischen als auch finanziellen Gründen macht sich Romain sogleich in einem frischen Hemd und mit ordentlich frisierten Haaren auf die Suche nach potentiellen Käufern.

In einem kleinen Ort wie Halls Creek hat sich die Nachricht von unserem Schicksal schnell herumgesprochen, und die Einwohner nehmen großen Anteil. Romain versteht es, genau die richtige Mischung aus charmantem Smalltalk, professionellen Verkaufssprüchen und mitleiderregender Geschichte einzusetzen, sodass er zu meinem und auch seinem größten Erstaunen in weniger als einer Stunde mehr als tausend australische Dollar eingenommen hat. Die Besitzerin des Campingplatzes, die Autowerkstatt und ein französisches Goldschürfer-Ehepaar zählen sich nun zu den neuen Besitzern völlig wertloser Bilder. Die Hilfsbereitschaft der Leute rührt mich, und ich überlege kurz, ob sich in meinem Rucksack nicht auch noch etwas befindet, was ich zu Geld machen könnte, aber da ich nicht davon ausgehe, dass irgendjemand mir auch nur ein paar Cent für ein ausgeleiertes T-Shirt zahlen würde, lasse ich es bleiben.

Nachdem wir die Nachricht verdaut haben, dass wir mit dem VW-Bus von hier nicht mehr wegkommen werden, versuchen wir aktiv eine Lösung zu finden. Keiner von uns möchte sonderlich viel Geld für die Weiterfahrt ausgeben. Während Romain auf Verkaufstour ist, höre ich mich im Ort um, ob demnächst zufällig jemand nach Broome fährt und uns die etwa siebenhundert Kilometer bis dorthin mitnehmen könnte. Die ganze Kleinstadt, einschließlich der Polizei, ist bemüht, uns zu helfen. Doch letztendlich ist es der Zufall und gutes Timing, die uns hier herausholen. Ein etwa 40-jähriger Mann beobachtet mich, als ich in der einzigen Tankstelle des Ortes einen Zettel mit unserem Mitfahrgesuch aufhänge. Mit den Worten: „You lookin’ for a lift?“ spricht er mich an. Überrascht drehe ich mich um und stehe einem mittelgroßen Mann mit Schnurrbart und ölverschmierten Händen gegenüber. Er stellt sich als Thomas vor und fragt mich, wie viele wir sind und wie schnell wir von hier wegkommen wollen. Er mache maximal eine halbe Stunde Pause. Als ich ihn bitte, mir zu verraten, was er für einen Wagen fahre, um zu sehen, ob überhaupt genügend Platz für uns und unser Gepäck vorhanden ist, zeigt der Trucker mit ausgestrecktem Finger auf den absoluten König der Straße. Bei der von Thomas angebotenen Mitfahrgelegenheit dürfte Platz wirklich kein Problem sein: Er ist Fahrer eines Roadtrains. So ein „Straßenzug" ist eine 53,5 Meter lange Lastwagenkombination, mit einem Fahrzeuggewicht von bis zu 132 Tonnen und einer Zugmaschine mit einer Leistung von mindestens fünfhundert PS.

Schon die ganze Reise über bin ich fasziniert von diesen Giganten, die ich noch in keinem anderen Land gesehen habe. Es war jedes Mal ein wahrer Adrenalinrausch, wenn ich diese Riesen in einer kleinen Schüssel überholen musste. Allein der Klang der Hupe, der mehr Ähnlichkeit mit einem Schiffshorn hat, flößt mir Angst und höchsten Respekt ein. Kommt einem so ein Megalastwagen in der Wüste entgegen, fährt man am besten links ran und wartet, bis die riesige Staubwolke, die der Laster aufgewirbelt hat, sich wieder legt, besonders wenn man mit offenen Fenstern fährt und wegen eines plötzlichen Hustenanfalls nicht die Kontrolle über sein Fahrzeug verlieren möchte.

Ich bitte Thomas, unbedingt auf uns zu warten, und renne los, um Romain zu finden. Ich weiß, dass eine halbe Stunde für uns kaum zu schaffen ist, vor allem, da der Bus noch ausgeräumt werden muss, aber ich bin so begeistert von der Möglichkeit, knapp tausend Kilometer in einem Roadtrain mitzufahren, dass ich renne, als wäre Wolf Boy mit seiner Machete hinter mir her. Atemlos und jetzt schön völlig verschwitzt treffe ich Romain am Bus an, der zwar mit seinen Geschäften zufrieden ist, aber sich seine weitere Reise durch Australien anders vorgestellt hatte. Leider fehlt die Zeit, um ihn behutsam wieder aufzubauen, aber bei dem Wort Roadtrain blitzen auch seine Augen auf und ich bin froh, ihn nicht lange von der einmaligen Mitfahrgelegenheit überzeugen zu müssen. Wenn Romain es nicht rechtzeitig schaffen würde, könnte ich mich natürlich auch allein zu Thomas ins Führerhaus setzen, aber nachdem die Erinnerung an die zudringlichen Trucker in der Raststätte noch sehr präsent ist, wäre ich schon froh, eine selbst auserwählte männliche Begleitperson dabei zu haben.

So gut es geht, helfe ich meinem Weggefährten den Bus auszuräumen und alles einzupacken. Nachdem bereits eine dreiviertel Stunde vergangen ist, werde ich ungeduldig und habe Angst, dass Thomas ohne uns fährt. Ich laufe ins kleine Büro des Campingplatzes, zahle für vergangene Nacht und erzähle der Besitzerin hastig von unserem Glück, das hoffentlich noch immer auf uns wartet. Sie reagiert spontan und bietet uns an, uns und unsere Sachen hinten auf ihren Ute zu packen und rast mit uns zur Tankstelle. Der Motor des Lasters läuft schon, und Thomas klettert gerade mit einem Coffee to go in der Hand auf seinen Platz hinterm Steuer. Wir springen von der Ladefläche, schreien unserer Fahrerin ein lautstarkes Danke nach und rennen auf den Brummi zu. Thomas ruft aus seinem Fenster, dass wir reichlich spät sind, und er nicht weiß, wie er die bereits verlorene Zeit aufholen soll. Er öffnet uns dann aber doch mit einem freundlichen Lachen die Beifahrertür und nimmt mir meinen Rucksack ab, als ich hinter Romain die Stufen ins Führerhaus hochklettere. Die Kabine ist kleiner als ich erwartet habe, aber eingerichtet wie ein kleines Zuhause. Im vorderen Bereich befindet sich alles, was Thomas zum Fahren benötigt, und im hinteren Teil, der sich durch einen Vorhang abtrennen lässt, gibt es eine schmale Liege, die Thomas immer wieder stundenweise als Bett dient. Romain und ich müssen uns die achtzig Zentimeter breite Liegefläche nachts teilen und finden gerade so in der Löffelchenstellung nebeneinander Platz. Umdrehen können wir uns nur nach Absprache. Thomas hat inzwischen die Dolby Surround Anlage aufgedreht und spielt uns seine Lieblings-countryschlager vor. Er trifft damit nicht ganz unseren Musikgeschmack, aber es passt irgendwie gut zum Ambiente, und eigentlich hatte ich auch nichts anderes erwartet. Selbstverständlich und ohne auf den Schaltknüppel sehen zu müssen, bedient er die achtzehn Gänge. Ich staune über die ungewohnte Perspektive von hier oben runter auf die Landstraße. Die Pkws, denen wir begegnen, kommen mir wie Spielzeugautos vor. Thomas freut sich über unsere leuchtenden Augen und unsere Neugier. Ich will alles darüber wissen, wie so ein Truckeralltag aussieht. Thomas scheint froh um die Abwechslung und Unterhaltung zu sein und gibt bereitwillig Auskunft. Doch so wie er sein Leben beschreibt, hört es sich alles andere als erstrebenswert an: Keine feste Beziehung, immerzu übermüdet, chronische Rückenschmerzen, Magenprobleme und ein ständiger Termindruck, der ihn fast nie entspannen lässt. Wenn er frei hat, will er nur schlafen.

Thomas lässt uns völlige Freiheit in dem Führerhaus. Wir dürfen nach Belieben die Hupe betätigen, er fischt uns aus der eingebauten Kühltruhe ein paar Bier und prostet uns zu. Er scheint einer der wenigen hier draußen zu sein, der die Trinkerei im Griff hat, denn nach einem Stubbie ist für ihn Schluss, und ich bin froh darum. Er funkt seine Kumpels auf der Straße an und reicht das Funkgerät auch an uns weiter. Wir fahren in die Dunkelheit hinein, außer uns und den Sternen scheint es nichts zu geben. Die anderen Fahrer nehmen an unserer Unterhaltung teil, erzählen Witze und wollen, dass wir ihnen von unserer bisherigen Reise erzählen. Thomas hat eine Beleuchtung eingeschaltet, die den Roadtrain wie eine Disko auf Rädern aussehen lässt. Er interpretiert unsere Begeisterung für die rollende Diskokugel als unsere Liebe zur Countrymusik und dreht daraufhin den Regler noch ein Stückchen weiter nach rechts. Das macht eine Unterhaltung jetzt beinahe unmöglich. Ich genieße die Fahrt und hänge meinen Gedanken nach - bis es plötzlich „Zonk“ macht, und ein leichtes Rucken durch das Fahrzeug geht. So ungefähr fühlt es sich an, wenn man im Pkw einen Hasen überfährt, nur dass es in diesem Fall ein riesiges Känguru war. Thomas kann nicht für Tiere bremsen ohne sich selbst und seine Ladung zu gefährden. Vorne an der Zugmaschine ist eine Art Gitter angebracht, und die vielen Tonnen Gewicht machen alles platt, was sich ihnen in den Weg stellt. Als der Fahrer mein fassungsloses Gesicht sieht, meint er nur lachend, dass es bei vierzig Millionen Exemplaren auf eines mehr oder weniger nun wirklich nicht ankäme.

Nach etwa zwölf Stunden erreichen wir unser Ziel, und wir laden Thomas zum Dank noch auf ein herzhaftes English Breakfast ein. Viel Zeit hat er dafür nicht, und obwohl wir der Grund für seinen Zeitdruck sind, lässt er uns wissen, dass unsere Gesellschaft auch für ihn eine willkommene Abwechslung war – für mich allemal.

Aufgenommen

Die Wege von Romain und mir haben sich getrennt, da ich schleunigst zurück nach Sydney muss. Auf dem Landweg schaffe ich es nicht mehr rechtzeitig und ich buche kurzerhand bei Virgin Blue, Australiens Billigfluglinie, ein Ticket. Meine letzten Tage in Down Under verbringe ich in mir bereits vertrauter Umgebung. Ich steige in dem selben YHA ab, in dem ich auch meine ersten Nächte auf dem Kontinent verbracht habe, und es überkommt mich ein ganz eigenartiges Gefühl von Melancholie. Mit tausend Gedanken im Kopf gehe ich auf die Drehtür zu und will gerade noch durchschlüpfen, als hinten an meinem Rucksack etwas zieht und mich aufhält. Ich mache einen Schritt zurück und werde zu meiner großen Überraschung von zwei muskulösen Armen herzlich an eine gestählte Brust gedrückt und bekomme einen dicken Kuss auf beide Wangen. Vollkommen überrumpelt löse ich mich aus der Umarmung und schaue in die haselnussbraunen Augen von Michel, einem attraktiven und sehr sympathischen brasilianischen Ex-Schüler von mir. Hinter ihm tritt ein ganzer Haufen Ehemaliger in Erscheinung und das Hallo ist groß. Wie immer reden alle durcheinander, aber ich kann den „portugenglischen" Wortschöpfungen entnehmen, dass heute Abend Michels Geburtstag gefeiert wird, und ich auf jeden Fall dabei zu sein habe. Ich freue mich riesig, denn genügend Zeit zum Melancholischwerden und Nachdenken bleibt mir auch noch morgen. Als ich mich kurz aus der Menge befreie, um wenigstens einzuchecken und mein Gepäck loszuwerden, hält mich Michel auf und lädt mich wie selbstverständlich ein, bei ihm und seiner Freundin bis zu meiner endgültigen Abreise zu wohnen.

Nach kurzem Zögern und Überlegen, nehme ich das Angebot dankbar an. Schließlich sind sie schon seit Monaten nicht mehr meine Studenten und alles erwachsene Menschen, die ich gern mag und für die ich umgekehrt das gleiche getan hätte. Wir gehen alle zusammen ins Pub, und ich fühle mich sofort so, als wäre ich nie aus Sydney weggewesen. Innerhalb kürzester Zeit bin ich über jeden Klatsch und Tratsch aus der Schule informiert. Ich weiß, wer welche Prüfungen bestanden hat oder nicht, wer bereits die Heimreise angetreten hat, wer inzwischen mit wem zusammen ist und welcher „unsympathische und freudlose Lehrer" meine Nachfolge angetreten hat. Ob es nicht irgendeine Chance gäbe, mich zurück an die Schule zu holen? Bei so viel Herzlichkeit und nach ein paar Pints bin ich tatsächlich so weit, dass ich verspreche, nicht abzureisen ohne mir zuvor eine Rückkehr in den Job, wenigstens ihnen zu Liebe, zu überlegen.

Am nächsten Morgen wache ich mit einem schalen Geschmack im Mund und furchtbaren Kopfschmerzen bei Michel und Paula in der kleinen Wohnung auf. Irgendwie eine komische Situation für alle, wenn auf einmal die fast blanke Lehrerin im Wohnzimmer auf dem Boden campiert. Wir verbringen den Sonntag gemeinsam, sie bekochen mich wie die Weltmeister, und zum Dank helfe ich ihnen mit den Hausaufgaben. Ich verspreche, gleich am nächsten Tag in der Pause in die Schule zu kommen. Mit Herzklopfen betrete ich die Räumlichkeiten in der Oxford Street, und ich bereue den Besuch kein bisschen. Schöner hätte ich mir das Zurückkommen nicht vorstellen können. Alle Kollegen, die mich noch kennen, begrüßen mich so unwahrscheinlich herzlich und ringen mir das Versprechen ab, gleich nach Schulschluss mit ihnen ins Brighton zu gehen. Noch ist mir eigentlich gar nicht wieder nach Biertrinken, aber ich weiß auch, dass ich da jetzt ohne groß zu jammern durch muss.

Die Überlegung, erneut an der Schule anzufangen, erübrigt sich schnell, denn mein Visum erlaubt nicht, dass ich zweimal für den gleichen Arbeitgeber tätig werde. Insofern bereite ich mich wie geplant auf den endgültigen Abschied aus Australien vor. Die letzten Tage in Sydney erlebe ich sehr intensiv. Nach dieser Reise habe ich das Gefühl, erwachsener und reifer geworden zu sein. Das mag an der bestandenen Karriereprüfung in Sydney liegen, die mich endgültig darin bestätigt hat, dass ich mir den richtigen Beruf ausgesucht habe, mir aber auch deutlich gemacht hat, dass ich gern an meinen Aufgaben wachse und inzwischen auch nichts dagegen hätte länger an einem Ort zu bleiben. Alle paar Monate wieder von vorn anzufangen, ist energieraubend. Kaum habe ich mir etwas aufgebaut, ziehe ich aus entweder finanziellen oder visumbedingten Gründen weiter. Ich habe Angst, eines Tages an den Punkt zu kommen, wo ich mich nur noch getrieben fühle, und die Chance verpasst habe, sesshaft zu werden.

Aber noch ist es nicht so weit und auf meine eigene Frage, wo ich denn jetzt hin möchte, ruft eine innere Stimme ganz laut: „Japan!“

Kapitel 8

Japan 2003-2004

Eingepfercht wie eine Sardine stehe ich in der vollen Yamanote Sen, der grünen Bahnlinie, die ringförmig um das Zentrum Tokios führt. In meinem Reiseführer steht, dass allein auf dieser Linie täglich mehr als vier Millionen Passagiere befördert werden, das sind mehr als die deutsche Hauptstadt Einwohner hat. Und so ungefähr fühlt es sich auch an. Haben mich beim Einsteigen eben noch Schaffner mit weißen Baumwollhandschuhen an den Händen in das Innere des Waggons geschoben, so stehe ich jetzt, eingeklemmt zwischen unzähligen schmächtigen, grau gekleideten Körpern mit meinem Koffer zwischen den Beinen im Zug. Umfallen ist unmöglich, ich habe eher Panik, erdrückt zu werden oder meine Zielstation Shinjuku zu verpassen.

Die Japaner um mich herum sind fast alle einen Kopf kleiner als ich, die Jüngeren haben Kopfhörer in der Größe von Ohrenschützern auf, und überraschend viele Geschäftsleute halten Manga-Comics in den Händen, die etwa so dick sind wie die Gelben Seiten einer Großstadt. Das Heft, in dem mein unmittelbarer Stehnachbar liest, befindet sich direkt vor meinen Augen, und ich kann nicht umhin, einen Blick hineinzuwerfen. Etwas schockiert bin ich schon, denn die Schwarz-Weiß-Zeichnungen der Figuren würde ich keinesfalls als jugendfrei bezeichnen. Ich versuche in den Augen der

Fahrgäste Empörung zu erkennen, aber wer nicht selbst so ein Heft in der Hand hält, hat die Augen geschlossen und scheint in tiefen Schlaf gefallen zu sein - nicht wenige mit dem Kopf bereits auf Nachbars Schulter. Ich suche die Gesichter nach irgendwelchen Regungen oder Anzeichen von Gefühlen ab, aber alle scheinen eine undurchdringliche Fassade um sich herum aufgebaut zu haben. Nach meiner Zeit in Lateinamerika und Australien, wo nie jemand mit seinem momentanen Gefühlszustand hinterm Berg hielt, tue ich mich schwer, diese Ausdruckslosigkeit einfach so zu akzeptieren. Ich frage mich, was ich tun müsste, um jemandem eine Reaktion zu entlocken.

Mein Blick schweift über die Köpfe der Japaner hinweg, und mir fällt auf, dass überall im Zug Schilder hängen. Einige weisen darauf hin, dass weder das Telefonieren noch das Essen oder Trinken an Bord gestattet ist. Andere erklären, wie man am besten seinen Regenschirm zu halten hat, damit er möglichst wenig von dem kostbaren Platz wegnimmt und man niemandem versehentlich die Augen aussticht. Man möchte meinen, dass jeder normal denkende Mensch von sich aus weiß, wie man vermeidet, seine Mitmenschen aufzuspießen, aber hier in Japan scheinen sie ohne Schilder und Vorschriften gar nicht lebensfähig zu sein.

Der Mann, der zu den Glücklichen gehört und direkt vor mir einen der wenigen Sitzplätze ergattert hat, fängt plötzlich an übermäßig zu schwitzen, und ich kann nur staunen, als ich entdecke, dass er sein nicht mehr ganz fülliges Haar einschließlich Kopfhaut mit schwarzer Schuhcreme eingerieben hat, um den Ansatz seiner Glatze zu kaschieren.

Der Zug hält am Bahnhof von Shibuya, und wie an jeder bisherigen Haltestelle, entsteht ein furchtbares Gedränge. Ich bin perplex, wie immer noch mehr Menschen in den Zug passen und bin nur froh, dass die Klimaanlage für halbwegs erträgliche Temperaturen sorgt, denn drückend schwüle Sommerhitze zur Hauptverkehrszeit ist meiner Meinung nach höchstens etwas für fortgeschrittene Tokiobesucher.

Ich hatte mit Kohei, dem Japaner, der mich nach etlichen E-Mails und Telefonaten bei Berkeley House Language Centre (BHLC) eingestellt hat, abgemacht, dass er mich in Shinjuku am Bahnhof abholt. Er wollte am Ausgang „South Exit beim Kaufhaus Luminé" auf mich warten. Kurz vor meiner Abreise in Deutschland habe ich mir - leicht nervös - überlegt, ob Kohei von mir erwartet, dass ich bereits im Businesskostüm aus dem Flieger steigen würde. Ob die Japaner überhaupt zwischen privater und geschäftlicher Kleidung einen Unterschied machten? Vor meinem geistigen Auge sah ich sie immer nur in grauen Anzügen oder in traditionellen Kimonos gekleidet. Noch dazu kam, dass ich gar nicht einordnen konnte, ob unsere erste Begegnung am Bahnhof eher in die Kategorie „privat" oder „geschäftlich" fiel. Ich entschied mich für „privat" und hatte mir Jeans und Turnschuhe für die lange Reise angezogen.

Bis Shinjuku habe ich es also schon mal geschafft. Ich zerre einen viel zu großen und doch irgendwie für alle Sachen viel zu kleinen Koffer hinter mir her und schaue mich verloren und etwas überwältigt von der Größe des Bahnhofs und den vielen umherhastenden Menschen um.

Diesen Bahnhof benutzen täglich 3,5 Millionen Besucher, und aus seinem Inneren führen über zweihundert Ausgänge in alle Himmelsrichtungen nach draußen. Ich habe erst mal keine Ahnung, wie ich den „South Exit“ finden soll. Ich laufe versehentlich in völlig überlaufene Depachika, so genannte unterirdische Kaufhäuser, wo mir ständig jemand „Irashaimase!“ – „Willkommen!“ zuruft. Erst nach einigen Versuchen finde ich den Weg wieder raus. Ich folge den wenigen Wegweisern, die nicht in Kanji, den japanischen Schriftzeichen geschrieben sind, und irre unzählige Gänge auf und ab, wobei ich mit meinem Gepäck jeden zweiten Passanten anrempel; ich kann mich einfach nicht daran gewöhnen, dass auch in den unterirdischen Korridoren und auf den Rolltreppen Linksverkehr herrscht. „Sumimasen“ – „Entschuldigung“, murmele ich unterbrochen, eines der wenigen Worte auf Japanisch, die ich schon beherrsche. Nachdem ich den Bahnhof gefühlsmäßig ein paar Mal umrundet habe, komme ich endlich zu dem richtigen Ausgang, wo ich dann feststelle, dass ich mich wohl am zentralen Treffpunkt aller Bahnreisenden befinde. Unzählige Japaner warten hier, sehen ständig nervös auf die Uhr und sprechen hinter vorgehaltener Hand in ihr Handy.

Tokios Straßensystem wurde mit dem Ziel gebaut, feindliche Armeen zu verwirren, und außer für die großen Highways findet man so gut wie keine Straßennamen. Damit zumindest hin und wieder jemand an sein Ziel kommt, wurden an vielen Ecken Koban errichtet, winzige Häuschen, die kaum größer als ein Dixi-Klo sind. Hier arbeiten Polizisten, deren einzige Aufgabe darin besteht, den

Leuten den Weg zu erklären. Wer diese Art der Orientierung seinem Besucher nicht zumuten will, der begibt sich selbst zum Bahnhof und holt ihn dort ab.

Ich stehe nun vor der großen Herausforderung, unter den Wartenden Kohei ausfindig zu machen, von dem ich bisher noch nicht einmal ein Foto gesehen habe. Die meisten japanischen Gesichter sehen für mich unwahrscheinlich ähnlich aus. Mir bleibt nichts anderes übrig, als darauf zu vertrauen, dass er mich zuerst entdeckt, schließlich hat er meine Bewerbungsunterlagen mit aktuellem Foto erhalten.

Ein hochgewachsener Japaner löst sich aus dem Pulk und kommt direkt auf mich zu. Mit den Worten „Are you Nina?" begrüßt mich der Fremde mit Handschlag und einer kleinen Verbeugung. Dann schleust er mich durch die Menge. Auf der Straße angekommen, organisiert Kohei uns ein Taxi. Es dauert nicht lange, und ein grüner PKW hält an, die Hintertür öffnet sich wie von Geisterhand, und der Fahrer, dessen Hände ebenfalls in weißen Handschuhen stecken, fragt, wo es hingehen soll. Kohei lässt eine ganze Kette unverständlicher Worte los, und wir steigen ein. Froh, mich in der schwülen und drückenden Sommerhitze nicht weiter mit meinem Gepäck abmühen zu müssen, lasse ich mich entspannt auf dem weißen Spitzenbezug des Rücksitzes nieder. Wir sind auf dem Weg nach Ichigaya, dem Stadtteil, in dem die Sprachschule liegt.

Kohei sitzt zunächst eine Weile schweigend neben mir. Nach ein paar hundert Metern Fahrt schaut er mich längere Zeit von der Seite an, und kurz bevor ich mich unbehaglich fühle und mir ernsthaft Sorgen mache, ob Jeans doch nicht die richtige Kleiderwahl waren, richtet mein Arbeitgeber seinen zweiten Satz in perfektem Englisch an mich: „You don't look like you're from Africa!" Zu perplex, um etwas zu entgegnen, brauche ich einen Moment, bis mir zwei Dinge klar werden: Erstens: Kohei hat diesen für mich so unerwarteten Satz auf Grund meines Nachnamens „Buschmann" geäußert, und zweitens: Er hat wohl meine Bewerbungsunterlagen nicht allzu genau gelesen.

Das Taxi lässt uns am Anfang einer viel befahrenen Straße raus, und wir gehen die letzten Meter zu Fuß zur Schule, die sich im 6. Stock eines Bürogebäudes befindet. Kurz vor dem Eingang, zieht mich Kohei plötzlich in einen dunklen Hauseingang und fragt, ob ich nicht eine Toilette bräuchte. Ich verneine, aber er lässt nicht locker. Ob ich mich nicht frisch machen möchte oder einen Spiegel bräuchte? Ich wehre erneut ab und bin irritiert, dass wir nicht weitergehen. Erst als er insistiert, dass wir „so nicht" zum Chef können und ich ihn um eine Erklärung bitte, windet er sich und macht mich in umständlichem Englisch darauf aufmerksam, dass ich noch meinen winzigen Stecker in der Nase trage, ich sollte ihn doch am besten in einer Toilette mit Spiegel herausnehmen. Vor lauter „Was soll ich bloß Anziehen – Sorgen", hatte ich an meinen Nasenstecker gar nicht mehr gedacht. Mit einer schnellen Handbewegung und ohne Spiegel entferne ich das kleine Piercing und verstaue es auf die Schnelle in meiner Hosentasche.

Kohei lächelt zufrieden; unserem Besuch beim Chef steht nun nichts mehr im Wege.

Ni-Chome

„Einmal Beerblast bitte, für Nina." „1000 Yen" sagt Kazuma, der etwas schrille, aber überaus freundlich lächelnde Barkeeper im Advocates. Er schreibt meinen Namen mit schwarzem Edding auf einen Plastikbecher und zapft mir dann ein Bier aus dem Edelstahlkasten an der Wand. Schon nach dem ersten Schluck des metallisch schmeckenden Gebräus weiß ich, dass ich morgen wieder mit dröhnenden Kopfschmerzen aufwachen werde. Aber wo sonst kann man für gerade mal fünf Euro, drei Stunden lang nach dem Prinzip: „all you can drink" Bier bestellen? Dieses Angebot ist kaum zu übertreffen. Ich sitze mit meinen guten Freunden und Mitbewohnern Ken, Steph, Simko und Tetsu an einem wackeligen Tischchen auf dem Bürgersteig vor unserer Lieblingskneipe, in der wir inzwischen wahrscheinlich mehr Zeit verbringen als zu Hause. Obwohl die Kneipe winzig ist, habe ich hier mehr Platz als auf meinem drei Tatamimatten großen Zimmerboden. Dadurch dass sich die Bar einfach auf den Bürgersteig und in die relativ wenig befahrene Straße verlagert, ist die Enge hier deutlich weniger zu spüren. Wie beinahe jeden Abend haben wir uns nach der Arbeit hier in Ni-Chome verabredet. Der Block Nummer 2 - Ni-Chome ist das Rotlichtviertel der Homosexuellen im Bezirk Shinjuku: Hier findet man zwar nicht die berühmten Automaten, die gebrauchte Mädchenunterhosen inklusive Foto der Trägerin –

meist in Schuluniform - verkaufen, dafür kann man sich aber diverse Körperflüssigkeiten – abgepackt – ziehen.

So klein Ni-Chome flächenmäßig auch ist, so gibt es in diesem Viertel angeblich mehr Schwulenbars pro Block als irgendwo sonst auf der Welt. Von den etwa dreihundert Etablissements, die meist nur ein paar Quadratmeter groß sind, sind viele „Japanese only“ und daher für gaijin – Ausländer - tabu. Die meisten Bars haben sich auf ein bestimmtes Klientel spezialisiert: einige gewähren nur jungen Männern Einlass, andere wiederum nur Muskelprotzen oder Vertretern der S&M-Szene, und nur wenige öffnen ihre Türen auch für Frauen. Advocates ist da eine angenehme Ausnahme. Hier ist jeder willkommen, unabhängig von der sexuellen Neigung, der Nationalität oder dem Geschlecht.

Ich unterhalte mich mit Tetsu, einem schwulen Japaner, der bestens Englisch spricht und sich gern mit Ausländern trifft. Er raucht unablässig, wie viele seiner Landsleute, und lässt sich auch durch den fettgedruckten Hinweis auf der Zigarettenschachtel nicht davon abhalten: „Da es eventuell möglich sein könnte, dass Rauchen Ihrer Gesundheit schadet, bitten wir Sie, darauf zu achten, nicht zu viel zu rauchen.“ Eine so höflich formulierte Warnung kann es nur in Japan geben. Ähnlich erging es mir vorhin am Geldautomaten. Leider geriet ich an einen der vielen, der keine ausländischen Bankkarten annimmt. An Stelle eines direkten Hinweises wie zum Beispiel: „Vorgang nicht möglich“, oder „Karte nicht gültig“, erschien die überaus freundliche Mitteilung, dass es dem

Automaten sehr leid tue, aber meine Karte sei sehr schwierig zu lesen. Eine Auszahlung erfolgte nicht.

Obwohl Tetsu sich große Mühe gibt, einen gut gelaunten Eindruck zu machen, kann ich erkennen, dass er alles andere als genki - glücklich ist. Sein sonst so ansteckendes Lachen wirkt gequält. Nachdem er seinen Bierbecher ein paar Mal geleert hat, setzt er sich neben mich und erzählt seiner „Wondergoddess", wie er mich charmanterweise seit unserer ersten Begegnung nennt, von den Schwierigkeiten, als Homosexueller ein Doppelleben führen zu müssen: Tetsu ist nur zwei Jahre älter als ich und hatte bereits zwölf verschiedene Anstellungen. Für Japan eine enorme Zahl, denn die meisten versuchen immer noch eine Festanstellung bei einer großen Firma auf Lebenszeit zu bekommen und sich langsam die Hierarchieleiter nach oben zu arbeiten. Durch seine exzellenten Sprachkenntnisse und seine Auslandserfahrung in Australien hat er als gelernter Werbekaufmann bisher immer wieder einen Job gefunden. Aber kaum hegen seine Vorgesetzten den leisen Verdacht, dass er „anders" sein könnte, wird er von seinen Kollegen gemieden oder gemobbt. Er hat sich bisher immer dagegen gewehrt, eine Scheinehe einzugehen und seine Kollegen damit ruhig zu stellen, indem er einen Ehering zum Beweis seiner „Normalität" trägt. Nicht wenige Japaner haben sich für diese Art von Doppelleben entschieden. Viele halten ihre sexuellen Neigungen, aus Angst vor einem möglichen Jobverlust oder der Ächtung seitens der eigenen Familie, geheim. Sie sind unglücklich in ihrer Scheinehe und können meist noch nicht einmal über ihre wahren Gefühle sprechen, denn das hätte den unmittelbaren Gesichtsverlust zur Folge, den es unter allen Umständen zu vermeiden gilt. Nach außen hin hat man stets Harmonie und Einigkeit zu demonstrieren, selbst wenn beides nicht vorhanden sein sollte. Diese eiserne Regel wird auch Ausländern gegenüber nie gebrochen. Ich kann mir nur ansatzweise vorstellen, wie es in Tetsus Herzen aussieht. Er wohnt noch bei seinen Eltern, wie es sich für einen unverheirateten jungen Mann gehört, der nicht über seine Firma eine Unterkunft zugewiesen bekommen hat. Er muss sich ständig verbiegen und als jemand ausgeben, der er eigentlich gar nicht ist. Kein Wunder, dass er versucht, so schnell wie möglich zurück nach Australien zu kommen, um dort ein freies Leben führen zu können. Aber die Konkurrenz ist groß, und die Visa sind begrenzt.

Vollkommen in unsere Unterhaltung vertieft ist mir zunächst gar nicht aufgefallen, dass sich alle von ihren Plätzen erhoben haben und sich in der Straße bereits eine große Menschenmenge versammelt hat. Ich sehe, wie zwei Typen mit Sonnenbrillen und grellen Hemden aus ihrer amerikanischen Luxuslimousine aussteigen und auf einen Mann zugehen. Es hört sich an, als würden sie sich auf Japanisch streiten. Die Menge hält einen sicheren Abstand zu den Männern, keiner scheint so recht zu wissen, was wirklich los ist, aber viele vermuten es: Bei dem Zusammentreffen ist eindeutig die japanische Mafia im Spiel. In vielen Fenstern der oberen Stockwerke der angrenzenden Häuser gehen die Lichter aus, und ich kann an den leichten Bewegungen der Vorhänge erkennen, dass sich einige ängstlich dahinter verstecken und das Schauspiel aus sicherer Entfernung beobachten.

Da wir hier im Rotlichtviertel sind, werden einige oder wahrscheinlich die meisten der Läden von den Yakuza „beschützt“. Die japanische Variante der italienischen oder russischen Mafia operiert jedoch ganz anders, als ich es aus Filmen und Büchern kenne. Das Besondere an der Yakuza ist, dass sie sich bemühen, aufzufallen und sich nicht nur im Untergrund aufhalten. Nur sie fahren Autos mit dunkel getönten Scheiben, tätowieren ihre Körper großflächig mit Drachen und Tigern und haben eine durchschaubare Organisationsstruktur. Blutsverwandtschafliche Beziehungen spielen keine Rolle, die einzelnen Gruppen selbst besitzen jedoch eine familienähnliche Struktur, worauf auch die lebensnotwendige Loyalität basiert.

Bis vor ein paar Jahren waren die Yakuza in Japan noch legal, und jeder Bürger wusste, wo er das nächste Büro, das für die Belange in seinem Bezirk zuständig ist, finden konnte. Wörtlich bedeutet Yakuza: acht neun drei. In einem japanischen Kartenspiel gelten diese Zahlen als das schlechteste Blatt. Genau so schlecht und nutzlos sehen sich die Mitglieder dieser Organisation, da sie auf Grund ihrer fraglichen Vergangenheit meist nur noch hier familienähnlichen Anschluss finden können. Solange sie schwören, für ihren Oyabun, der die väterliche Rolle übernimmt, alles zu tun, sind sie sich des Schutzes dieser riesigen kriminellen Organisation sicher.

Begeht ein Gruppenmitglied einen Fehler, der einen Gesichtsverlust zur Folge hat, so kann er diesen wiedergutmachen, indem er sich ein

Fingerglied mit einem Tanto, einem leicht gebogenen Messer, oder einem speziellen Schwert abtrennt. Dieses grausame Ritual stammt noch aus der Zeit der Samurai: Der Schuldige beginnt an der linken Hand mit dem ersten Glied des kleinen Fingers. Mit jedem verlorenen Fingerglied liegt das Schwert schlechter in der Hand – und mit dem Verlust der letzten Fingerkuppe war das Führen eines Schwertes nicht mehr möglich.

Der Streit zwischen den Männern, von denen einer Polizist in Zivil zu sein scheint und der andere mit seinen vier Fingern an der Hand und Tätowierungen sicherlich zur Mafia gehört, droht zu eskalieren. Der nette Kellner Kazuma macht einen Schritt auf die Männer zu, aber er merkt schnell, dass sein Einmischen hier nicht erwünscht ist und zieht sich, wie alle anderen auch, zurück. Die Männer reden wild gestikulierend und in barschem Ton aufeinander ein, bis die tätowierten Typen plötzlich in ihre Autos springen und genauso schnell wieder verschwinden, wie sie gekommen sind.

Nach dem Beerblast und den Vorkommnissen, die natürlich noch heiß diskutiert werden, ist uns nach einem Ortswechsel zumute. Wir gehen zwei Straßen weiter zu Arty Farty. Hier versammeln sich ab 18.00 Uhr alle, die kein Bier mögen: Hier gibt es unter der Woche für einen ähnlich niedrigen Preis drei Stunden lang einen „Wineblast“, nach dem ich mich erfahrungsgemäß am nächsten Tag noch schlechter fühle, als nach dem Bier. Die Stimmung ist hier schon recht ausgelassen, und einige stellen ihre verführerischen Tanzkünste auf der immer voller werdenden Tanzfläche zur Schau. Wir treffen auf die männlichen Crewmitglieder einer britischen Fluggesellschaft, die in nur wenigen Stunden bereits wieder ihren Dienst antreten müssen, aber alle aussehen, als würden sie lieber die Nacht durchfeiern, als am nächsten Morgen den Fluggästen „Fish or Chicken" zu servieren.

Mit den netten Flugbegleitern zusammen, die unbedingt noch etwas erleben wollen, machen wir uns auf den Weg zu Dragon, der einzige Club, der außer den anderen beiden für alle offen steht.

Allerdings rangiert Dragon auf meiner persönlichen Favoritenliste an letzter Stelle, denn ich kann mich weder mit der Tatsache anfreunden, dass Frauen den doppelten Eintritt bezahlen müssen, noch kann ich den Hardcore-Schwulenpornos, die ständig über die Bildschirme an der Wand laufen, sonderlich viel abgewinnen. Hinzu kommt die panische Aufreißstimmung, die für gewöhnlich hier eine halbe Stunde vor Schluss ausbricht. Der Besitzer von Dragon, der meist mit nichts weiter als einem knappen Leopardenfell-Höschen bekleidet hinterm Tresen steht und sich für beide Geschlechter für unwiderstehlich hält, prahlt gern mit seinen Erfolgen als Pornodarsteller. Zum Glück ist es mir bisher erspart geblieben, ihn in Aktion zu sehen. Er flirtet mit allem, was zwei Beine hat, und ganz besonders scheint es ihm einer der attraktiven Stewards angetan zu haben. Bevor dieser sich ernsthaft überlegen kann, ob er sich auf einen Flirt oder mehr einlassen möchte, ist es schon nach Mitternacht und wie jeden Abend, wenn wir in Ni-Chome unterwegs sind, müssen wir uns ab 0.00 Uhr darum kümmern, dass wir nur ja den letzten Zug nicht verpassen. Bereits um 0:30 fährt unsere

Linie an der Station San-Chome los, und wenn wir den Zug, was sehr oft der Fall ist, nicht erwischen, müssen wir mit vielen anderen an den riesigen Bahnhof von Shinjuku laufen, wo der letzte Zug um 0:52 abfährt. Da es in ganz Tokio keine Nacht-S-Bahn oder Busse gibt und die Taxifahrt in die Vororte fast nicht bezahlbar ist, bleiben einem nur wenige Möglichkeiten: Entweder man findet jemanden, der mit einem bis zum ersten Zug so gegen 5.30 Uhr durchmacht, man mietet sich für ein paar Stunden in eines der unzähligen Love Hotels ein, oder man steigt in einem Kapsel Hotel ab, in dem die „Zimmer“ aussehen wie übergroße Schließfächer mit einem Plexiglasfenster davor. An Platzangst darf man in dieser Art von Unterkunft nicht leiden, denn bei einer Deckenhöhe von gerade mal 1,25 Metern kann höchstens ein Kind aufrecht stehen. Für diejenigen, die sich mit keiner dieser Möglichkeit anfreunden können, gibt es nur noch die Alternative, die Nacht über in einen Pachinko-Parlor zu gehen, in eine dieser grell erleuchteten und extrem lauten Spielhöllen, oder sich durch 24h-Conbinis – kleine Verbrauchermärkte - zu schleichen und die Bilder in den Zeitschriften anzuschauen.

Da all diese Möglichkeiten unweigerlich mit Kosten verbunden sind, geht ab Mitternacht ein wahnsinniges Gerenne und Gestolper zu den Bahnsteigen los. Zu meinem Glück bin ich meist mit meinen Mitbewohnern unterwegs, und zur Not könnten wir uns auch zu dritt ein Taxi teilen. Ken, der sich jedes Mal noch eine Fahrkarte kaufen muss, weil er aus unerklärlichen Gründen nie eine Sammelkarte hat, gefährdet gern das Unterfangen.

Japaner mit vom Alkohol hochroten Köpfen und glasigen Augen stolpern über Frauen, die versuchen, auf ihren hohen Absätzen zu rennen, ohne sich die Knochen zu brechen. Es herrscht heilloses Chaos, alle rufen durcheinander, verabschieden und verbeugen sich, winken sich nach, um dann wieder loszurennen und den Weg zum richtigen Gleis in dem unterirdischen Bahnhofslabyrinth zu finden. Wenn sich die Türen hinter den Letzten geschlossen haben, ist der Gestank im Wageninneren kaum noch auszuhalten. Nicht wenige müssen bereits an der nächsten Haltestelle rausspringen und sich übergeben. Für sie ist dann dort leider Endstation. Für uns drei dauert die Fahrt genau acht Minuten bis nach Sasazuka, unserem schnuckeligen kleinen Ortsteil im Herzen der Stadt.

Little Buddha

Völlig erledigt nach einem alkoholreichen, aber sehr unterhaltsamen Abend kommen wir zurück in unser Haus, in der „Little Buddha Street", wie unsere kleine Straße liebevoll von allen Anwohnern genannt wird.

Simko, Steph und ich wohnen zu dritt in einem kleinen japanischen Häuschen, das uns Meiri vermietet. Die beruflich sehr erfolgreiche Frau arbeitet inzwischen hauptsächlich in den USA und hat nichts dagegen, ihr Heim an Ausländer zu vermieten.

Mein Mitbewohner Simko ist ein talentierter Künstler und erfolgreicher Ingenieur. Er stammt aus Kurdistan und kam vor acht Jahren als Asylant hierher. Er arbeitet für eine Nicht-Regierungs-Organisation und beherrscht neben Farsi, Arabisch, Kurdisch und Englisch auch Japanisch perfekt. Inzwischen besitzt er sogar die japanische Staatsbürgerschaft und möchte hier dauerhaft sesshaft werden. Eine gemeinsame Freundin hat uns miteinander bekannt gemacht: Vor ein paar Jahren hat Simko in Sierra Leone in einem Flüchtlingslager gearbeitet und dort die Belgierin Delphine von „Ärzte ohne Grenzen" kennengelernt, mit der ich wiederum eine zeitlang in Nicaragua bei Mirella gewohnt habe. Wir haben uns ausgerechnet, dass wir über sechs Länder und drei Kontinente miteinander verbunden sind.

Meine zweite Mitbewohnerin Steph ist eine Lehrerkollegin und hat mir das Zimmer besorgt. Eigentlich ist die Miete für mich und mein geringes Gehalt viel zu hoch, aber Steph, die unbedingt wollte, dass ich einziehe, hat mit Meiri ausgehandelt, dass ich mich um alle Belange des Hauses einschließlich der Weiterleitung ihrer Post kümmere. Meiri hat eingewilligt, nachdem sie mich persönlich kennen gelernt hat. „Welche Blutgruppe haben Sie?", war einer der ersten Fragen in unserem Gespräch. Ich war mir zunächst unsicher, ob ich sie wirklich richtig verstanden hatte, aber inzwischen weiß ich, dass die Japaner jeder Blutgruppe bestimmte Charaktereigenschaften zuordnen. Zum Glück scheine ich mit AB nichts falsch machen zu können, und Meiri erklärt sich einverstanden, mir im Gegenzug für meine Arbeit ein Viertel der Mietkosten zu erlassen. Nun gehört es also zu meinen Pflichten, darauf zu achten, dass unser Müll richtig getrennt wird und ich die verschiedenen

Tonnen an den richtigen Tagen auf die Straße stelle. Am besten nicht schon am Abend vorher, da der Müll gern von neugierigen Nachbarn durchsucht wird, die entweder nur darauf aus sind, einen anzuschwärzen, falls man irgendeine der zahlreichen Trennungsregeln nicht richtig befolgt hat, oder sie wollen einfach nur mehr über die kuriose Spezies gaijin erfahren.

Das kleine flache Haus ist wie aus Papier. Im Eingangsbereich befinden sich der Familienaltar und ein großes Schuhregal. Ein schmaler Gang teilt die Wohnfläche in zwei Hälften. Links befinden sich ein WC, ein Bad mit typisch tiefer Badewanne und die Küche. Unser Klo gehört zu der modernen Sorte: Es ist ausgestattet mit einer angewärmten Klobrille und circa zehn weiteren Knöpfen und Reglern, mit denen man diverse Sprühdüsen aktivieren kann, die daraufhin unterschiedlich warmes Wasser aus allen nur erdenkbaren Winkeln versprühen.

Die meisten Japaner empfinden es als äußerst unhöflich, wenn man auf dem Klo sitzt und nicht durch ständiges Spülen die Geräusche übertönt. Um Wasser zu sparen, wurde unsere Toilette mit einem "Spülung-Imitations-Geräusch“ ausgestattet, das auf Knopfdruck gestartet wird.

Auf der rechten Seite reihen sich unsere drei Schlafzimmer aneinander. Die Trennwände sind so dünn, dass jedes Husten oder Schniefen ebenso wie alle anderen Geräusche in jedem Winkel des Hauses zu hören sind. Das Gebäude ist so gut wie nicht isoliert, mit der Folge, dass das Innenthermometer im Januar gelegentlich nur fünf Grad plus anzeigt und wir im Sommer unsere Räume als Sauna vermieten könnten.

Am Morgen nach unserem Ausflug nach Ni-Chome wache ich, wie erwartet, verkatert und mit furchtbaren Kopfschmerzen auf. Meine ersten Schritte führen mich vor die Haustür, wo sich praktischerweise eine ganze Reihe an Getränke-automaten befindet. Einer davon ist mit verschiedenen Dosen Bier gefüllt, um die ich allerdings einen großen Bogen mache. Stattdessen entscheide ich mich nach gründlicher Betrachtung des reichhaltigen Angebots an Erfrischungs-getränken und Wachmachern für eine Flasche Cola gegen den Durst.

Zu meinem Leidwesen ist heute auch noch Putztag, und ich sollte mich um meine Pflichten als Gaijin-Haus-Manager kümmern. Ich muss die Post an alle verteilen, obwohl ich mich schon schwer damit tue, überhaupt zu entziffern, an wen ein Brief adressiert ist, da die japanische Schrift für mich nach wie vor nur aus Hieroglyphen besteht. Immerhin kann ich schon meinen eigenen Namen lesen und schreiben und lasse nicht mehr Rechnungen, die an mich gerichtet sind, unnötig lange ungeöffnet liegen. Die Japaner nehmen Fristen sehr genau, und bei Nichteinhalten einer solchen ist sofort ein offizielles und in Demut verfasstes Entschuldigungsschreiben fällig, das mit einem Hanko, einem Namensstempel, versehen sein sollte, den ich nicht besitze. Da mir diese Regeln anfangs nicht geläufig waren, habe ich schon auf dem Bezirksamt vorsprechen müssen, weil ich nicht innerhalb der vorgeschriebenen zehn Tage meinen Wohnsitz angemeldet hatte. Eigentlich bin ich nur zu der Behörde gegangen, weil ich eine Krankenversicherung brauchte, und die ist abhängig vom Wohnsitz. Zum Glück war die zuständige Sachbearbeiterin mir freundlich gesinnt und hat meine inoffizielle Entschuldigung akzeptiert. Mein erschrecktes Gesicht über den mir bevorstehenden formellen Papierkrieg hat sie zum Glück davon überzeugt, dass mein Versäumnis nicht mutwillig war. Ich bin dieser Dame unwahrscheinlich dankbar, denn ich hatte bereits bei dem Versuch, ein Konto zu eröffnen, die Erfahrung machen müssen, dass nicht alle Japaner, Ausländern so wohlwollend gegenüberstehen. Mein Antrag, ein Konto zu eröffnen, auf das monatlich mein Gehalt eingezahlt werden würde, war von mehreren Banken mit fadenscheinigen Erklärungen abgewiesen worden. Die meisten wollten mich einfach nicht als Kunden, da ich als gaijin mit nur unzureichenden Sprachkenntnissen zu schwierig bin. Eine Art von Fremdenfeindlichkeit, die zum Teil ganz offensichtlich praktiziert wird, aber einem unter Wahrung der höflichen Form entgegengebracht wird.

Nachdem mir beim Saubermachen in der Küche heute nicht zum ersten Mal angenagte Lebensmittelpackungen aufgefallen sind, mache ich mich auf den Weg, eine Falle zu kaufen. Ratten waren in dieser Stadt schon immer eine große Plage, und mir ist völlig klar, dass es nur eine Frage der Zeit ist, bis einer der Nager beschließt, es sich bei uns auf Dauer gemütlich zu machen.

Ein paar Minuten später stehe ich in einem Haushaltswarenladen. In meiner Eile habe ich vergessen, das Wort für Ratte, Falle oder Gift im

Wörterbuch nachzuschlagen, und sehe mich nun einem älteren japanischen Herrn gegenüber, dem ich pantomimisch versuche darzustellen, was ich brauche. Die anderen Kunden beobachten meine Vorstellung amüsiert. Ich will nur möglichst schnell mein Ziel erreichen und zurück nach Hause. Und tatsächlich, der alte Mann steigt auf eine wackelige Leiter, kramt blind in einer Kiste und reicht mir eine Falle herab. Die tägliche Praxis, meinen Schülern möglichst einprägsam Vokabeln zu erklären, hat sich bewährt.

Für den Abend hatte ich mir eigentlich fest vorgenommen, ins Fitnessstudio zu gehen. Seit einiger Zeit bin ich Mitglied bei einer der großen Ketten. Auch hier habe ich damals einen halben Tag damit verbracht, die tausend Papiere für den Antrag auszufüllen und zu unterschreiben. Ich musste versichern, dass ich keine Tätowierungen am Körper habe, mich verpflichten, vor dem Besuch der Trainingsräume jeglichen Schmuck abzulegen, denn es könnte sich jemand daran verletzen – auch an meinem Nasenstecker. Auch musste ich unterschreiben, dass ich mich ausnahmslos an alle Regeln und Vorschriften halten werde. Durch das Verbot von Tätowierungen machen die Studiobetreiber deutlich, dass Yakuza bei ihnen nicht willkommen sind, ohne es jedoch direkt formulieren zu müssen. Als ich den Wunsch äußere, das Schwimmbad benutzen zu wollen, überreicht mir die Empfangsdame einen Sonderbogen auf dem die Vorfahrtsregeln und Kleidervorschriften für das Bahnenschwimmen erklärt sind. Sie macht mir unmissverständlich klar, dass ich im Wasser Schwimmbrille und Badekappe zu tragen habe. Ich verstehe weder die Regeln, noch was sonst auf den Formularen steht, unterschreibe aber trotzdem an all den Stellen, wo die immerzu lächelnde Dame ein Kreuz macht und vertraue einfach darauf, dass mich hier keiner übers Ohr haut.

Geschäfte

Die Arbeit bei Berkeley House ist so strukturiert, dass ein paar Kurse in der Schule in Ichigaya stattfinden und sie ansonsten Verträge mit diversen Firmen, Ministerien, Gymnasien, Unis, etc. abgeschlossen haben und ihre Trainer an die jeweiligen Standorte schicken. Der Vorteil für mich als Lehrerin besteht darin, dass ich viel von der Stadt sehe und sehr unterschiedliche Schüler und Kurstypen unterrichte. Der Nachteil liegt darin, dass ich unglaublich viel Zeit für die Fahrerei verschwende, die ich leider nicht bezahlt bekomme. Durch die vielen Standorte ist es aus organisatorischen Gründen schwierig, Regelmäßigkeit in meinen Stundenplan zu bringen. Vertraglich unterrichte ich zwar nur dreißig Stunden, muss aber jeweils von Montag bis Freitag von 9.00 Uhr bis 21.00 Uhr zur Verfügung stehen. Diese Klausel macht es so gut wie unmöglich, fixen Hobbies nachzugehen, oder etwa einen Japanischkurs zu besuchen.

Im Lauf einer Woche treffe ich auf die unterschiedlichsten Typen und Charaktere. Das einzige was diesen Leuten gemein ist, ist ihre Nationalität und der dringende Wunsch bzw. seitens ihrer Vorgesetzten die Auflage, so schnell wie möglich Englisch zu lernen. Viele haben die

Sprache schon jahrelang in der Schule studiert, aber können trotzdem nicht einmal die einfachste Unterhaltung führen. Sie haben bisher nur die Theorie gepaukt, aber nie gesprochen. Manchmal ist es schon eine Kunst, sie überhaupt dazu zu bringen, den Mund zu öffnen. Vor allem bei Firmen-Gruppenkursen, wo Mitarbeiter aller Hierarchiestufen zusammen lernen. Keiner möchte sein Gesicht verlieren, keiner den Chef blamieren, indem er besser ist als dieser. Sie haben Angst, die eigene Meinung zu äußern, wenn sie befürchten, dass sie nicht mit der der Gruppe übereinstimmt.

Oft sind mir die Hierarchiestrukturen nicht bekannt, und ich bemühe mich, ihnen zu erklären, dass im Kurs alle gleich sind, aber das ist natürlich in der Theorie leichter gesagt als umgesetzt.

Ein paar Vormittage in der Woche unterrichte ich an einer Junior Highschool. Ich rechne zunächst damit, dass diese Tage für mich interessant werden könnten und ich mir ein Bild vom japanischen Schulsystem und von den Kindern und Jugendlichen werde machen können. Inwiefern unterscheiden sie sich von uns, welche Träume und Ziele haben sie, wie sieht ihr Alltag aus, womit verbringen sie ihre Freizeit? Letztendlich sind diese Tage für mich aber immer ein Albtraum. Vierzig oder mehr Jugendliche sitzen in einer Klasse. Obwohl sich jeweils ein japanischer Lehrer mit mir im Klassenzimmer befindet, herrscht keine Disziplin. Fünf Mal hintereinander halte ich den identischen Unterricht in allen Parallelklassen ab. An meiner Schule bin ich die einzige Ausländerin und komme mir vor wie ein Ausstellungsstück. Manchmal traut sich ein Schüler im Vorbeigehen meine Haut oder meine blonden Haare anzufassen. Meist bricht er daraufhin in ein hyänenhaftes Kichern aus und äußert Kommentare, die ich nicht verstehe. Viele Schüler schlafen, was von den Lehrern kommentarlos geduldet wird. Der Unterricht ist ausschließlich aufs Auswendiglernen ausgerichtet und nicht aufs Anwenden und Verstehen. Die Kinder stehen ab dem dritten Lebensjahr durch unzählige „entry exams“, die über ihre Zukunft entscheiden, unter großem Druck. Drei Viertel von ihnen besuchen nach dem regulären Unterricht bis abends eine „cram school“, wo der Stoff dann weiter vertieft wird. Kommen sie todmüde von dort nach Hause, müssen sie immer noch ihre Hausaufgaben machen. Zeit, einfach nur Kind zu sein, haben sie alle nicht.

Gelegentlich bekomme ich Intensivkurse zugeteilt, für die ich in eine speziell dafür vorgesehene Trainingsanlage außerhalb der Stadt fahren muss. Bis zu vier Stunden pendele ich am Tag. Die Ministeriumsmitarbeiter und Polizisten für die der Unterricht bestimmt ist, müssen für die Dauer des Kurses in der Anlage wohnen. Um 6.45 Uhr werden sie über Lautsprecher geweckt und müssen sich fünfzehn Minuten später einer Anwesenheitskontrolle unterziehen. Unter der Woche herrscht Ausgangsverbot, am Wochenende dürfen diejenigen nach Hause fahren, die in der unmittelbaren Umgebung von Tokio wohnen. Alle sind um die vierzig und neunzig Prozent von ihnen haben Frau und Kinder. Aber keiner findet es seltsam, dass er wie ein kleines Kind behandelt und bevormundet wird. Wie in einer Jugendherberge müssen sie sich an die strengen Regeln halten, sonst würden sie rausfliegen, und das wäre mit das Schlimmste, was ihnen passieren könnte. Spätestens um 22.00 Uhr wird die Eingangstür zugeschlossen.

Eines Morgens steige ich versehentlich in einen Expresszug, der nicht an der richtigen Haltestelle hält. Ich rufe von meinem Handy aus an und erkläre, dass ich eine Viertelstunde zu spät kommen werde. Das Drama ist so groß, dass am nächsten Tag der Mitarbeiter von BHLC, der mir den Auftrag erteilt hat, mich begleiten muss, um sich in meinem Namen und dem der Firma zu entschuldigen. Dabei haben mir die Schüler schon längst verziehen, als ich ihnen erkläre, dass ich erst seit heute das Kanji für „Express“ lesen kann, und wir holen die versäumte Viertelstunde noch am selben Nachmittag nach. Die Situation ist für mich so demütigend und unverständlich, da ich das für reine Zeitverschwendung aller Beteiligten halte und mich nicht ernst genommen fühle.

In meiner derzeitigen Gruppe gehören alle Teilnehmer zu der National Police Academy. Diese Leute haben interessante Geschichten zu erzählen und sind hoch motiviert, da sie Anfang nächsten Jahres für drei bis vier Jahre ins Ausland entsandt werden und dort an der jeweiligen japanischen Botschaft eingesetzt werden. 23 Länder stehen zur Auswahl, von USA und Deutschland bis über Trinidad oder Kasachstan ist alles möglich. Die Kandidaten dürfen zwar Wünsche äußern, müssen sich letztendlich aber mit dem ihnen zugeteilten Land zufrieden geben. Die Männer sind ein angenehm aufgeweckter Haufen. Mein besonderer Liebling ist Tomo. Mit Mitte zwanzig ist der Jüngste in der Gruppe und auch der abenteuerlustigste. So organisiert er, dass wir an unserem vorletzten Kurstag abends gemeinsam Essen gehen. Ich bringe die Männer in Verlegenheit, als sie für mich tellerweise Würstchen und Kartoffeln bestellen, da sie denken, dass sie mir als Deutsche, eine besondere Freude damit machen. Dass ich ein frisches Sushi allemal einer Blutwurst vorziehe, bringt sie kurzzeitig aus dem Konzept, ermutigt sie dann aber mir immer mehr japanische Kuriositäten vorzulegen. So esse ich Schweineohren und Wal, rohes Huhn, das wie Fisch schmeckt und eingelegte Innereien, die geschmacklich schon sehr grenzwertig sind. Vor lauter Bestellen und Probieren, haben wir die Zeit ganz aus den Augen verloren. Es ist bereits kurz vor 23 Uhr, und die Eingangstür zur Trainingsanlage längst abgesperrt. Die Polizisten sehen sich ratlos und offensichtlich verunsichert an. Nur einer scheint sich wenig Sorgen zu machen und bestellt noch eine letzte Runde. Sie hatten alle nicht mit Tomos Cleverness gerechnet, der gesteht, dass er in weiser Voraussicht, sein Fenster offen gelassen hat, um einen Abend ohne Zwänge verbringen zu können, „so wie in Deutschland“, wie er mit einem Zwinkern in meine Richtung hinzufügt. Ich muss lachen, denn dieses Vorausdenken hätte tatsächlich meine Idee sein können.

Sepuku

Fast habe ich das Gefühl, dass man mich von hier nicht wieder wegziehen lassen wird, bevor ich nicht auch erfahre, was wirkliche Tragik ist. Kann es sein, dass kein längerer Aufenthalt im fernen Osten komplett ist, ohne einen echten Suizid mitzuerleben? In den Worten eines imaginären Reisveranstalters stelle ich mir vor, dass sein Angebot in etwa so klingen könnte: „Fahren Sie in das Land der aufgehenden Sonne, essen Sie echtes Sushi, arrangieren Sie ein paar Blumen, falten Sie ein paar Schwäne und gehen Sie auf jeden Fall zu einer Teezeremonie. Und nicht zuletzt, freunden Sie sich mit einem Japaner an, der Pläne schmiedet, sich noch vor Ihrer Abreise umzubringen. Ein einmalig tragisches Ereignis, in dem unser Land nicht umsonst weltweit führend ist." Ich gebe zu, ein äußerst makabres Angebot, aber mein Kopf kann nur auf so eine Weise versuchen, mit dem traurigen Verlust klarzukommen.

Es ist Freitagnachmittag. Tief unten in meiner Tasche höre ich einen Kuckuck rufen und wühle nach meinem Handy. Ich habe gerade eine kurze Pause, bevor ich wieder zurück ins Klassenzimmer muss. Am anderen Ende der Leitung ist Steph, die mir unter Tränen die erschreckende Nachricht überbringt, dass sich unser japanischer Freund Hiroshi erhängt hat.

Ich tue mich schwer, diese Nachricht einfach so hinzunehmen. Ich habe tausend Fragen, allen voran: „Warum?" Hiroshi war ein paar Jahre älter als ich, ein zwar eher zurückhaltender Mensch, aber liebenswert, herzlich, und mit einem ansteckenden Lachen. Er wohnte schon seit einigen Jahren mit seinem australischen Lebensgefährten Paul zusammen. Ihre Wohnung stand immer allen offen, und ich habe aufgehört, die vielen Sonntagnachmittage zu zählen, die wir grillend und bis in die späte Nacht auf ihrem Balkon verbracht haben.

Und jetzt soll er von uns gegangen sein, einfach so, ohne Abschiedsbrief, und für uns ersichtlichen Gründe?

Ich gehe wie in Trance zurück in den Unterricht. Auf einmal erscheint mir alles so banal und unwichtig, und mir könnte es nicht gleichgültiger sein, ob nun jemand Japan „safety“ findet oder nicht, ob er Sushi mag oder nicht. Ich versuche, einen Schalter in meinem Hirn umzulegen, um die nächsten Stunden zu überstehen, da ich mir nichts anmerken lassen möchte. Selbstmord ist ein heikles Thema. Viele Japaner sehen darin einen ehrenwerten Weg, mit dem Scheitern umzugehen oder Verantwortung für Skandale zu übernehmen. Durch den enormen Druck der Gesellschaft und ihrer hohen Anforderungen an jeden Einzelnen fühlen sich viele dem Leben nicht mehr gewachsen. Aus Angst, vor der schlimmsten Schande, nämlich ihr Gesicht zu verlieren, wenn sie zum Beispiel ihre Schulden nicht mehr bezahlen können, oder ihren Arbeitsplatz verlieren, sehen sie als einzigen Ausweg, freiwillig aus dem Leben zu scheiden. Soweit ich jedoch Hiroshis Situation einschätzen kann, treffen diese Fakten alle nicht auf ihn zu. Er hatte mit einem Freund zusammen eine kleine Graphikfirma, die sehr gut lief, er hatte einen Lebenspartner mit dem er sehr glücklich war und laut Paul auch keine gesundheitlichen Probleme.

Am späten Nachmittag sind meine Kurse zu Ende, und ich mache mich sofort auf den Weg zu dem Australier. Ich finde ihn fassungslos, weinend und vollkommen überfordert mit der Situation in seiner Wohnung vor. Viele Freunde sind bereits da.

Einige versuchen Paul zu trösten, andere machen sich in der Küche am Herd zu schaffen. Viele stehen in kleinen Grüppchen im Wohnzimmer zusammen und versuchen selbst mit dem Ereignis klarzukommen. Keiner hat auch nur die leiseste Vermutung, was Hiroshi zu seiner Tat bewogen hat, außer vielleicht, dass seine Religion etwas damit zu tun haben könnte, und er immer wusste, dass er an einem bestimmten Datum sterben würde. Das Einzige, womit ich mich trösten kann, ist die Tatsache, dass Hiroshi die Entscheidung selbst getroffen hat. Auch wenn wir sie nicht nachvollziehen können, bleibt uns nichts anderes übrig, als sie zu respektieren.

Immer mehr Leute tauchen auf, es ist ein ständiges Kommen und Gehen. Fast jeder bringt eine Flasche Alkohol mit, und gemeinsam flüchten wir uns in einen Rausch. Die nächsten Tage laufen alle gleich ab. Paul hält es nicht aus, allein in der Wohnung zu bleiben, und so sind sieben Tage lang und rund um die Uhr Freunde bei ihm, die sich wie im Schichtdienst ablösen. Jeder tut, was er kann, und das geht vom Einkaufen, Putzen, Aufräumen, über Kochen, Wäsche waschen, japanische Dokumente übersetzen, Wohnung auflösen und Beerdigungsrituale ausfindig machen bis dahin, dass jemand mit der Familie in Verbindung treten muss, die zu allem Unglück auf diese Art und Weise erfahren muss, dass ihr Sohn schwul war. Es ist immer jemand da, der gute Worte, Umarmungen, ein Glas Tee oder Schnaps und ein Taschentuch bereithält. Es tut allen gut, so viel Liebe und Unterstützung zu spüren, von Menschen, die sich zum Teil untereinander kaum kennen und die durch diese tragischen Umstände zusammengeschweißt werden.

Je mehr Zeit ich in dieser traurigen, aber dennoch von Nächstenliebe erfüllten Umgebung verbringe, desto mehr wird mir die Kälte und Härte bewusst, die draußen auf der Straße und im Geschäftsleben herrscht. Jeder Mensch wird als Verkaufsprodukt benutzt und für die eigenen Zwecke missbraucht, und an meiner Schule ist es nicht anders.

Zu allem Unglück erreicht Paul die Nachricht, dass sein Vater im Sterben liegt und er sofort nach Melbourne reisen soll. Ich hoffe nur, dass für ihn bald wieder bessere Zeiten kommen werden und uns die Zeit hilft, den Verlust zu überwinden, ohne dass wir Hiroshi jemals vergessen.

Sugardaddy

Was wäre Japan für mich ohne meinen Sushi-Onkel - meinen Sugardaddy? Yoshi-san oder einfach nur „Ken“, wie er sich bei unserem ersten Treffen vorstellt. Es scheint, irgendjemand hat den Asiaten erzählt, dass solange sie sich einen gewöhnlichen „englischen“ Namen zulegen, sie beinahe schon ein „real Westerner“ seien. Yoshi-san arbeitet in der Chefetage einer bekannten japanischen Druckfirma. Berkeley House hat mir den Auftrag erteilt, ihn einmal pro Woche in seiner Firma privat zu unterrichten. Wir verbringen meistens eine Stunde damit, die Überschriften und kurze Artikel der Japan Times zu lesen und zu übersetzen. Nicht gerade Material, das für einen Englischanfänger geeignet ist, aber wohl für einen Geschäftsmann, und Yoshi besteht darauf, auch wenn es ihm keine große Freude, sondern eher Frust bereitet, da sein aktiver Wortschatz sicherlich nicht mehr als hundert Wörter umfasst. Ich klammere mich an meine hauchdünne Porzellankaffeetasse, die mir die junge Sekretärin zusammen mit einem kleinen Stück Feingebäck zu Beginn des Unterrichts unter vielen kleinen Verbeugungen serviert. Ich wünschte, bei der Herstellung der Tasse hätte man mehr Wert auf Volumen als auf hochwertiges Design gelegt, aber an derartige Dinge werde ich mich wohl in diesem Land nie gewöhnen können.

Eine Ausnahme ist der Abend, an dem Ken mich in ein Edel-Sushi-Restaurant einlädt. Yoshis Chauffeur hat uns eines Abends nach dem Unterricht mit einem Dienstwagen mit kugelsicheren Scheiben am Haupteingang der Firma abgeholt und in die vornehme Gegend Daikanyama gefahren. Ich bin nervös, denn ich weiß überhaupt nicht, was mich erwartet, weder was für eine Lokalität, noch was für Speisen, noch welche eventuell bisher unausgesprochenen Absichten Ken mit dieser Einladung hegt.

Eine Dame im feinsten Kimono erwartet uns am Eingang. Sie sieht aus, als wäre sie direkt aus einem Japanbildband entstiegen. Sie verbeugt sich lange und tief vor uns, begrüßt Yoshi-san mit Namen und führt uns in einen winzigen Nebenraum, in dem nur für zwei Personen gedeckt ist. Die Dekoration ist in schlichten Farben gehalten; zarte Töne lenken nicht vom Essen ab und regen gleichzeitig den Appetit an. Zum Glück muss ich mich nicht um die Bestellung kümmern, sondern kann mich ganz auf die neue und für mich recht ungewohnte Umgebung konzentrieren.

Da Yoshi weiß, dass ich gern Bier trinke, bin ich sehr erfreut, als ich in dem langen Wortwechsel, den er mit der Herrin des Hauses führt, das Wort Biru aufschnappen kann. Und tatsächlich, es dauert keine zwei Minuten, und uns werden zwei geeiste Gläser serviert. Mit einem herzlichen Kampai - Prost, stoßen wir an, und das Festmahl kann beginnen. Der erste Gang wird serviert: Schnecken in Knoblauchsoße. Nicht gerade typisch japanisch, aber es ist Yoshis Leibgericht, und er lässt sich keine Gelegenheit entgehen, sie zu bestellen. Bisher hatte ich mich immer darum gedrückt, so etwas zu probieren, mir ist aber auch klar, dass heute die Stunde der Wahrheit gekommen ist; es ist undenkbar, dass ich gleich den ersten Gang unangetastet wieder abräumen lasse. Aus dem Augenwinkel beobachte ich Yoshi, wie er mit dem dazu gelieferten Werkzeug, das mich an eine Häkelnadel erinnert, geübt das Fleisch aus dem Schneckenhaus herausholt. Ich versuche, es ihm nachzutun, stelle mich aber nicht sonderlich geschickt an und spritze lediglich die ölige Knoblauchsoße über den Tisch. Mir ist das alles schrecklich peinlich, und ich nehme hastig einen großen Schluck heißen Sake, der als passendes Getränk zu den Schnecken serviert wurde. Erst jetzt fällt mir auf, dass in meinem Glas eine kleine Flosse schwimmt. Überrascht schaue ich Yoshi-san an, der mir erklärt, dass es sich hierbei um einen ganz besonders verfeinerten Reiswein handelt, dessen voller Geschmack sich erst nach Hinzufügen der Rückenflosse eines Kugelfisches entfaltet. Ich versuche durch ein lautes „mhm" meine Wertschätzung auszudrücken, während ich mich diskret nach einer Topfpflanze umsehe. Dieses Getränk ist überhaupt nicht nach meinem Geschmack, aber immerhin ist es nicht ganz so schlimm wie das Fugusperma-Sushi, welches ich letzte Woche bei einem Besuch auf dem Tsukiji Fischmarkt frühmorgens auf nüchternen Magen gegessen habe. Allerdings ohne in dem Moment zu wissen, was ich da eigentlich zu mir nahm. Ein Standbesitzer hatte uns eingeladen, bei ihm Platz zu nehmen, aber nur unter der Bedingung, dass wir alles verzehren, was er uns vorsetzt. „Ich führe ausschließlich frische Delikatessen", versicherte er uns. Teilweise waren die Happen so frisch, dass ich das Gefühl hatte, die Wärme in meinem Mund, könnte das ein oder andere Lebewesen noch reanimieren. Ich zog es dann vor, mit dem Koch nicht über die Definition von „Delikatesse" zu diskutieren.

Es ist Zeit für den nächsten Gang: Sushi bis zum Platzen. Yoshi wählt aus der exklusiven Karte für uns beide aus und lässt ein Häppchen nach dem anderen zubereiten. Immer wieder fragt er mich, was ich noch gern hätte oder was mir bisher besonders gut geschmeckt hat und wovon ich gerne noch einen „Nachschlag" hätte. Nach unzähligen Makis und Nigiris habe ich nur noch einen Gedanken: „Wann hört er endlich auf noch mehr zu bestellen?", nicht ahnend, dass Yoshi sich schon seit geraumer Zeit denkt: „Wann sagt sie endlich Stopp?"

Während Yoshi zahlt, bekomme ich noch ein Essenspaket zum Mitnehmen in die Hand gedrückt.

Gerade noch kann ich aus dem Augenwinkel erkennen, dass das Essen etwa so viel kostet, wie ich in einer Woche verdiene, und ich bin entsprechend froh, eingeladen worden zu sein.

Der Abend ist noch lange nicht zu Ende. Yoshi lässt uns ein Taxi rufen, und wir fahren zu meiner großen Verblüffung nach Nishi-Shinjuku, in die New York Bar des Park Hyatt. Aus 235 Metern Höhe hat man einen unglaublichen Blick über die hell erleuchtete Stadt, die sich ins Unendliche zu erstrecken scheint. Mir wird leicht schwindelig, und ich versuche mir nicht auszumalen, was passieren würde, wenn jetzt ein Erdebeben diesen Turm zum Wanken brächte.

Nach einem Cocktail mit Aussicht besteht Yoshi-san auf einen letzten Ortswechsel: Er möchte den Abend mit einer Karaokeeinlage ausklingen lassen. Da ich mich als sein Gast nicht traue, den Vorschlag abzulehnen, folge ich ihm in eine Karaokebar. Wir mieten uns für eine Stunde ein privates „Singzimmer", bestellen über ein Haustelefon Getränke und blättern durch das telefonbuchdicke Songverzeichnis. Ich komme nicht umhin, Nenas Klassiker „99 Luftballons" zu singen. Alle Japaner haben bisher insistiert, dass ich auf Deutsch singe. Sie selbst bevorzugen meist Liebesschnulzen in ihrer eigenen Sprache. Auch der inzwischen schon sehr alkoholselige Ken schnappt sich ein Mikro, grinst mich mit seinem hochroten Kopf wie ein kleiner Junge an und gibt alles. Jegliches Schamgefühl scheint bei Karaoke zu verschwinden und nicht umsonst existiert die unausgesprochene Regel: „What happens at Karaoke, stays at Karaoke." Da ich nur äußerst ungern singe und auch Ken nicht als Stimmwunder bezeichnen würde, bin ich froh, als unsere bezahlte Stunde abgelaufen ist, und wir uns auf den Heimweg machen. Er ruft zum letzten Mal für heute ein Taxi, lässt mich aber diesmal allein einsteigen. Er drückt dem Fahrer einen Schein in die Hand und bittet diesen, mich nach Hause zu fahren, nicht aber ohne mir vorher noch anzubieten, mir ein Zimmer mit Ausblick im Park Hyatt zu bezahlen. Gerührt über das Angebot, lehne ich jedoch entschieden ab, nicht zuletzt aus Angst davor, dass Yoshi womöglich eine Gegenleistung erwartet. Er nickt verständnisvoll und meint, einen solchen Abend müssten wir bald wiederholen, er kenne da noch einige Restaurants, die mir sicherlich gefallen würden. Er verbeugt sich vor mir, und da ich bereits im Auto sitze, reiche ich ihm lediglich zum Abschied meine Hand. Das Taxi braust mit mir in die Nacht davon, und ich bin froh, durch Yoshi-san eine Seite von Japan kennen gelernt zu haben, zu der ich ohne ihn sicherlich keinen Zugang hätte.

Bereits ein paar Wochen später überrascht mich dieser großzügige Japaner, der schon kurz vor der Rente steht, erneut. Nicht nur, dass er mir von seiner Geschäftsreise nach Frankfurt Dominosteine und Spekulatius mitgebracht hat, sondern er schenkt mir auch noch Karten für ein Ereignis, das ich mir schon seit ich in Japan bin gern einmal live anschauen möchte.

Sumo

Es sind nicht irgendwelche Karten, die er für mich besorgt hat, sondern für den letzten und damit begehrtesten von insgesamt fünfzehn Wettkampftagen. Das Kokugikan - Stadion, sowie die meisten der heya - Ställe befinden sich in Ryogoku, dem Sumo-Stadtteil von Tokio. Hier wohnen und trainieren die Ringer. Auch im Alltag legen die Athleten die traditionellen Kleider nicht ab und tragen ihr langes, geöltes Haar zu Knoten hochgesteckt. An der Kleidung kann man sofort ihren Rang erkennen: Sind sie nur in einer einfachen Baumwoll-Yukata und in Holzsandalen gekleidet, gehören sie den unteren Rängen an. Tragen sie hingegen seidene Übermäntel und Stroh- oder Stoffsandalen, zählen sie bereits zu den Topringern.

Da die Wettkämpfe tagsüber unter der Woche stattfinden, muss ich mir einen Tag freinehmen. Ich entscheide mich dafür, Kohei den wahren Grund für mein geplantes Fernbleiben mitzuteilen. Er sieht mich ungläubig an, denn es ist nicht normal, dass Lehrer solch außergewöhnliche Geschenke erhalten. Ohne gute Beziehungen, ist es unmöglich, an Karten zu kommen. Kohei bleibt nun keine andere Wahl, er muss meinem Antrag stattgeben, denn Berkeley House würde das Gesicht verlieren, wenn ich so ein wertvolles und bedeutsames Geschenk ausschlagen würde. Yoshis Großzügigkeit ist nicht zuletzt ein Aushängeschild für sie, denn in ihren Augen, bin ich nicht für mich selbst tätig, sondern arbeite für das Wohl und den guten Namen der Firma.

Yoshi selbst ist heute auf Geschäftsreise und kann mich nicht begleiten. Daher hat er mir Karten für vier Personen geschenkt in der Hoffnung, dass ich damit noch ein paar Leuten eine Freude machen kann. Froh über die Gelegenheit, mich endlich bei ein paar guten Freunden revanchieren zu können, habe ich Monica und ihren Mann Ted eingeladen. Monica ist eine sympathische Kollegin, mit der ich schon in Sydney bei Embassy CES gearbeitet habe. Sie war ein paar Monate vor mir nach Tokio gezogen. In meiner Anfangszeit haben die beiden mich auf ihrem Sofa beherbergt und mir das Einleben in Japan sehr erleichtert. Bis heute hatte ich mir darüber Gedanken gemacht, wie ich ihnen dafür danken könnte. Der Dritte im Bunde ist mein guter japanischer Freund Kouta.

Ihn hatte ich bereits vor einigen Jahren auf einer Reise durch Südostasien kennen und schätzen gelernt. Obwohl Kouta nur ganz wenig Englisch kann, hat er die Gabe, sich immer verständlich zu machen und auch sein Gegenüber zu verstehen. Wir können Stunden um Stunden miteinander verbringen und haben trotz verschiedener Sprachen den gleichen Humor und eine sehr ähnliche Einstellung zum Leben. Auch Monica und Ted schließen den fröhlichen und intelligenten Japaner sofort in ihr Herz. Kouta versteht von Sumo ungefähr genauso viel wie wir, aber er weiß wenigstens, wie man sich zu verhalten hat und versteht, was gesagt wird.

Voller Erwartungen reiche ich dem Platzanweiser am Eingang des Kokugikan unsere Karten. Er wirft einen Blick darauf, verneigt sich tief und führt uns zu einer Box, die nur wenige Reihen von der dohyo - dem Ring - entfernt ist. Auch ohne Fernglas hat man von hier beste Sicht auf das Geschehen. Der Ring, dessen Belag ein Gemisch aus Sand und Lehm ist, erscheint mir wesentlich kleiner als ich ihn, basierend auf Fernsehbildern, eingeschätzt habe. Gerade mal 4,5 Meter misst der Durchmesser. Hoch über dem dohyo schwebt ein Dach, das mit dem eines Schinto-Schreins große Ähnlichkeit hat.

Der Platzanweiser winkt einen älteren Herrn in Uniform herbei, der sich mit einer weiteren tiefen Verbeugung als unser persönlicher Kellner für den Tag vorstellt. Im Preis der Tickets sind dieser Service, sowie Essen, Getränke und zum Abschied eine Geschenktüte inbegriffen.

Die Box, in der eigentlich Platz für vier Erwachsene sein sollte, wurde sicherlich nicht nach westlichem Standard gebaut, denn wir passen nur dann alle gleichzeitig rein, wenn wir unsere Beine über die flache Metallreling beim Nachbarn in die Box hängen lassen. Die spärliche Fläche teilen wir uns mit unzähligen kleinen Schüsselchen und Päckchen, in denen Leckereien eingewickelt sind. Die große Herausforderung besteht darin, nicht alle Getränke umzustoßen.

Je später der Nachmittag, umso hochrangiger sind die gegeneinander antretenden Ringer. Ab 16.00 Uhr sind alle der 13,000 verfügbaren Plätze belegt. Die Atmosphäre wird immer packender. Da ich diesen Sport nie verfolgt habe, kenne ich keinen der Ringer, aber an dem ehrfurchtsvollen Raunen, das durch die Ränge geht, wenn ein „ganz Großer" den Ring betritt, ist schnell klar, wer die Stars sind. Wir sitzen so nah an dem Geschehen, dass ich glaube die Vibration im Boden zu spüren, wenn die Sportler zu Beginn eines Wettkampfes mit ihren baumstammdicken Beinen aufstampfen, und ich bilde mir ein, jedes Salzkorn zu sehen, dass sie traditionell zur Reinigung handweise in die Luft werfen. Ich kann sogar die fleischigen Pickel auf ihren Rücken zählen und hören, wie die massiven Leiber aufeinanderprallen, wenn sie versuchen, sich gegenseitig aus dem Ring zu stoßen.

Obwohl es immer wieder der gleiche Ablauf ist und mehr Zeit für die rituellen Handlungen verwendet wird als auf den eigentlichen Kampf, wird uns nicht langweilig.Ich will die einmalige Chance nutzen und ein paar Fotos schießen, weshalb ich mich bis an den Rand des Rings heranwage. Ich knie mich nieder und halte mir die Kamera vors Auge. Plötzlich wird es direkt vor meiner Linse dunkel, und rein instinktiv drehe ich mich abrupt zur Seite. Einer der beiden Ringer ist aus dem Ring gefallen und hätte mich bei seinem Sturz beinahe erschlagen. Ich habe mich so erschrocken, dass ich mich gar nicht wehre, als zwei Offizielle mich auffordern, augenblicklich den Bereich zu räumen.

Kultur

Alle meine Schüler sind sehr bemüht, mich in ihr Leben und ihre Kultur zu integrieren. Durch die sich ständig wiederholenden und gleichzeitig sehr oberflächlichen Gesprächsthemen wie: Gefällt dir Japan?, Kannst Du mit Stäbchen essen?, Magst du Sushi?, Ist es nicht außerhalb unserer Landesgrenzen sehr gefährlich?, fehlt mir eine gewisse Tiefe in den Gesprächen. Vor meiner Ankunft hatte ich erwartet, ein hochentwickeltes und teures Land vorzufinden. Ein Land, in dem sehr viele Menschen auf ganz engem Raum leben, die lange arbeiten und sich ihrer Firma mehr verpflichtet fühlen als ihrer eigenen Familie. Ein Land, in dem sich alle zum Verwechseln ähnlich sehen, in vollen Zügen pendeln, jeden Tag rohen Fisch essen und dazu Sake trinken.

Das stimmt so weit auch alles, nur ist es manchmal erstaunlich, wie weit dieses Land auf anderen Gebieten unflexibel und rückständig ist.

Wirklich auffällig ist, dass die Japaner eine Scheu vor Neuem haben. Das können die fremden Leute in ihrem Land sein oder auch nur irgendwelche Lehrmethoden. So stammen unsere Englischbücher an der Sprachschule aus den frühen Siebzigerjahren, und viele Übungen, die darin für die Zukunft gedacht waren, kann ich nun als Training für Vergangenheitsformen anwenden. Als ich die Schulleitung damit konfrontiere und vorschlage, ein paar neuere Werke anzuschaffen, lautet die Antwort: „Die Bücher haben vor dreißig Jahren gute Dienste geleistet, also tun sie das heute auch noch. Ende der Diskussion!" Individualismus und Spontaneität sind nach wie vor unerwünscht. Die Sommerbadesaison geht genau vom 1. Juli bis zum 31. August, nie würde man, weder einen Tag davor noch danach - egal wie heiß es ist - jemanden am Strand finden. Gleichermaßen lockern manche Firmen in dieser Zeit die Kleiderordnung für Männer, die Krawattenpflicht entfällt und kurzärmelige Hemden sind vollkommen akzeptabel. Die Klimaanlage wird aus Kostengründen stark runtergedreht und zeitweise ganz ausgeschaltet. Aber wehe dem, der ab 1. September, ohne enganliegende Krawatte ins Büro kommt.

Absolut begeistert bin ich von der Tatsache, dass ich mich zu jeder Tages- und Nachtzeit sicher bewegen kann. Das ist nach Lateinamerika eine vollkommen neue und positive Erfahrung. Nie würde mich jemand belästigen. Das erklärt auch, warum die Japaner so gern gesehene "Überfallobjekte" in anderen Ländern sind, denn sie tragen meist arglos einen Haufen Bargeld mit sich rum. Sie sind es so gewohnt, denn in diesem Land gibt es kaum 24h Bankautomaten, die meisten sind ab 17.00 Uhr und den ganzen Sonntag außer Betrieb. Selbst die Zigaretten und Getränkeautomaten, die alle paar Meter am Straßenrand aufgestellt sind, „schlafen" irgendwann.

Was die Essmanieren betrifft, so wird es allen westlichen Eltern wahrscheinlich ganz anders werden. Da haben sie sich so lange bemüht, ihre Kinder ordentlich zu erziehen, und hier ist das alles nichts wert. So führt man den Teller zum Mund, man schlürft und schaufelt, trinkt die Suppe aus der Schüssel und packt das ganze Stück Fleisch oder Fisch zwischen die Stäbchen und schiebt es sich auf einmal in den Mund oder beißt ab und lässt den Rest zurück auf den Teller fallen. Vorspeise, Hauptgericht und Nachspeise werden alle gleichzeitig serviert und gegessen. Da Naseputzen als sehr unhöflich empfunden wird, Hochziehen aber nicht, kann man sich in etwa vorstellen, wie sich das bei Tisch anhört, wenn das Essen zu heiß oder scharf ist oder die gesamte Schulklasse von vierzig Kindern erkältet ist.

Manchmal glaube ich mit dem Kopf gegen die Wand rennen zu müssen, aber noch viel öfter muss ich lauthals lachen. Die Menschen sind auf ihre ganz persönliche Art sehr liebenswert, und Tokio ist ein aufregendes Pflaster. Kein Tag ist wie der andere.

Und dennoch weiß ich, dass ich nicht auf unbestimmte Zeit hier leben und für eine Firma wie BHLC arbeiten möchte. Ich träume immer häufiger von einem eigenen Unternehmen, einer eigenen Schule, in der ich all das umsetzen kann, was ich bisher bei meinen Auslandseinsätzen gelernt habe. Meine Vorstellung davon, wo ich diesen Traum verwirklichen soll, ist noch vage, aber meine Suche hat bereits begonnen.

Kapitel 9

Trinidad und Tobago 2005-2006

Das kann doch nicht sein, dass genau wie damals in Nicaragua niemand am Flughafen ist, um mich abzuholen! Joachim, mein neuer Arbeitgeber, hat in zahlreichen Telefonaten und E-Mails einen äußerst professionellen und gut organisierten Eindruck auf mich gemacht, weshalb ich mir gar nicht vorstellen kann, dass ausgerechnet er, mich jetzt versetzen wird. Ich stehe schwitzend umringt von zahlreichen Taxifahrern in der feuchtheißen Tropenluft am Crown Point International Flughafen in Tobago. Der Flugplatz ist gerade mal so groß, dass ein Überseeflugzeug auf dem Rollfeld Platz hat. Nachdem alle Passagiere ausgestiegen sind, rückt der Putztrupp an, wischt einmal kurz durch, und die nächste Fuhre sonnenverbrannter Touristen kommt an Bord. Ein einziger Ausgang führt aus der Ankunftshalle nach draußen, wo hinter einer wackeligen und leicht angerosteten Barriere, Hotelscouts und Taxifahrer auf potentielle Kunden lauern, die sie mit flotten Karibiksprüchen für eine Fahrt zu gewinnen versuchen. Einige der soeben gelandeten Besucher versuchen die Einheimischen zu ignorieren, indem sie durch sie hindurch blicken und angestrengt nach ihrem Reiseveranstalter in Uniform Ausschau halten. Andere wiederum sehen sich ängstlich nach ihren Ehemännern um, und einige wenige nehmen allen Mut zusammen, lächeln und packen ihre paar Brocken verstaubtes Schulenglisch aus. Es sind diese paar Mutigen, die den Job der selbsternannten Fahrer lohnenswert machen. Ehe sich die Touristen versehen, wird ihnen ihr Gepäck abgenommen und in einem wartenden Wagen verstaut. Dann wird den Neuankömmlingen mit einem freundschaftlichen Klaps auf die Schultern und einem „Welcome to Paradise“ ein unverschämt hoher Fahrpreis abgeknöpft, den sie sich nicht anzufechten trauen, da sie weder mit der Währung Trinidad&Tobago-Dollar noch mit den üblichen Streckenpreisen vertraut sind.

Ein paar beachbums, wie die männlichen Rastastrandschönheiten hier genannt werden, haben sich auch unter die Wartenden gemischt. Höchstwahrscheinlich haben sie sich soeben unter Tränen von „der Liebe ihres Lebens“ verabschiedet und fest versprochen zu schreiben. Bevor der bildhübsche Jüngling geknickt und traurig nach Hause fährt, beschließt er trotzdem noch kurz am Ausgang der Ankunftshalle die Lage zu sondieren, denn es könnte ja sein, dass ihm eine schlanke, gut gebaute und möglichst betuchte Blondine über den schmerzlichen Verlust hinweghelfen würde – natürlich nur so lange bis er seine „wahre Liebe“ besuchen fährt. Die paar muskulösen schwarzen Rastatypen, die mich in ihre engere Wahl genommen haben, lasse ich mit den oft erprobten Worten „Man(n) erwartet mich“ stehen. Ich halte weiter Ausschau nach Joachim, von dem ich immer noch glaube, dass er sein Versprechen wahr macht und mich abholt.

Da ich aus meinem Ankunftserlebnis in Nicaragua eine Lehre gezogen habe, habe ich diesmal die Handynummer von meinem Abholer griffbereit in der Tasche. Der Angestellte der Wechselstube ist so freundlich, mich kurz telefonieren zu lassen. Froh, der Meute am Ausgang und der Hitze draußen kurz zu entkommen, wähle ich die Nummer. Joachim ist ganz überrascht, von mir zu hören, denn ihm wurde gesagt, die Maschine aus Deutschland hätte Verspätung. Er sitzt mit seiner Kollegin Sabine im Vie de France, einem kleinen Café direkt nebenan. Erleichtert lege ich auf, und es dauert keine zwei Minuten, bis die beiden da sind und mich herzlich auf der Insel willkommen heißen.

Mein neuer Chef ist ganz anders, als ich ihn mir vorgestellt habe. Mittelgroß, schlank, karibisch leger gekleidet und mit zweiunddreißig ein paar Jahre jünger als erwartet. Er ist mir auf Anhieb sympathisch; die 24-jährige, halb britische, halb schweizerische Kollegin Sabine leider weniger. Ihrem sauren Gesichtsausdruck nach zu urteilen, hält sich ihre Begeisterung, dass ich als „Academic Coordinator“ Mitglied des Leitungsteams werde, in Grenzen. Sie selbst ist zuständig für den organisatorischen Ablauf der Schule, die Rechnungsstellung und die Unterkunftsplanung für die Studenten. Wir müssen uns natürlich absprechen und zusammenarbeiten, aber unsere Bereiche überschneiden sich so gut wie gar nicht. Ich weiß nicht, ob sie mich als Konkurrenz sieht oder einfach nur keine Veränderungen mag. Sie behandelt mich höflich nach Protokoll, aber kühl und distanziert.

Bei einem anschließenden gemeinsamen Kaffee erzählt mir Joachim, wie er vor ziemlich genau zehn Monaten als Schulleiter zusammen mit Jonas, einem eng befreundeten Computergenie aus Deutschland, die kleine Sprachschule „Team Speak Spoke Spoken“ ins Leben gerufen hat. Joachim machte sich auf den Weg in die Karibik und Jonas unterstützte ihn von Deutschland aus. Als der gelernte Wirtschaftsingenieur auf der Insel ankam, hatte er noch kein Schulgebäude, keine Lehrer und keine Unterkünfte. Trotzdem hat er das Unmögliche vollbracht und einem renommierten deutschen Sprachreiseveranstalter Tobago als Traumlocation für Englischkurse in der Karibik verkauft. Als die erste Gruppe eintraf, war er noch gezwungen, sich selbst um alles zu kümmern: Lehrer einstellen, Schule einrichten, Unterkünfte organisieren, Studenten am Flughafen abholen, Schule putzen, Anfragen beantworten und sich mit den Behörden auseinandersetzen. Er hat die Trinidaderin Jamie als Lehrerin eingestellt, und die beiden haben den ersten Probelauf mit fünf deutschen Teilnehmern erfolgreich über die Bühne gebracht. Jetzt im Januar ist das kleine Unternehmen bereits um zwei weitere Lehrer, Carlos und Sandra, angewachsen. Außerdem gibt es noch Coky, den Gärtner und Mann für alles, als auch Marilyn, die Putzfrau. Sabine ist vor drei Monaten als Praktikantin dazugekommen und hat heute die Rolle des „Operations Coordinator“. Da jedoch keiner Erfahrung mit Sprachkursen hatte, haben sie dringend jemanden gesucht, der den akademischen Bereich leitet, also Lehrer rekrutiert und fortbildet, Kurspläne und Lehrmaterial entwirft, bei Bedarf selbst unterrichtet, sich um die Einstufung und alle akademischen Belange der Studenten kümmert und schließlich dafür sorgt, dass Team Speak Spoke Spoken vom Kultusministerium staatlich anerkannt wird.

Mir wird ein bisschen angst und bange, wenn ich im Detail über meinen neuen Tätigkeitsbereich nachdenke. Aber schließlich ist es genau das, was mich dazu bewogen hat, mein Leben in Japan aufzugeben: neue Herausforderungen wie man so schön sagt. Als ich mich umschaue und sehe, wie sich die Palmen in der Meeresbrise sanft hin und her wiegen und die Sonne am Horizont wie ein glühender Ball ins leicht gekräuselte Wasser eintaucht, habe ich zumindest das Gefühl, mit der Wahl des Arbeitsortes nicht ganz falsch zu liegen.

Lowlands

Joachim hat praktischerweise bereits eine Unterkunft für mich organisiert. Eine echte Wohltat, denn bisher musste ich mich immer selbst darum kümmern, was mich jedes Mal viel Zeit und Nerven gekostet hat.

Vor meiner Abreise aus Deutschland hatte ich mir ausgemalt, wie ich direkt am weißen Karibikstrand wohnen und jeden Tag mit einem erfrischenden Bad im türkisblauen Wasser beginnen würde. Dem ist leider nicht so. Stattdessen bekomme ich in Lowlands, etwa zehn Minuten mit dem Auto von der Schule und der Karibikseite entfernt, ein nach frischer Farbe riechendes Zimmer, ohne Klimaanlage, Ventilator oder Fernseher.

Nach dem langen Flug und der Warterei in der feuchten Hitze habe ich das dringende Bedürfnis, mich frisch zu machen. Aber wie funktioniert die Dusche? Da ich dem Duschkopf beim besten Willen keinen Tropfen Wasser entlocken kann, quetsche ich mich unter den Hahn der Badewanne und sehe zu, wie der schwache Wasserstrahl über meinen Körper rinnt, um dann als braune Dreckspur im Abfluss zu verschwinden.

Als ich mich anschließend auf das Bett werfe, erschrecke ich über das laute Geräusch, das ertönt, wenn ich mich bewege. Ich ziehe das Laken zur Seite und stelle fest, dass die unbequeme Schaumstoffmatratze mit Plastik überzogen ist. Wer sich das ausgedacht hat? Wer möchte denn bei dieser Hitze auf Plastik schlafen? Zum Glück bin ich nur für ein paar Tage in diesem Zimmer, denn sobald nebenan die Mieter ausziehen, habe ich dort meine eigene Wohnung, und die Praktikantin der Schule, die in ein paar Wochen ankommt, wird hier einziehen.

Meine einheimischen Vermieter haben ihr Reich im ersten Stock direkt über meinem Zimmer. Gleich nach meinem Einzug gesellt sich Bernadine, die Hausbesitzerin, für eine Stunde zu mir und erzählt mir alles Mögliche. Ich tue mich schwer, ihrem ungebremsten Redefluss zu folgen und mir alle Informationen zu ihrer weitverzweigten Familie zu merken, möchte aber nicht unhöflich sein und nicke daher in regelmäßigen Abständen ergeben. Dass ich eigentlich todmüde bin und am liebsten allein sein und mich ausruhen möchte, kommt ihr gar nicht in den Sinn. Die Wahrung von Distanz und der Respekt vor der Privatsphäre funktionieren hier definitiv anders als in meiner vorherigen Heimat Japan.

Die Insel

Am nächsten Tag holt mich Joachim in seinem violetten Cabriojeep ab, der nur einen intakten Sitz hat und sicherlich in Deutschland durch keine Inspektion mehr kommen würde.

Das Fahren auf der Insel ist ein Abenteuer für sich. Da Trinidad & Tobago viele Jahre lang britische Kolonie war, herrscht Linksverkehr, was zum Glück nach meinen Aufenthalten in Australien und Japan keine Umstellung für mich bedeutet. Die Geschwindigkeitsbegrenzung liegt offiziell bei 50kmh, aber aufgrund von fehlenden Kontrollen und Radargeräten fahren alle grundsätzlich so schnell, wie es der Verkehr gerade zulässt. Nur kurz vor den Feiertagen sieht man gelegentlich gelangweilte Polizisten, die mit Stoppuhren in der Hand im Schatten stehen und Temposünder jagen. Ich kann mir nicht vorstellen, dass die Geldbußen, die sie nach ihrem Ermessen festlegen, jemals in der Staatskasse landen. Vermutlich werden sie eher dazu verwandt, den Kollegen eine Runde Rum & Coke zu spendieren. Die Polizei besitzt weder Alkoholtestgeräte noch unternimmt sie etwas dagegen, dass die Fahrer hier nachts ohne Licht oder nur mit einem Scheinwerfer fahren. Von einer Institution wie TÜV hat auf T & T noch niemand gehört.

Joachim nimmt sich Zeit und zeigt mir die Insel, die zu den kleinen Antillen gehört: Die am Hafen gelegene Hauptstadt Scarborough, die

Bilderbuchstrände Pigeon Point, Castara und Englishman's Bay sowie natürlich die Schule, die sich in einer ehemaligen Villa mit riesigem Garten befindet.

Im Vergleich zu Tokio ist meine neue Heimat sehr übersichtlich. Es gibt genau eine Straße, die um die Insel herumführt. Auf einer Fläche von dreihundert Quadratkilometern leben hier knapp 50,000 Menschen. An der Südseite brandet der Atlantik an die wilde Küste, das Landesinnere ist hügelig und fast vollständig mit Regenwald bewachsen. Auf der anderen Inselseite umrahmt die karibische See die palmenumsäumten, weißen Strände. Auf ganz Tobago sucht man vergeblich nach einem Fitnessstudio, Kino, Theater oder Einkaufszentrum. Lediglich ein paar kleinere Läden, einige größere Supermärkte und vor allem Kneipen, aus denen überall die gleiche Soca-, Calypso- oder Reggaemusik erschallt, gibt es. Das Nationalinstrument, die Steelpan, die erst in den dreißiger Jahren auf Trinidad erfunden und ursprünglich aus einem Ölfass hergestellt wurde, ist auch heute als Percussion-Instrument aus keiner Steelband wegzudenken. Ohne Musik und ihren Rum könnten die Tobegonier nicht leben.

Neunzig Prozent der Einwohner sind afrikanischen Ursprungs. Die restlichen zehn Prozent gehören zu jeder anderen erdenklichen Rasse, wobei der Anteil an Weißen nur etwa ein Prozent ausmacht. Wie schon in Japan, steche ich auch hier als große Blondine eindeutig hervor. Aber anders als in der anonymen Großstadt weiß hier jeder sofort, wer ich bin, wo ich arbeite und was ich in meiner Freizeit mache. Keine einheitsgrauen

Geschäftsleute mehr, sondern farbenfroh und sehr leger angezogene Rastas, deren Lebensphilosophie aus liming besteht – der Kunst des Nichtstuns, die jeder zur Perfektion beherrscht. Gelegenheit zu limen gibt es immer. Mit alten und neuen Freunden wird reichlich gegessen und getrunken, man erzählt sich das Neueste und lässt die Zeit verstreichen. Der Transport von einem limingspot zum nächsten ist an sich auch kein Problem, denn obwohl es keine öffentlichen Verkehrsmittel gibt, kann jeder PKW – sofern der Fahrer möchte – in ein Taxi umfunktioniert werden. Man stellt sich einfach an die Straße und wartet, bis ein Auto anhält. Die Fahrpreise richten sich nach der Distanz, teurer wird es abends oder wenn der Fahrer von der Hauptstraße abbiegen muss, um einen Umweg zu fahren.

Gleich bei meinem ersten Ausflug will ich vom Supermarkt mit einem solchen privaten Taxi zurückfahren, finde dann aber unser Haus nicht mehr, obwohl ich mir sicher war, dass es direkt an der Hauptstraße liegt. Ich steige aus und laufe schwitzend mit meinen Tüten den „Highway" entlang– wie die Hauptstraße hier genannt wird. Ich suche das pfefferminzgrüne Haus, dessen genaue Adresse ich noch nicht verinnerlicht habe.

Aber es ist wie vom Erdboden verschluckt. Durch Fragen nach Carl und Bernadine, meinen Vermietern, die zum Glück jeder kennt, komme ich schließlich an mein Ziel und muss erstaunt feststellen, dass das Haus gar nicht direkt an der Straße liegt, sondern durch ein Feld und wild wuchernde Pflanzen von ihr getrennt ist. Bernadine lacht sich kaputt, als sie hört, dass ich mich verlaufen habe. Sie gibt mir den guten Tipp, einen verrosteten Behälter, der mindestens einen Meter Durchmesser hat und früher für das Rösten von Kakaobohnen benutzt wurde, als Wahrzeichen einzuprägen. „Wenn du den Rost in der Sonne im Gras schimmern siehst, musst du aussteigen.“ Sie scheint sich keine Sorgen darum zu machen, dass der Behälter eines Tages weggeräumt werden könnte; er liegt seit vierzig Jahren an genau dieser Stelle im Gras.

So sehr ich von der Schönheit und Ursprünglichkeit der Insel beeindruckt bin, ihre Schattenseiten bleiben mir dann auch nicht verborgen. Im Falle von Tobago sind das die Drogen, Überfälle und Einbrüche, zusammen mit einer völlig unfähigen, korrupten und desinteressierten Polizei. Wenn die obersten Behörden nicht bald aufwachen und etwas gegen diese Zustände unternehmen, dann wird sich ihr Paradies bald in eine Hölle verwandelt haben. Für mich persönlich kommt noch hinzu, dass ich ganz ehrlich Angst habe, auf der kleinen Insel und so ganz ohne jedes Freizeitangebot eines Tages an einem Inselkoller zu erkranken.

Coky

Als Joachim mich nach unserer ausgiebigen Sightseeingtour fragt, ob ich nicht Lust hätte, am Abend zum Limen ins Cat & Fiddle zu gehen, sage ich nicht Nein. Wir verabreden uns gegen 21 Uhr. Im Vorbeifahren zeigt er mir kurz, wo die beliebte Strandkneipe liegt, und ich bin zuversichtlich, dass ich sie allein finden werde, schon deswegen, da die laute Livemusik bestimmt nicht zu überhören ist.

Zu Fuß mache ich mich später am Abend im Stockfinsteren auf den Weg und folge der Straße am Atlantik entlang. Laut und deutlich höre ich die Soca-Rhythmen pulsieren und erwarte jeden Moment, mein Ziel zu erreichen. Leider entpuppt sich dann das, was ich aufgrund der lauten Musik für die Openair-Strandbar gehalten habe, als private Gartenparty des Tourismusministers.

Eine Frau, die mich am Tor nach Cat & Fiddle fragen hört, ist so freundlich, mich hinzufahren. Sie ist entsetzt, dass ich so leichtsinnig bin, nachts allein herumzulaufen, und ringt mir das Versprechen ab, in Zukunft vorsichtiger zu sein, vor allem am Wochenende. „Den Typen hier ist alles zuzutrauen. Je später es wird, desto mehr Alkohol haben sie im Blut, da kannst du gar nicht vorsichtig genug sein." Sie scheint zu wissen, wovon sie spricht.

Die Party in der nur mit einem Strohdach bedeckten Kneipe ist bereits in vollem Gange. Die Musik dröhnt, Bier und Rum fließen in Strömen, und alle auf der Tanzfläche winen - die einheimische Art zu tanzen. Die Trinbegonier haben sie perfektioniert, und bei jedem, der diese Kunst nicht beherrscht, sehen die Nachahmungsversuche eher lächerlich aus. Männer und Frauen bewegen ihre Hüften und Taillen so schnell und geschmeidig, dass ich mich frage, ob sie in diesen Körperregionen mit besonderen Muskeln geboren wurden.

Ich versuche mir einen Weg an den schweißüberströmten Leibern vorbei zu bahnen und dabei möglichst geschickt, den vielen nach mir greifenden Händen zu entkommen, die mich zum Mittanzen auffordern. Ich ignoriere die Rufe, lächele etwas nervös und murmele immer wieder „not now, maybe later.“ In der Hoffnung, dass mit einem kühlen Carib oder Stag, dem einheimischen Bier, alles leichter wird, gehe ich zielstrebig auf die Bar zu. Während ich auf mein Getränk warte und versuche, betont lässig am Tresen zu lehnen und alle neuen Eindrücke auf mich wirken zu lassen, werde ich erneut angesprochen. Diesmal von einem großen schlanken Mann, den ich auf mein Alter schätze. Er hat nicht nur ein wunderbar strahlendes Lächeln und einen gut gebauten Körper, sondern er kennt zu meiner größten Überraschung meinen Vornamen. Er stellt sich als Coky vor, und obwohl ich wegen der lauten Musik nur wenig verstehe, entnehme ich seinen Worten, dass er als Gärtner und „Mann für alles“ ebenfalls für die Schule arbeitet. Er hat mich bereits tagsüber mit Joachim an der Schule gesehen und sich nach mir erkundigt. Coky führt mich zu den anderen Kollegen, die etwas abseits an einem Tisch sitzen und sich unterhalten. Die Gespräche verstummen kurzzeitig, als mich der Gärtner vorstellt. Joachim und Sabine kenne ich ja schon. An ihrem Tisch sitzen außerdem noch zwei einheimische Lehrer: Jamie und Carlos, von denen ich eigentlich dachte, dass ich sie erst am Montag in der Schule kennen lernen würde. Mir entgeht nicht, dass Carlos, der halb Venezolaner und halb Trinidader ist, mich von Kopf bis Fuß kritisch mustert und dann Coky etwas ins Ohr flüstert. Ich spüre sofort, dass es mit ihm als Untergebenem nicht einfach werden wird. Er begrüßt mich mit den Worten: „Du bist also unsere neue akademische Leiterin aus Deutschland, ich bin mir sicher, wir werden noch viel Spaß miteinander haben.“ Und mit einem vielsagenden Zwinkern in die Runde steht er auf und holt sich ein Bier. Etwas überrascht an diesem Ort mein Team kennen zu lernen, versuche ich fröhlich zu gucken und ein Gespräch anzufangen. Ich nehme auf einem freien Stuhl Platz, den mir Coky gleich geholt hat. Dankbar lächele ich ihn an und spüre, wie er mich anstrahlt und dass ich in ihm einen Freund gefunden habe.

Die Gespräche drehen sich um das Leben auf der Insel und um Leute, die ich nicht kenne. Es fällt mir schwer, alles zu verstehen, denn die Aussprache des karibischen Englisch ist gewöhnungsbedürftig. Noch dazu werde ich von unzähligen Männern beinahe aggressiv angeflirtet, was ich von den letzten Jahren in Japan nicht gewöhnt bin. Wie gern wäre ich jetzt im sicheren Hafen bei meinen Jungs in Ni-Chome!

Nach ein paar Bieren bin ich so müde, dass ich beschließe, mich auf den Heimweg zu machen. Ich verabschiede mich von allen und versuche, an der Straße ein Taxi zu finden. Es halten einige Autos, die kurz vorm Auseinanderfallen sind. Zu meiner großen Überraschung sind diese rollenden Rostschüsseln meist mit einem Soundsystem ausgestattet, dass man sich wegen der wummernden Bässe fühlt, als säße man nicht auf einem herkömmlichen Autositz, sondern im Massagestuhl. Aus Angst vor einem Gehörschaden und weil die meisten Fahrer sternhagelvoll oder sonstwie zugedröhnt sind, traue ich mich nicht, einzusteigen.

Zwanzig Minuten später stehe ich immer noch an derselben Stelle, als ich meinen Name höre. Es ist Coky, der zu meiner Rettung eilt und anbietet, mich nach Hause zu fahren. Zwar höre ich an seiner schweren Zunge, dass auch er nicht mehr ganz fahrtauglich ist, aber einen nüchternen Fahrer würde ich um diese Uhrzeit wohl sowieso nicht mehr finden. Dankbar nehme ich an. Als er das Knurren in meinem Magen hört, schlägt er vor, zu Block 22 zu fahren, einem beliebten Hähnchen-Restaurant, das bis spät in die Nacht offen hat und immer voll ist. Je später die Stunde, desto unheimlicher die finsteren Gestalten, die dort abhängen; einige von ihnen sind immer auf der Suche nach dem schnellen Geld, überfallen Touristen oder brechen Autos auf. Im Hinterzimmer befindet sich eine dunkle Zockerhöhle, die ausschließlich von Männern frequentiert wird und in der Frauen nicht willkommen sind. Obwohl ich zugeben muss, dass ich großen Hunger habe, ist mir nicht nach fettigem Huhn. Coky lächelt mich allwissend an und erzählt mir, dass er in dem Ruf stehe, der beste Koch der Insel zu sein. Als er mich vor meiner Tür abliefert, gibt er sich zuversichtlich, dass sich bald die Gelegenheit bieten wird, dass ich mich selbst von seinen Künsten überzeugen kann.

Wie bald „bald" sein würde, kann ich in dem Moment noch nicht ahnen. Ich habe gerade meinen leeren Kühlschrank vergeblich nach Essbarem durchforstet und mich enttäuscht und hungrig ins Bett gelegt, als es an meinem Schlafzimmerfenster klopft. Ich zucke zusammen und bleibe regungslos im Dunkeln liegen. Das Geräusch ertönt ein zweites Mal, und diesmal lauter und länger. Vorsichtig spähe ich durch einen Spalt zwischen den Vorhängen und traue meinen Augen nicht, als ich die schlanke Gestalt von Coky ausmache. In seinen Händen hält er einen mit Alufolie bedeckten Teller. Ich öffne ihm die Tür und mit einem schüchternen und etwas verlegenen Grinsen überreicht er mir die lecker duftende Platte: „Es ist nicht gut, hungrig ins Bett zu gehen. Hier ist von mir gekochtes Pelau mit Huhn. Guten Appetit!“ Ich bringe gerade noch ein „Danke“ über die Lippen und schaue ihm zu, wie er genau so plötzlich im Dunkel der Nacht verschwindet, wie er gekommen ist. Glücklich mache ich mich über das leckere Essen her und spüre, wie sich ein wohliges Kribbeln in meinem Bauch ausbreitet.

Carlos

Seit meinem ersten Arbeitstag kämpfe ich mit der Umstellung, nicht mehr nur Angestellte zu sein, sondern Entscheidungen treffen zu müssen und die Verantwortung für ein Team zu tragen.

Erschwert wird die Arbeit dadurch, dass wir oft mehr gegeneinander kämpfen, als gemeinsam an einem Strang zu ziehen. Sowohl Carlos als auch Jamie und Sabine sind sehr starke Persönlichkeiten, mit genauen Vorstellungen, wie etwas zu sein hat. Keiner gibt gern Fehler zu oder ist bereit, nachzugeben. So erwarten die Lehrer von mir, dass ich Material aus dem Boden stampfe, sie möglichst von allen Büroarbeiten befreie und jedes Problem bereits im Keim ersticke. Gerade die Einheimischen müssten dabei eigentlich wissen, dass in diesem Land nichts so funktioniert, wie es sollte, und ständig Kompromisse und Spontanlösungen gefragt sind. Die Einstellung zur Arbeit steht hier der „Latino-Mañana-Mentalität“ in nichts nach. Der Großteil unserer Studenten kommt aus Europa und hat dementsprechend westliche Ansprüche. Der Kunde räumt uns vielleicht ein bisschen mehr Toleranz ein, wenn es um die Lösung von Problemen geht. Er weiß, dass in der Karibik die Uhren etwas gemütlicher ticken, aber letztendlich will er das vorfinden, was ihm der Reiseveranstalter versprochen und wofür er auch bezahlt hat. Da stößt es auf wenig Verständnis, wenn die gerufenen Handwerker, um einen Rohrbruch im Bad zu reparieren, erstmal auf die Bäume klettern und stundenlang Leguane jagen, die als kulinarische Delikatesse gelten. Oder wenn der Mobilfunkbetreiber seinem Kunden klar zu machen versucht, dass er nicht telefonieren oder das Internet nutzen kann, weil ein Vogel auf der Leitung sitzt. Auch dass mir unser Kopiergerät zwar zu einem Schnäppchenpreis verkauft worden ist, es aber in dem ganzen Land keinen Toner dafür gibt, verwundert nur einen Ausländer. Wie sehr vermisse ich da manchmal die gut organisierten und verlässlichen Japaner mit ihrer uneingeschränkten Aufopferung für ihre Firma!

Für weitere Spannungen an der Schule sorgt die Tatsache, dass wir ausländischen Mitarbeiter alle Schwierigkeiten mit unseren Arbeitsgenehmigungen haben. Beinahe jede Woche müssen wir bei der Einwanderungsbehörde vorsprechen und immer wieder einem anderen Beamten dieselben Fragen beantworten. So wie ich die Behörden hier einschätze, würde es mich nicht wundern, wenn jeder neue Kollege denkt, er sei der erste, der sich um unsere Belange kümmert. Ich beiße mir bei jeder Fragerunde ein bisschen fester auf die Zunge, denn sollten uns die Visa nicht ausgestellt werden, ist die Zukunft von Team Speak Spoke Spoken ernsthaft gefährdet, was wiederum längerfristige Planung und Investitionen unmöglich macht. Auch die Ministerien und Schulbehörden treiben mich in den Wahnsinn, da es jeden Tag eine neue Regelung bezüglich der Formalitäten für die Anerkennung der Schule gibt. Mal sind die Anträge, die ausgefüllt werden müssen, nicht mehr gültig, aber Neue noch nicht gedruckt, mal ist der ganze Vorgang irgendwo zwischen Tobago und Trinidad verloren gegangen, mal weiß keiner, wer überhaupt für unsere Belange zuständig ist und was Team Speak Spoke Spoken eigentlich für eine Institution ist. Geduldig erkläre ich es ihnen noch einmal.

Ich habe das große Glück in Joachim vom ersten Tag unserer Zusammenarbeit an einen tollen Chef, Geschäftspartner, Kollegen und Freund gefunden zu haben, der mir in allen Entscheidungen den Rücken stärkt. Er ist jemand, auf den ich mich blind verlassen kann.

So sehr ich Joachim schätze, so sehr machen mir ein paar andere Leute leider das Leben schwer. Ich bin als Ausländerin Chefin von Einheimischen und will aus den Angestellten ein Team machen. Keine leichte Aufgabe, vor allem da ich selbst noch kaum Erfahrung in der Mitarbeiterführung habe. Ich muss meine eigene Linie finden und mir den Respekt und die Anerkennung von Leuten verschaffen, die mich anfangs nicht so recht als Chefin akzeptieren wollen. Bisher hatten die Lehrer hier freie Hand, da sich Joachim um so vieles kümmern musste, dass er sich zwangsläufig damit zufrieden gab, solange das Feedback der Teilnehmer am Kursende gestimmt hat. Die Lehrer sind es nicht gewohnt, dass ihre Leistungen nun kontrolliert und bewertet werden, dass ich Pünktlichkeit und Engagement voraussetze, Unterrichtspläne sehen will, regelmäßige Lehrerbesprechungen einberufe und sie aktiv in die Mitgestaltung und Ausarbeitung der Kursstrukturen einbeziehe. Sie stellen mich wo sie nur können auf die Probe, allen voran Carlos. Die Machtspielchen mit ihm gehören zur Tagesordnung. Er kann freundlich und zuvorkommend sein und im nächsten Moment mir direkt ins Gesicht sagen, dass er morgen etwas Besseres zu tun hat, als zum Meeting zu kommen, und was ich denn bitteschön dagegen machen möchte. Mir fehlt die Schlagfertigkeit, um auf seine Provokationen entsprechend zu reagieren.

Da die Insel so klein ist und er mit Sabine zusammenwohnt und mit Coky befreundet ist, kreuzen sich auch in der Freizeit oft unsere Wege, was mir alles andere als lieb ist. Nicht nur, dass ich mich verwundbar mache, da Carlos so mehr von meinem Privatleben mitbekommt, als mir recht ist, sondern ich kann auch Gift drauf nehmen, dass er keine Gelegenheit auslassen wird, um mir einen Fehltritt unter die Nase zu reiben. So wird selbst die Freizeit zur Stresssituation. Auf einer kleinen Insel, auf der alle über alles und jeden tratschen, eine ganz schöne Umgewöhnung, vor allem da ein guter Ruf schneller dahin sein kann, als ich mir vorstellen kann.

Carlos ist mit seinen siebenundzwanzig Jahren kein Kind von Traurigkeit. Mir entgeht nicht, wie er mit allen weiblichen Studentinnen flirtet und sich immer sofort bereit erklärt, sie zum Strand zu begleiten, oder ihnen persönlich das Winen beizubringen. Sein Arbeitsvertrag sieht zwar vor, dass er sich als Lehrer stets professionell seinen Studenten gegenüber zu verhalten hat und amouröse Beziehungen zwischen Angestellten und Studenten zum sofortigen Verlust des Arbeitsplatzes führen, aber letztendlich sind alle, die bei uns studieren, erwachsen und können selbst entscheiden, mit wem sie sich einlassen. Bei Verstoß muss ich natürlich die Konsequenzen ziehen und handeln, aber ich bin die Letzte, die Carlos nachspioniert, um zu sehen, ob er sich an seinen Vertrag hält. Außerdem will ich kein Öl ins Feuer gießen, denn obwohl alle mitbekommen haben, dass Coky und ich in der Zwischenzeit ein Paar geworden sind, weiß ich nicht, wie die anderen dazu stehen. Es spricht zwar nichts dagegen, dass ich mit einem Teammitglied zusammen bin, vor allem einem, der alle seine Abmachungen und Aufgaben mit Sabine bespricht und nicht mit mir, aber trotzdem fühl ich mich deswegen unsicher und angreifbar. Der Letzte, mit dem ich diese Privatangelegenheiten ausdiskutieren möchte, ist Carlos.

Coky ist auf jeden Fall mein Anker geworden, da er sich höchstens durch die Polizei aus der Ruhe bringen lässt und nie zögert, mit anzupacken, wenn seine Hilfe gebraucht wird. Das heißt zwar auch, dass ich ihn manchmal nur wenig sehe, weil er irgendwo stundenlang einem Freund einen Gefallen erweist. Selten ist mir ein Mensch mit einem so sonnigen Gemüt begegnet. Ganz sicher will ich mir nicht von Carlos dazwischenreden lassen, aber ich merke auch, wie ich mich bemühe, dass wir ihm möglichst wenig begegnen.

Knast

Es ist Freitagabend, und ich bin so erledigt von der Schulwoche. Coky ist noch voller Energie, und als ich ihm versichere, dass mich keine zehn Pferde mehr aus dem Haus bringen, macht er sich allein mit dem Schulauto auf ins Nachtleben. Keine halbe Stunde später, und ich bin bereits erschöpft zum Summen des Ventilators eingeschlafen. Erst spät am nächsten Morgen wache ich auf und stelle sofort fest, dass Coky noch gar nicht nach Hause gekommen ist. Theoretisch wäre es möglich, dass er in seinem kleinen Zimmer auf dem Schulgelände geschlafen hat, aber da wir gern zusammen übernachten und ich immer froh bin, wenn ich meine Arbeitsstätte verlassen kann, verbringen wir die meiste Zeit in meiner Wohnung. Er hat seit Monaten nicht mehr bei sich geschlafen.

Coky feiert gern, aber nie die ganze Nacht durch. Als ich ihn auf seinem Handy nicht erreichen kann, fange ich an, mir Sorgen zu machen. Ich überlege gerade, welchen seiner Freunde ich am besten anrufen könnte, als mein Handy klingelt. Es ist Sabine. „Die Polizei war gerade bei mir, Coky hatte einen Unfall. Er ist nicht verletzt und auch sonst niemand, aber das Auto steht mit Totalschaden etwa einen Kilometer vor eurem Haus. Und Coky ist im Knast. Bis Montag auf jeden Fall, dann ist die Verhandlung. Laut Polizei war er total betrunken und ist ohne Licht mit einem platten Reifen in Schlangenlinien auf dem Highway gefahren. Peter und ich kommen und holen dich ab, dann versuchen wir, ihn zu besuchen.“ Ich kann es nicht fassen. Coky im Knast wegen Trunkenheit am Steuer und das nur weil er sein „eigenes“ Auto zu Schrott gefahren hat?

Kurz darauf erscheinen die beiden. Peter, Sabines Freund, rät mir, für Coky ein paar frische T-Shirts, seine Zahnbürste und etwas zu essen einzupacken. Auf der Fahrt zum Gefängnis in Scarborough erfahre ich von ihm, dass auch er schon mehrmals eingesessen hat und es hier fast keinen gibt, den nicht schon ein ähnliches Schicksal ereilt hätte. Es wird von den Angehörigen erwartet, dass sie ihre Familienmitglieder oder Freunde mit Essen und Trinken versorgen. Als er mir die näheren Zustände im Gefängnis beschreibt, dreht sich mir der Magen um. Obwohl ich wütend auf Coky bin, dass er so unvernünftig war und das Schulauto betrunken zu Schrott gefahren hat, würde ich hier einen Aufenthalt hinter Gittern kaum meinem ärgsten Feind wünschen. Stickige heiße Luft und Zellen so dreckig und kotverschmiert, dass man meist nur im Stehen schlafen kann.

Peter findet unser Ziel ohne Probleme und begrüßt den diensthabenden Wärter wie einen alten Freund. Wir fragen nach Coky und erhalten die Bestätigung, dass er wirklich gegen drei Uhr morgens eingeliefert worden ist. Wir legen unsere Gaben auf den Tisch, und ich weiß nicht, ob ich lachen oder weinen soll, als der Wärter mich bittet, das Essen vorzukosten, während er überprüft, ob die Wasserflasche noch Original versiegelt ist und ein wenig Zahnpasta aus der Tube drückt. Was glaubt er, dass ich darin eine Feile versteckt habe? Sehen oder sprechen dürfen wir Coky nicht, aber der Wärter teilt uns wenigstens mit, dass seine Verhandlung für Montagmorgen, neun Uhr angesetzt ist.

Wieder zu Hause, rufe ich Joachim an und versuche ihm schonend beizubringen, was passiert ist. Nach einer kurzen Wuttirade über Cokys Verhalten erklärt er sich sofort bereit, ihm einen Anwalt zu besorgen. Was allerdings am Wochenende gar nicht so leicht ist. Joachim kommt zu mir und gemeinsam versuchen wir, alle Kontakte zu aktivieren, die uns weiterhelfen könnten. Ich rechne es Joachim hoch an, dass er seinen Angestellten nicht hängen lässt. Jeder andere Chef hätte ihm nicht einen Anwalt und Geld besorgt, sondern ihn fristlos entlassen.

Es gibt in Tobago genau zwei Anwälte, die auch vor Gericht erscheinen. Einer von ihnen ist im Urlaub, und bei dem anderen ist am Montagmorgen entsprechend viel los. Mit einem angemessenen Vorschuss schaffen wir es, ihn zu überzeugen, sofort mit uns mitzukommen und Coky zu vertreten.

Den ganzen restlichen Tag diskutieren wir, ob der Anwalt für „schuldig" oder „nicht schuldig" plädieren sollte. Wir sind uns nicht sicher. Obwohl seine Schuld außer Frage steht, rät uns der Anwalt, auf „nicht schuldig" zu plädieren, da kein Alkoholtest vorgenommen und Coky auch kein Blut abgenommen wurde, es folglich auch keine Beweise gibt. Zwar bezeugen alle, dass er kaum aus dem Auto aussteigen und auf eigenen Beinen in die Zelle laufen konnte, aber laut Anwalt zählt das nicht. Ich kann wieder mal nur über die Unfähigkeit der Polizei den Kopf schütteln, obwohl ich mir beim besten Willen nicht vorstellen kann, dass Coky seinen Kopf aus der Schlinge ziehen kann.

Der Anwalt und ich sitzen in der hinteren Reihe auf Holzbänken, und Coky nimmt neben uns Platz, bis er vom Gerichtsdiener aufgerufen wird. Er macht einen mitleiderregenden Eindruck. Seine Pupillen sind doppelt so groß wie sonst, und die Angst für ein paar Jahre hinter Gitter zu müssen, steht ihm ins Gesicht geschrieben. Seine Handflächen sind klebrig und kalt und auf seinem T-Shirt zeichnen sich Schweißflecken ab. Ich bilde mir ein, sein Herz klopfen zu hören. Er macht einen so naiven und hilfsbedürftigen Eindruck auf mich. Aber das Warten und die Anspannung kann ihm keiner abnehmen. Der ganze Saal ist voll von Angeklagten und ihren Angehörigen, die auf den unbequemen Holzbänken darauf warten, in den Stand gerufen zu werden: Kinder, Ehefrauen, Freunde, Anwälte, Schaulustige, Vergewaltiger, Drogendealer, Waffenhändler, Totschläger und betrunkene oder bekiffte Autofahrer.

Erst nach der Mittagspause ist es so weit, Cokys Name wird aufgerufen. Der Anwalt, der auf mich alles andere als einen kompetenten Eindruck macht, wie er da desinteressiert und mit ein paar Papieren unter dem Arm, zum Richtertisch schlurft, setzt sich nach einem kurzen Wortwechsel mit dem Gesetzeshüter wieder hin. Coky kommt nur dazu, seinen Namen für das Protokoll zu nennen und die zwei Worte „nicht schuldig“ kaum hörbar hervorzupressen, dann wird auch schon verkündet, dass die Verhandlung auf den 23. Juli vertagt wird.

Gegen eine Kaution von 10,000 TTD, für die ich mich verbürgen muss und die bei Nichterscheinen beim nächsten Verhandlungstermin fällig wird, darf er nach Hause gehen. Ich nehme ihn mit und erspare ihm eine weitere Standpauke. Zumindest im Moment macht er auf mich den Eindruck, als hätte er seine Lektion gelernt.

Einbruch

Ich treffe mich mit meinem deutschen Freund Frank, der bereits seit zehn Jahren auf der Insel lebt und erfolgreich einen kleinen Schmuckladen betreibt, auf ein Feierabendbier im Hilton. Das Luxushotel ist vom Atlantikstrand aus für jedermann zugänglich. Sie haben eine wunderschöne Bar im Pool, und man kann sich ein bisschen so fühlen, als wäre man hier zu Gast und hätte Urlaub. Ich entspanne mich bei einem Sundowner und äußere Frank gegenüber meine Gedanken zum Leben auf der Insel.

Unsere Arbeitsgenehmigungen sind inzwischen ausgestellt worden, und wir dürfen die nächsten zwei Jahre legal in diesem Land arbeiten. Ich habe aber trotzdem das Gefühl, dass alles schwebt. Nicht nur die Zukunft meiner Beziehung, sondern auch die Zukunft der Schule scheint ungeklärt. Zwar ist die staatliche Anerkennung fast geschafft, aber in letzter Zeit ist die Kriminalität auf der Insel deutlich angestiegen, und einige unserer Studenten und andere Touristen wurden sowohl am Strand, als auch in ihren Unterkünften überfallen. Dank der unfähigen Polizei, die nicht weniger hilfsbereit hätte sein können, hat sich das augenblicklich auf unsere

Buchungszahlen ausgewirkt. Das Auswärtige Amt warnt inzwischen eindringlich vor Reisen hierher, und die Agenturen haben ebenso wenig Interesse daran, massenweise Beschwerdebriefe von ihren ausgeraubten Klienten zu erhalten.

Dadurch dass ich fast immer in Begleitung eines Einheimischen unterwegs bin, habe ich das Gefühl, besonderen Schutz zu genießen. Da ich bereits lange genug hier wohne, wissen die meisten auch, dass ich keine reiche Touristin bin. Es sei denn sie sehen mich vielleicht im Hilton verschwinden und nutzen die Gelegenheit, für einen Besuch bei mir zu Hause.

Frank begleitet mich zurück und ich fühle mich deutlich besser, als noch heute Nachmittag, als ich die Schule mit viel Wut im Bauch verlassen hatte. Ich will gerade den Schlüssel ins Haustürschloss stecken, als ich feststellen muss, dass das schon jemand anderes versucht hat; allerdings nicht mit einem passenden Schlüssel. Die Tür wurde augenscheinlich mit einem Küchenmesser, das ich im Gebüsch direkt vor der Tür finde, unprofessionell aufgebrochen. Die auf dem Boden verstreuten Kleidungsstücke deuten darauf hin, dass jemand eilig etwas gesucht hat. Auf den ersten Blick sehe ich nur, dass uns Bargeld und Handys geklaut wurden. Wir rufen die Polizei an, die diesmal tatsächlich mit zwei Beamten anrückt – ein Fortschritt im Vergleich zu dem viel dramatischeren Einbruch bei den Studenten, wo die Polizei erst nach dem zehnten Versuch abnahm, nur um uns dann zu sagen, dass sie leider nicht kommen können, da sie kein Auto haben. Erst als wir die Beamten in ihrem Revier abgeholt haben, erbarmte sich ein Beamter unter Stöhnen „what a stressful day“ aus seinem Bürostuhl und kam mit uns mit.

Die Polizisten, die soeben eingetroffen sind, klopfen als erstes Coky, der beinahe gleichzeitig mit ihnen zur Tür rein kommt, auf die Schulter. Sie erkennen ihn von seinem Autounfall sofort wieder. Ihm ist das sichtlich peinlich, und er ist schneller von der Bildfläche verschwunden, als ich schauen kann. Die Polizisten stellen die üblichen Fragen, bitten mich um einen Stift und machen sich auf einem mit Fettflecken übersäten Block ein paar Notizen. Die Nachbarn, die inzwischen auch erschienen sind, geben zu Protokoll, dass sie gesehen haben, wie ein kleiner Junge, der mit seinem Onkel von Bernadine angeheuert worden war, um ein paar Reparaturen am Haus auszuführen, sich an dem Schloss zu schaffen gemacht hat. Bernadine liefert auch gleich Namen und Adresse der Arbeiter, und ich mache die Beamten auf das Messer aufmerksam. Um mögliche Spuren nicht zu verwischen, habe ich es bisher nicht angefasst. Die Polizistin bückt sich, hebt es am Griff auf und bittet mich, ihr eine Plastiktüte zu bringen. Sie tut das Messer hinein, geht in die Küche und schiebt es unter den Küchenschrank, mit der Erklärung, dass es dort sicher aufbewahrt sei, bis die Spurensicherung käme. Ich weiß jetzt schon, dass das Messer noch da liegen wird, wenn ich längst ausgezogen bin.

Rausschmiss

Meine Wut auf Carlos wächst. Erst die Sache mit dem Schulauto, das er sich unerlaubterweise geliehen hat, um seine polnische Flamme zu beeindrucken. Er ist mit ihr ans andere Ende der Insel gefahren, und hat dabei ganz vergessen, dass er eigentlich eine Einzelstunde mit einer Kursteilnehmerin ausgemacht hat und dass Coky mit dem Wagen zum Flughafen muss, um neue Studenten abzuholen. Sabine und Coky organisieren einen anderen Fahrer, der sich allerdings seinen spontanen Einsatz fürstlich entlohnen lässt. Ich schlage vor, dass wir Carlos die Kosten übernehmen lassen und überlege mir ernsthaft, wie lange er noch für die Schule und für mich tragbar ist. Wäre es nicht so schwierig, gute Fremdsprachenlehrer zu finden, so würde ich nicht lange zögern, und ihm zum nächsten Quartal kündigen.

Ich bekomme Post von einem Anwalt aus Deutschland und kann nicht fassen, was ich darin über meinen speziellen Freund Carlos lese. Seine Klientin, eine ehemalige Studentin von uns, musste in die Psychiatrie eingewiesen werden, da sie angibt, über lange Zeit von ihrem ehemaligen Lehrer ausgenommen worden zu sein. Er schwor ihr die ewige Liebe und bat sie, ihm die Überbrückungszeit bis zu ihrem Wiedersehen mit einem neuen Laptop und teuren Geldgeschenken zu erleichtern. Dass er längst eine neue Freundin hatte, verschwieg er ihr. Als dann die betrogene Frau ihrem Liebsten einen Überraschungsbesuch auf der Insel abstatten wollte und feststellen musste, dass die ewige Liebe wohl von seiner Seite aus doch vergänglich war, brachte sie den Stein ins Rollen. Sie schrieb bitterböse Beschwerdebriefe an die Agentur und ließ sich einen Nervenzusammenbruch attestieren. Man mag ja über diese Frau denken, was man möchte, und jeder halbwegs vernünftige Mensch würde sagen: „Wie kann man denn nur so naiv sein?“, aber das ist nicht das, was mir jetzt Kopfzerbrechen bereitet. Fakt ist, dass die Agentur, die unser größter Kunde ist, uns droht, keine weiteren Studenten zu schicken, so lange dieser Lehrer, mit dem es nicht zum ersten Mal Probleme gibt, für uns tätig ist. Da wir wegen der vielen Überfälle auf der Insel schon zahlreiche Stornierungen vornehmen mussten, können wir es uns nicht leisten, noch mehr Studenten zu verlieren.

Es ist also beschlossene Sache, ich muss Carlos noch heute mit sofortiger Wirkung entlassen. An mir bleibt jetzt nicht nur die unangenehme Aufgabe hängen, ihm die Kündigung zu überreichen und ihn dazu zu bringen, alle Entlassungspapiere zu unterschreiben, sondern ich muss mich auch um sofortigen Ersatz für ihn kümmern, was alles andere als einfach sein wird. Nachdem ich mich bei unserem Anwalt, Mr. Wells, abgesichert habe, dass eine sofortige Kündigung in diesem Fall rechtens ist, bietet er an, mir einen Schlägertypen mitzuschicken, der Carlos davon überzeugen soll, in meinem Sinne zu handeln. Ungläubig schaue ich den Anwalt an, der sicherlich aus Erfahrung weiß, wovon er spricht. Aber das geht mir dann doch zu weit. Innerlich zitternd und bemüht, mir in der Schule nichts anmerken zu lassen, bitte ich Carlos, nach dem Unterricht in seinem Klassenzimmer auf mich zu warten. Schon eine Viertelstunde vor Kursende postiere ich mich vor seiner Tür, um auf jeden Fall zu vermeiden, dass er früher Schluss macht und mir entwischt. Die Tür geht auf, und die Teilnehmer gehen ins Freie. Um gar nicht erst ins

Stocken zu geraten, rede ich nicht lange um den heißen Brei herum. Ich bitte ihn Platz zu nehmen, lege die Papiere vor ihm auf den Tisch, überreiche ihm seinen Gehaltsscheck und lasse mir die Schlüssel aushändigen. Es klappt alles ohne Probleme, und ich bin froh, dass ich nicht auf die Dienste des Schlägertypen angewiesen bin. Carlos macht auf mich fast einen erleichterten Eindruck und ist froh, dass er am Montag nicht zum Unterricht erscheinen muss.

Da Carlos sofort das Gebäude verlässt und die anderen alle noch anwesend sind, beschließe ich das Unangenehme gleich hinter mich zu bringen und teile ihnen kurz und knapp mit, dass Carlos ab sofort nicht mehr für uns arbeitet. Obwohl die Kündigung in meinen Augen mehr als gerechtfertigt ist, geht der wahre Grund natürlich niemanden etwas an. Das Team ist von der Nachricht schockiert, die Spekulationen geraten außer Kontrolle, und es geht so weit, dass ich mir vorwerfen lassen muss, ein Rassist zu sein. Ich bemühe mich, den Vorfall nicht zu sehr an mich heranzulassen und klammere mich daran, dass ich Joachim auf meiner Seite habe. Außerdem hoffe ich darauf, dass mein Leben ohne den Machospieler an der Schule um einiges angenehmer werden wird. Auch Coky hält zu mir, und ich bin ihm sehr dankbar dafür, dass er von mir keine weiteren Erklärungen verlangt, sondern einfach darauf vertraut, dass ich gute Gründe für so einen Schritt habe.

Die nächsten Wochen stehe ich selbst jeden Tag vor der Anfängergruppe und unterrichte. Auch die Schüler wundern sich über Carlos Fernbleiben, sind aber so diskret, nicht weiter nachzubohren und sehen es einfach als Privileg, von der Chefin unterrichtet zu werden.

Chris

Über eine Jobbörse im Internet habe ich einen geeigneten Ersatz gefunden: einen erfahrenen Lehrer aus England, der ab sofort für drei Monate kommen könnte. Chris erfüllt alle meine Anforderungskriterien, und nach einem Telefoninterview bin ich endgültig davon überzeugt, mit ihm die richtige Wahl getroffen zu haben. Er wird nur für ein Vierteljahr nach Tobago kommen, weshalb wir ihm praktischerweise nicht einmal ein Arbeitsvisum besorgen müssen. Bis zu neunzig Tage darf er als einfacher Tourist auf der Insel bleiben.

Zwei Wochen später fahre ich persönlich zum Flughafen, um den neuen Lehrer abzuholen. Er hatte mir ein Foto von sich geschickt, und ich bin zuversichtlich, dass ich ihn erkennen werde. Als jedoch fast alle Passagiere an mir vorbeigelaufen sind und kein Chris dabei ist, mache ich mir Sorgen. Gerade will ich zurück zur Schule fahren, als eine vollkommen aufgelöste Gestalt in Begleitung zweier Einwanderungsbeamten aus dem Flughafengebäude gelaufen kommt. Zerzauste Haare, offenes Hawaiihemd, das eine behaarte Brust und Ganzkörpertätowierungen entblößt – nicht gerade das Erscheinungsbild, das ich erwartet habe. Ich kann nicht glauben, dass das dieselbe Person sein soll, die ich auf dem Bewerbungsfoto gesehen habe. Chris redet, ohne mich zu begrüßen, hektisch auf mich ein. „Ich habe seit vier Nächten nicht geschlafen, meine Freundin hat sich von mir getrennt, mich aus der Wohnung geschmissen und jetzt stehe ich hier, und diese Beamten wollen mich nicht einreisen lassen, weil ich keine Wohnadresse angeben kann.“ Mein Gehirn versucht auf Hochtouren, die wichtigsten Informationen zu filtern und vor allem zu vermeiden, dass die Herren Verdacht schöpfen, Chris könnte nicht bloß zum Urlaub machen gekommen sein. Ich gebe mich als Freundin aus und nenne meine Privatadresse. Die Herren zeigen sich zufrieden. Sie stempeln seinen Pass mit dem ersehnten 90-Tage-Visum, und Chris und ich können gehen.

Ich beruhige ihn und mich und versuche, mir die Qualitäten ins Gedächtnis zu rufen, die mich dazu bewogen hatten, ihn einzustellen. Es ist eine so ungewohnte Situation, zum ersten Mal am anderen Ende der Internetbewerbung zu sitzen und in gewisser Weise die Katze im Sack gekauft zu haben. Ich bin so sehr auf ihn angewiesen, dass mir ohnehin nichts anderes übrig bleibt, als das Beste aus dieser Situation zu machen. Ich bringe Chris in die Wohnung von Sabine, wo er in Carlos ehemaligem Zimmer wohnen kann. Zu allem Unglück ist Carlos auch gerade da, ein „Zufallsbesuch“ bei Sabine. Er wirft mir einen schadenfrohen Blick zu, als er sieht, wer ihn ersetzen soll. Bevor er geht, sagt er mir direkt ins Gesicht, dass er alles daran setzen wird, meinen Ruf und den der Schule zu zerstören, und wir uns sicherlich schon bald vor Gericht wiedersehen werden. Er stolziert von dannen und lässt mich mit einem nun sichtlich wieder nervösen Chris zurück.

Dem Engländer gelingt es, sich einzuleben, und dank seiner großen Erfahrung als Lehrer, sind die anspruchsvollen Studenten von ihm begeistert. Mit seinem Kleidungsstil orientiert er sich zwar eher an den Rastas vom Strand als an britischen Geschäftsleuten, aber er lässt zumindest sein Hemd zugeknöpft, und dafür bin ich schon mal dankbar.

Mit der Zeit scheint er allerdings die drei Monate mehr als Urlaub als als Arbeit zu sehen. Mir entgeht nicht, dass er unpünktlich und unzuverlässig wird. Als er bereits zum zweiten Mal mit einer fadenscheinigen Ausrede nicht zum Nachmittagsunterricht erscheint und ich spontan für ihn einspringen muss, beschleicht mich das ungute Gefühl, vom Regen in die Traufe geraten zu sein. Eine ältere Studentin gibt mir zu verstehen, dass Chris sicherlich nicht mit Migräne im Bett liegt, sondern sie ihn in der Mittagspause lachend mit Renate in ihrem Zimmer hat verschwinden sehen. Ich ahne nichts Gutes und beschließe, ihn am Montag als erstes damit zu konfrontieren.

Das Wochenende verbringe ich mit dem Versuch, die vielen Gedanken, die mir im Kopf herumschwirren und mich belasten, zu sortieren. Joachim hat inzwischen die Insel verlassen und ist nach Deutschland zurückgekehrt, wo Frau und Kind auf ihn gewartet haben. Obwohl wir ständig in Kontakt sind und er immer für mich erreichbar ist, merke ich doch, wie sehr mir seine Person und seine unmittelbare Unterstützung fehlen. Ich fühle mich allein gelassen. Was mir hier am meisten fehlt, ist ein ehrlicher Freund, der nichts mit der Schule zu tun hat, dem ich vertrauen kann und der mir zuhört. Ich habe zwar mit Coky einen liebenden und mich unterstützenden Partner an meiner Seite, aber auch er gehört zur Schule, und ich kann und möchte mit ihm Entscheidungen und Probleme nicht besprechen. Ich weiß, dass meine Beziehung zu ihm nicht von allen gut geheißen wird, und ich stelle mir immer wieder selbst die Frage, wo das hinführen soll. Coky hat ein Herz aus Gold und ist einer der wenigen Inseljungs, der ehrlich, treu und zuverlässig ist. Aber wir könnten nicht unterschiedlicher sein. Er kommt aus ärmlichen Verhältnissen, hat nach zwei Jahren die Schule abgebrochen und kann weder lesen noch schreiben. Er könnte keines der Länder aus dem unsere Studenten kommen, auf einer Karte finden und auch sein Film- und Musikgeschmack sind eher einseitig. Durch seine Gutmütigkeit und eine gewisse Naivität ist er immer wieder in seinem Leben auf Menschen hereingefallen. Trotzdem hat er sich nie unterkriegen lassen. Er schafft es, sich auch ohne Schulbildung durchs Leben zu schlagen, und hat ein Gespür für Menschen und Situationen, von denen sich die meisten gebildeten Menschen eine Scheibe abschneiden könnten. Es ist Coky, der mich immer wieder auf den Boden der Tatsachen zurückholt und mir klarmacht, dass nichts so heiß gegessen wird, wie es gekocht wird. Mir hat noch nie ein Mann so viel Liebe und Zuneigung entgegengebracht und sich so ohne Spielchen und Vorgaukeln falscher Eigenschaften offenbart. Er tut alles für mich und jeden anderen, der seine Hilfe braucht. Die einzigen Streitpunkte in unserer Beziehung sind das Trinken und Autofahren, und die unterschiedliche Auffassung des Ausdrucks „just now“. Darunter verstehe ich, dass etwas zumindest in den nächsten

Stunden passiert, in Tobago kann das alles heißen, jetzt gleich, morgen oder nie. Als meine Eltern zu Besuch waren und ich ihnen Coky vorgestellt habe, konnte zwar meine Mutter sehen, dass er ein gutes Herz hat und an mir nicht wegen meiner reichen Eltern interessiert ist, aber unter die Top 10 der Traumschwiegersöhne hat er es ganz eindeutig nicht geschafft. Obwohl ich das auch nicht erwartet hatte, belastet mich ihre Ablehnung dann doch.

Es sind diese Gedanken an eine berufliche und partnerschaftlich ungewisse Zukunft, die dafür sorgen, dass ich mich wie ein gestrandeter Fisch fühle, der heftig zappelt, aber nicht vom Fleck kommt. Entweder er verendet an Ort und Stelle, oder eine Welle kommt und spült ihn zurück ins Meer.

Krankenhaus

Die Welle, die dann kommt, spült mich zunächst einmal ins Krankenhaus.

Um meine Gedanken zu ordnen und mir eine Strategie zu überlegen, wie ich am Montag mit dem Team und Chris umgehe, gehe ich schwimmen und lasse mich anschließend von der Sonne trocknen und schlafe erschöpft ein. Als ich aufwache, geht die Sonne schon unter. Ich will aufstehen, um noch frischen Fisch fürs Abendessen einzukaufen. Coky hatte versprochen zu kochen, und ich sollte die Sachen besorgen. Ohne Vorwarnung schießt mir ein stechender Schmerz durch den Rücken, und ich kann mich kaum rühren. Vielleicht ein Hexenschuss? Ich habe keinerlei Erfahrung, wie sich so etwas anfühlt, aber mir fällt keine andere Erklärung ein. Ganz langsam schaffe ich es halb kriechend, halb laufend zum Auto. Zuhause lege ich mich sofort ins Bett und warte darauf, dass der Schmerz nachlässt und ich mich wieder normal bewegen kann. Aber er hört nicht auf. Am nächsten Morgen kann ich mich kaum rühren, und anstatt in die Schule fährt mich Coky zu Dr. Martha, einer privaten Allgemeinärztin. Die junge Frau untersucht mich, gibt mir Valium und schickt mich nach Hause zum Ausruhen. Doch die Beschwerden werden immer schlimmer, und ich kann nur noch auf allen Vieren kriechen. Noch nie hatte ich solche Schmerzen. An Arbeit ist nicht zu denken. Als ich nach einem weiteren Tag im Bett mein rechtes Bein nicht mehr spüre, ist auch die Ärztin der Meinung, dass es Zeit ist, zu handeln. Sie schickt mir Jobi, einen Sanitäter, vorbei, der mich in die Klinik nach Trinidad begleiten soll. Zwar verfügt auch Tobago über ein Krankenhaus, aber das ist in einem Zustand, dass man es unter allen Umständen meiden sollte, da man - wenn man überhaupt behandelt wird - wahrscheinlich kränker wieder rauskommt als rein. Ich packe eine kleine Tasche und fahre mit Jobi zum Flughafen, um die nächste Maschine nach Port of Spain zu nehmen, die zum Glück stündlich fliegen. Froh um die Hilfe und Begleitung, bringt er mich nach St. Claire's, einer Privatklinik mit ziemlich gutem Ruf. Er liefert mich in der Orthopädie bei Dr. Toby ab. Nach einer kurzen Untersuchung verkündet der Arzt mir die Diagnose: „Bandscheibenvorfall und zwar so akut, dass sofort operiert werden muss." Ich kann es nicht fassen und bin den Tränen nahe. Auf meine Frage, ob ich nicht noch nach Deutschland kommen könnte, erklärt er mir, dass das Risiko, mein Bein für immer zu verlieren, zu groß sei, da es bereits taub ist und somit der Nerv eventuell schon irreparablen Schaden genommen hat. Ich rufe noch von der Untersuchungsliege aus meine Eltern an, und Dr. Toby, der selbst Kinder in meinem Alter hat, die in Europa studieren, kann meine und ihre Situation und Sorge gut nachempfinden. Er spricht selbst mit meinen Eltern. Natürlich liegt die Entscheidung bei mir, aber ich sehe wenig Alternativen. Dr. Toby lässt mich auf die Station einweisen und trommelt sofort sein Team zusammen, um mich nur wenige Stunden später zu operieren. Eine Krankenschwester, die mich auf die OP vorbereitet, fragt mich, wie es zu dem Vorfall kommen konnte. Ich habe selbst keine Erklärung dafür, da ich bisher noch nie Probleme mit dem Rücken hatte. Auch sie findet das mehr als merkwürdig und fragt mich, ob ich Feinde hätte. Nicht sicher, wie ich diese Frage verstehen soll, meint sie, dass wahrscheinlich jemand durch Voodoo versucht hätte, mir Schaden zuzufügen, das käme immer wieder vor. Ich hatte zwar schon oft davon gehört, dass die Trinbegonier an diese Form der schwarzen Magie glauben, aber ich hätte nie gedacht, dass ich eines Tages direkt damit konfrontiert werden würde. Kurz bin ich versucht, Carlos die Schuld für mein Leiden in die Schuhe zu schieben, komme mir aber im selben Moment lächerlich vor und hoffe nur, dass die Ärzte ihr Wissen aus Fachbüchern und nicht aus Zauberbüchern haben.

Benommen wache ich Stunden später in meinem Einzelzimmer im Krankenhaus auf und habe das Gefühl, als hätte mir jemand den Rücken gebrochen. Die Schwester steht an meiner Seite und erklärt mir, dass ich an einem Morphiumtropf hänge, den ich selbst regulieren kann. Sollten die Schmerzen schlimmer werden, kann ich einfach an dem Rädchen drehen und die Dosis erhöhen. Als die Schmerzen unerträglich werden, befolge ich ihren Ratschlag, und augenblicklich umgibt mich das wunderbare Gefühl, auf einer sanften Wolke schwerelos und gedankenfrei dahin zu schweben.

Nach zwei Tagen ist der Tropf allerdings leer und die Realität holt mich ein. Ich fühle mich allein und von der Welt verlassen und weiß nicht, wie ich die nächste Woche hier überstehen soll. Da ich nicht damit gerechnet hatte, so lange hier zu sein, habe ich kaum etwas zum Zeitvertreib in meine Tasche gepackt, und die Stunden ziehen sich qualvoll lang dahin. Zwar telefoniere ich täglich mit meinen Eltern, Coky und der Schule, aber das lässt immer noch den Rest des Tages unausgefüllt. Langsam kann ich wieder aufstehen und ein paar wackelige Schritte auf dem Gang unternehmen, aber die Wunde ist noch frisch, und die Fäden bereiten mir Schmerzen. Jeden Abend nach Dienstschluss besucht mich noch DT, der Arzt, und wir freunden uns an. Er erzählt mir, welche tragischen Fälle er täglich behandelt, und auch wenn es nur ein schwacher Trost ist, weiß ich, dass es noch viel schlimmere Schicksale als das meine gibt.

Am dritten Tag meines Krankenhausaufenthalts kommt Schwester Anne zu mir und kündigt Besuch an. Ich kann mir nicht vorstellen, wer kommen sollte, und staune daher umso mehr, als die Tür aufgeht und plötzlich mein ehemaliger Polizistenschüler Tomo, mit seiner Frau, Yuko, im Zimmer steht. Ihn hatte es nach unserem Kurs in Tokio an die japanische Botschaft in Trinidad verschlagen. Er wusste, dass ich in Tobago bin und wollte sich melden. An der Schule sagten sie ihm, dass ich hier im Krankenhaus liege, und wie der Zufall es so wollte, liegt St. Claire's keine fünfhundert Meter von seinem Büro entfernt. Zwar hatte ich mir unser Wiedersehen anders vorgestellt, aber meine Freude hätte nicht größer sein können. Ab jetzt kommen die beiden täglich, Yuko, die ich bisher noch nicht kannte, bringt mir einen CD-Spieler und CDs, Bücher sowie Anleitungen und Papier zum Origamifalten. Ich freue mich sehr über die Ablenkung und dass ein Teil meines vorherigen Japanlebens seinen Weg zu mir nach Trinidad & Tobago gefunden hat.

Nach einer Woche werde ich wie geplant entlassen, und Dr. Toby selbst begleitet mich nach Tobago, da er dort einen Termin hat. Er setzt mich zu Hause ab, wo mich ein fröhlicher Coky in einer auf Hochglanz polierten Wohnung mit einem riesigen Blumenstrauß und einem Topf voller Callaloo, meinem Lieblingsgericht, erwartet. Es fühlt sich gut an. Wie Nachhausekommen.

In Gottes Hand

Es ist Sonntag, und ich habe das dringende Bedürfnis nach etwas Abwechslung in meiner Wochenendroutine, die sich normalerweise nur um Ausruhen, Strand und Putzen dreht. Ich sage daher nicht Nein, als Eva, unsere Praktikantin, mich fragt, ob ich sie zum Konzert eines Gospelchors in die

Kirche begleiten möchte. Der etwa sechsstündige Sonntagsgottesdienst in der Deliverance Tabernacle-Kirche, die direkt neben der Schule steht, wird von einem Gospelchor begleitet. Die Andacht hat schon vor Stunden angefangen, und wir stellen uns möglichst unauffällig in die letzte Reihe, um ohne Aufsehen zu erregen jederzeit wieder gehen zu können. Der große Raum, der als Kirche dient, ist mit Hunderten von Menschen gefüllt, die in farbenfrohen Kleidern sich singend und tanzend durch den Saal bewegen. Wir sind sofort von der fröhlichen und festlichen Atmosphäre in den Bann gezogen, die so gar nichts mit der ehrfurchtsvollen Stimmung zu tun hat, die bei uns während der Messe herrscht. Eva und ich halten uns im Hintergrund und hören einfach nur zu. Aber wir haben nicht mit der Kirchengemeinde gerechnet, die darauf besteht, dass wir als neue Mitglieder aktiv an der Veranstaltung teilnehmen. So bleibt uns keine Gelegenheit mehr den Rückzug anzutreten, als plötzlich ein älterer Mann in einem abgetragenen Festtagsanzug mit erhobenen Armen auf uns zukommt und jede von uns an die Hand nimmt, ohne dabei seinen inbrünstigen Gesang zu unterbrechen. Er führt uns durch den gesamten Saal und bleibt schließlich vor dem singenden Chor mit uns stehen. Alle erheben die Arme, klatschen in die Hände und heißen uns willkommen.

Mir ist es furchtbar peinlich plötzlich so im Rampenlicht zu stehen, und meine Gedanken drehen sich nur um Flucht. Aber unser Tanzpartner denkt gar nicht daran, unsere Hände loszulassen, und etwas unbeholfen, mache ich ihm ein paar Tanzschritte nach. Unser unfreiwilliger Auftritt dauert etwa zehn Minuten, die mir wie eine Ewigkeit vorkommen. Als er der Meinung ist, dass wir nun gebührend in die Gemeinde eingeführt worden sind, führt er uns immer noch mit den Hüften schwingend zurück zu unseren Plätzen. Die Gäste stimmen ein Hallelujah ein, und Eva und ich schauen nach der Tür. Als dann eine Art Priester zum Mikrofon greift und anfängt, in weinerlicher Stimme von Schuld und Sühne zu sprechen, treten wir den Rückzug an, bevor sie es sich zur Mission machen, unsere verlorenen Seelen zu retten.

Entscheidung

Immer wieder könnte ich vor Stolz platzen, wenn ich Post bekomme, die an mich als "Direktorin" adressiert ist. Für die Registrierung der Schule musste ich diesen Titel annehmen, und ich ertappe mich dabei, wie ich immer öfter davon träume, meine eigene Schule zu haben. Viele der Studenten sehen in mir automatisch die Direktorin, da in ihren Köpfen der Chef aller Lehrer gleichzeitig der Schulchef ist. Zumindest war das in ihrer bisherigen klassischen Schullaufbahn immer so.

Für Joachim und Jonas, wird die Lage immer kniffliger. Sie sind in Deutschland weit weg vom Tagesgeschehen und werden trotzdem noch für alle wichtigen Entscheidungen gebraucht. So sehr sie sich einsetzen und ihre Zeit investieren, müssen sie und wir alle einsehen, dass es auf Dauer für sie nicht möglich ist, die Schule von Deutschland aus zu leiten. Die Frage nach einem Managernachfolger rückt daher immer mehr in den Vordergrund. Bei einem Treffen mit den beiden machen sie mir das

Angebot, dass ich die Schule übernehmen könnte. Sie wissen, dass ich mit Herzblut dabei bin. Daher haben sie sich nach reiflicher Überlegung geeinigt, mir die Geschäftsführung anzubieten, obwohl mir jeder betriebswirtschaftliche Hintergrund fehlt. Die Schule steht finanziell nicht gerade rosig da, und sie können mir kein üppiges Gehalt zahlen. Weil sie aber trotzdem wollen, dass sich der Einsatz für mich lohnt, ist Joachim bereit, mir seine Anteile an der Schule zu überschreiben. Ich bin sprachlos. Sollte ich so schnell so nahe an die Verwirklichung meines Traums einer eigenen Schule gekommen sein? Traue ich mir selbst eine solche Verantwortung überhaupt zu? Könnte ich mit dem Gefühl des Versagens leben, wenn ich an der Aufgabe scheitere und die Schule pleite geht? Kann ich ohne Joachim an meiner Seite bestehen? Allein die Tatsache, dass jemand anderes es mir zutraut und auch bereit ist, ein so hohes finanzielles Risiko einzugehen, verleiht mir Flügel und tut gut. Ich kann an nichts anderes mehr denken, entlasse im Geiste die ersten Leute und stelle mir ein Traumteam zusammen.

Ich bespreche die Für und Wider mit Freunden und Familie. Jeder scheint zu dem Thema eine andere Meinung zu haben. Die meisten meiner Freunde sind der Ansicht, dass ich doch schon im Paradies bin und nicht lange zögern sollte, auch noch meinen Traumjob anzunehmen, so eine Gelegenheit werde sich so schnell nicht wieder bieten. Sie haben sicherlich recht, doch sie kennen das Paradies nur aus der Perspektive eines Urlaubers und ihnen ist nicht bewusst, mit welchen Schwierigkeiten der Alltag hier für mich verbunden ist. Auch dieses Angebot kann nichts daran ändern, dass ich mich wie in einem Käfig fühle. Ich habe schon in schwierigeren Ländern als Trinidad & Tobago gelebt, aber unter der Oberfläche eines nach außen hin freien und unbeschwerten Lebensstils liegt eine ganz andere, problematische Welt.

Dadurch dass Joachim mich so sehr zu seiner Vertrauensperson gemacht hat, gibt es keinen Bereich der Schule, den ich nicht kenne und keine Entscheidung, an der ich nicht mitgewirkt hätte. Sollte ich das Angebot wirklich annehmen, würde das auch bedeuten, dass ich zumindest die nächsten zwei bis drei Jahre noch auf der Insel bleiben müsste. Nach achtzehn Monaten kenne ich das Leben hier gut genug, um beurteilen zu können, wie groß die Gefahr ist, dass ich irgendwann einen Inselkoller bekomme und durchdrehe. Bloß dass ich als Geschäftsführerin dann nicht mehr meine Koffer packen und gehen könnte.

Time to say Good-bye

Tag und Nacht denke ich über das verlockende Angebot von Joachim und Jonas nach, aber die Entscheidung ist gefallen: Ich habe abgelehnt und werde nicht auf der Insel bleiben. Mir tut es in der Seele leid, mein „Baby" zurückzulassen und ich komme mir vor, wie eine Verräterin. Sowohl gegenüber Team Speak Spoke Spoken als auch gegenüber Coky, obwohl ich vom ersten Tag unserer Beziehung gesagt habe, dass ich nicht länger als ein Jahr bleiben werde. Jetzt sind daraus schon fast zwei geworden. Mit Monique als meiner Nachfolgerin für den Posten des Academic

Coordinator bin ich überzeugt, eine gute Wahl getroffen zu haben. Die gebürtige Französin hat sowohl als Agentin als auch als Lehrerin viele Monate für uns gearbeitet und kennt daher die Schule und die Insel mit all ihren Stärken und Schwächen.

Es bricht mir das Herz, Coky zurückzulassen. Unsere Beziehung hat keine Zukunft, denn obwohl er mich überall hin begleiten würde, weiß ich, dass es eine Illusion ist, er könnte in meiner Welt glücklich werden. Er gehört auf seine Insel, so sehr wie ich nicht hier hin gehöre. Ich bezweifele manchmal, dass er richtig verinnerlicht hat, dass ich tatsächlich abreise und, wenn überhaupt, höchstens in ein paar Jahren mal zu Besuch kommen werde.

Er, sowie die meisten meiner Freunde und Kollegen, begleiten mich zum Flughafen. Wir trinken in der direkt angrenzenden Bar noch ein Abschiedsbier. Genau da, wo ich mich mit Joachim und Sabine nach meiner Ankunft getroffen hatte. Die Stimmung ist gedrückt, alles scheint schon wiederholt gesagt worden zu sein. Ich kann diesen Abschied nicht länger aushalten und bin fast erleichtert, als mein Flug aufgerufen wird. Coky begleitet mich bis zur Sicherheitskontrolle, wo sich dann zwangsläufig unsere Wege trennen. Wir liegen uns ein letztes Mal weinend in den Armen, und versprechen, uns bald wieder zu sehen. Wie viele Tobagopaare wohl schon im Abschiedsschmerz an genau dieser Stelle standen? Nach nur ein paar Schritten kann ich ihn nicht mehr sehen, und ich kann nicht fassen, dass lediglich ein paar Schritte das Ende einer Beziehung definieren. Wenig Trost ist es da zu wissen, dass die Entscheidung rational gesehen sicherlich die richtige war, aber im Moment spricht nur mein Herz und das würde am liebsten auf der Stelle umdrehen.

Ich versuche mich damit zu trösten, dass ich dankbar für die Begegnung und Freundschaft mit Joachim und Coky sein kann, von beiden habe ich viel lernen können. Joachim hat mir in schwierigen Situationen den Rücken gestärkt und mir zu Verstehen gegeben, dass er an mich glaubt. Er hat für die Schule gelebt und mir bewiesen, dass es sich lohnt, für eine Sache, von der man überzeugt ist, zu kämpfen. Durch meine Beziehung zu Coky weiß ich nun, dass man keinen Universitätsabschluss braucht, um durchs Leben zu kommen, sondern dass man mit einem guten Herzen, Ehrlichkeit und Kreativität auch sehr weit kommen kann. Geld und Karriere sind nicht der Maßstab aller Dinge, sondern Glücklichsein.

Emotional ausgelaugt sitze ich im Flugzeug zurück nach Hause. Ich denke nicht nur über Coky und die Insel nach, sondern an all die einmaligen Menschen, die mir in den letzten acht Jahren begegnet sind: der nette belgische Polizist, das alte englische Ehepaar mit ihrem Bed & Breakfast, meine Mitbewohnerinnen aus dem „Frauenhaus“, Schwester Anna, Johanna und El Gato, meine brasilianischen Retter, Dario, Rene und Angela, die beiden deutschen Mädchen, bei denen ich in Rio Unterschlupf bekam, die nackten und musizierenden Franzosen, Mirella aus der Pulperia, Gustavo, der Anführer der Straßenjungs, Edgar, der hoffentlich angehende Botaniker, Felix und mein kleiner Rosen-Freund Jorge, meine Schlafsaal-familie aus Sydney, Bill, Romain und Thomas, der

Roadtrain-Fahrer, Michel, mein brasilianischer Student, Kouta, Hiroshi, Yoshi-san, Tetsu, Steph, Simko und Ken, und schließlich Joachim und Jonas.

Ich habe meinen Weg um die Welt zu all diesen Leuten gefunden, aber spüre tief in mir drin, dass ich ihn noch nicht zu Ende gegangen bin. Meine Entscheidung, als nächstes in Deutschland zu arbeiten, ist sicherlich nur vorübergehend, bevor es dann wieder an der Zeit ist, neue Abenteuer zu erleben und darüber zu berichten.

###